SOUNDTRACK

Darkness

The Sound of Silence ♪ Disturbed

Freia

All The Things she Said ♪ t.A.T.u

Vincent

Highway to Hell ♪ AC/DC

Rasmus

I Wanna Be Your Slave ♪ Måneskin

Die "Resler"

Beautiful Things ♪ Benson Boone

Im Verborgenen

Every Breath You Take ♪ The Police

Der Deal

Control ♪ Halsey

W0343827

MEINE SCHATTEN

Zweites Ich ♪ Dame

Vollständige Playlist findet ihr auf Spotify:

Darkness - Dein Herz gehört mir
S. F. Freyja

Triggerwarnung

Meine lieben Leserinnen und Leser,

du hältst kein Märchen in den Händen, in dem die Prinzessin ihren Traumprinzen findet, der den Drachen auf seinem weißen Ross wagemutig erschlägt.

Hier ist der Prinz der Drache, der Wolf im Schafspelz!

Unsere Heldin tanzt nicht singend durch die Wälder; sie taumelt betrunken und fluchtend durch sie.

Sie wird nicht von einer bösen Stiefmutter verfolgt, die ihr Herz herausreißen will.

Diesen Part übernimmt ein geisteskranker Stalker, der sie zu seinem Eigentum machen will.

Die vermeintlichen Ritter sind keine edlen Beschützer, die ihrer Maid einen Kuss stehlen wollen.

Nein, sie bedrängen sie, nehmen sich im Rudel, was sie wollen, und bestrafen sie für Ungehorsam.

Wie du siehst, ist diese Geschichte keine zarte Romanze. Hier begegnet dir intensive Gewalt, expliziter sexueller Inhalt, Vergewaltigung, Drogenkonsum,

Traumata, Stalking und der Einsatz gewalttätiger Ausdrücke.

Bist du bereit, die Dunkelheit zu betreten? Wenn du Zweifel hast, solltest du dir gut überlegen, ob du weiterlesen willst.

"Die Linie zwischen Bewunderung und Besessenheit ist dünn, und ich tanze darauf."

- Unbekannt

PROLOG

Es war einmal...

So beginnen alle schönen Märchen über Prinzessinnen, die ihren Prinzen finden und glücklich bis ans Lebensende sind.

Oder etwa nicht?

Meine Geschichte wird jedoch weder so beginnen noch so enden. Ich habe mein restliches Leben, meine Zukunft verkauft, um für einen kurzen Zeitraum Freiheit zu gewinnen.

Darf ich mich vorstellen? Ich bin Freia Skovgaard, die Thronerbin der schwedischen Krone. Ich habe lange dafür gekämpft, dem Hofe und dem damit verbundenen Trauma, das mich beinahe zerstört hätte, zu entfliehen und um mir ein normales Studium zu ermöglichen. Doch nichts ist in meiner Welt umsonst. Ich musste einen Deal mit meinem Onkel, dem König, abschließen, der eigentlich ganz simpel klang:

Ich darf an der sichersten und von Snobs verseuchtesten Universität in den USA studieren, solange ich ihm einen Verlobten präsentieren werde. Klingt doch gar nicht so schwer, oder?

Wenn sich mein Studium nicht in eine gänzlich andere Richtung entwickelt hätte…

Nicht nur werde ich ständig von Bodyguards bewacht, darunter mein bester und einziger Freund, der mich liebt, sondern werde zusätzlich auch noch von einem verrückten Drecksack gestalkt.

Als wäre das nicht genug, verliere ich schon bald mein Herz an drei Männer.

Jeder von ihnen treibt mich auf seine eigene Art und Weise an meine Grenzen. Sie führen mich nicht nur zu meinen eigenen Abgründen, sondern heilen mich auch Stück für Stück - so wie ich sie.

Tja, das ist der Beginn meiner Geschichte.

Das kann doch nur zum Scheitern verurteilt sein!

Hochachtungsvoll

Freia Skovgaard

Thronerbin von Schweden

KAPITEL 1
FREIA

Gemächlich lenke ich meinen Wagen die Straße entlang, hinein auf das Gelände der Scholarum-Thompson-Universität, der angesehensten Elite Universität der USA. Meine tagelangen Recherchen lassen keinen Raum für Zweifel:

Hier versammelt sich der Nachwuchs des Snobismus des gesamten Kontinents und darüber hinaus. Das führt zu dem Ergebnis, dass es die perfekte Universität für mich ist.

Das Wachpersonal am Eingangstor begrüßt mich mit grimmigen Blicken, und allein schon diese Ernsthaftigkeit verrät mir viel über die hohen Sicherheitsstandards dieser Bildungseinrichtung. Mein Onkel würde mich gewiss an keiner Universität studieren lassen, an der nicht mindestens drei Sicherheitsfirmen involviert sind. Ich winke im Vorbeifahren freundlich-provozierend den Wachmännern zu und frage mich, wie viele von ihnen wohl im Geheimen für die skandinavische Krone arbeiten und speziell mich im Blick behalten sollten.

Schließlich überlässt weder mein Onkel, der König von Schweden, noch Rasmus, mein bester Freund, der zufällig auch für meine persönliche Sicherheit zuständig ist, nichts dem Zufall.

Die prächtigen Gebäude der Universität erheben sich vor mir, als würde ich in eine andere Welt eintauchen. Diese Welt gleicht einer Art neu gewonnenen Freiheit, fernab von dem Leben am Hof, das ich so verabscheue. Mir ist natürlich bewusst, dass ich genau diesem Leben niemals entkommen kann, schließlich wurde ich seit zwanzig Jahren jeden Tag nur darauf vorbereitet. Umso mehr werde ich diese Zeit und Chance mit jedem Atemzug genießen und allen beweisen, dass mein Kopf zu mehr fähig ist, als eine Krone zu tragen.

Mit einem tiefen Atemzug parke ich mein Auto in der Nähe des beeindruckenden steinernen Hauptgebäudes. Die Nebengebäude sind alle mit dem Hauptgebäude durch lange Korridore verbunden, strahlen den wundervollen Charme des georgianischen Baustils aus. Die Architektur erzählt eine Geschichte von Eleganz und Klasse, die sich über die Jahrhunderte hinweg erhalten hat. Selbst die Wohnheime und anderen Gebäude auf dem Campus sind in diesem zeitlosen Stil gehalten, was dem Ganzen eine Art Einheitlichkeit und harmonische Atmosphäre verleiht. Entlang der gepflasterten Wege erstreckt sich eine herrliche Baumallee, deren grüne Blätter im Licht der Sonne tanzen. Die Wege sind von alten Laternen flankiert, die in den Abendstunden eine warme und einladende Atmosphäre schaffen. Überall im Park blühen bunte Blumen in verschiedenen Farben und Formen und verleihen der Umgebung eine lebendige und frische Note.

Und dann gibt es den großen Springbrunnen in der Mitte des Parks, dessen leises Plätschern bereits von Weitem zu hören ist. Auf dem riesigen Parkplatz am Rande des Geländes stehen viele Autos, die alle einzeln mindestens so viel wert sind wie ein Einfamilienhaus. Hätte ich etwas mehr Begeisterung für Fahrzeuge übrig, würde mich der Anblick vielleicht sogar begeistern. So einen Fuhrpark hat nicht einmal die Krone.

Doch unter all den Sportwagen, Limousinen und Cabrios sticht meine matt-schwarz folierte Mercedes G-Klasse wie erwartet hervor.

Diese Neureichen präsentieren ihren Wohlstand lieber mit einem neuen Ferrari oder einem Rolls-Royce, sehen aber nicht den nützlichen Wert eines Geländewagens, vor allem wenn dieser eine doppelte Panzerung und schusssichere Fenster hat. Ich bin mir sicher, dass niemand dieser Leute hier auch nur einen Gedanken daran verschwendet, dass sie es mal benötigen würden.

Entschlossen ziehe ich den Schlüssel ab und klettere aus dem Geländewagen, der, wenn es darauf ankäme, eine Zombieapokalypse überleben würde. Sofort spüre ich die neugierigen Blicke der anderen, die sich vor ihren Prestigeschlitten in Gruppen formatiert haben.

Natürlich ist mir bewusst, dass ich zwischen all diesen Eliteschülern wie ein bunter Hund heraussteche.

Nicht nur die Autos, sondern auch die Kleidung und ihr Auftreten schreien förmlich nach Daddys Kohle. Und dann komme ich in meiner zerrissenen Markenjeans anstelle eines Rocks, der kaum Platz für Fantasien lässt, und das, Respekt, sogar ohne billig zu wirken. Anstelle einer tief ausgeschnittenen Bluse steckt mein schwarzes, schlichtes Shirt locker in der Hose.

Es reicht, dass ich mich zu Hause schon wie diese Püppchen, die mich jetzt gerade abfällig mustern, ankleiden musste. Das werde ich sicher nicht auch noch hier tun.

Während ich aussteige, ziehe ich flink von hinten meine rote Gucci Lederjacke hervor. Sie passt perfekt zu meinen dunkelroten Haaren und der restlichen schwarzen Kleidung, einschließlich der hohen Biker Stiefel.

Mein Anblick scheint, als wäre ich direkt einer Rocker-Serie entsprungen, nur mit wesentlich mehr Stil. Bewaffnet mit meinem Handy und der Wegbeschreibung begebe ich mich zum Verwaltungstrakt, um den Schlüssel für das Wohnheim und Informationen für das Semester abzuholen. Währenddessen beobachte ich aufmerksam die Umgebung und bilde mir direkt ein Bild von den verschiedenen Studentengruppen.

Es ist fast wie zuhause; ein geschulter Blick sagt viel über die Menschen aus. Tatsächlich erinnert mich das Szenarium an die typischen College Filme.

Auf der einen Seite haben wir die beliebten Kids, meistens die typischen Sportler, die sich laut über ihre Fraueneroberungen austauschen, Frauen, wie mir hinterher glotzen oder ihre Auserwählte schon im Arm halten.

Auf der anderen Seite die weiblichen Gegenstücke, oder soll ich sie eher Barbies nennen? Sie stehen in weitaus kleineren Gruppen und tuscheln, begutachten sich in kleinen Handspiegeln oder werfen sich künstlich kreischend anderen Leuten um den Hals.

Kopfschüttelnd reiße ich mich von dem ganzen Schauspiel los, es ist verrückt. Auch wenn ich mir zu 100% sicher bin, dass es nicht lange dauern wird, bis ich mit der ersten Barbie aneinandergerate, wächst meine Vorfreude mit jeder vorbeiziehenden Sekunde.

Die freundliche, aber etwas verwirrte Dame in der Verwaltungsabteilung drückt mir eine dicke Mappe mit Unterlagen in die Hand, zusammen mit einem Schlüsselbund, der eher aussieht, als würde er für einen Hausmeister bestimmt sein.

»Entschuldigung, aber sind Sie sicher, dass ich all diese Schlüssel benötige?«, frage ich vorsichtig.

Mit einem fragenden Blick hinter ihren Brillengläsern schaut sie mich an, als ob ich an ihrer Kompetenz zweifle.

Aber um ehrlich zu sein, kann man es mir verübeln? Nachdem ich mich kurz vorgestellt habe, hat sie hektisch für volle 10 Minuten Unterlagen zusammengesucht und in die Mappe gestopft. Da ist meine Frage doch durchaus berechtigt, oder?

»Ja, Prinzessin...« schnell hebe ich die Hand.

»Bitte, ich heiße Freia Skovgaard und möchte auf diverse Titel verzichten.«

Die Dame hört nicht mehr auf zu nicken, und ihre Arme hängen nervös in der Luft.

»Natürlich, natürlich. Sie werden alle Schlüssel brauchen. Ich schicke Ihnen einen Pagen, der Sie zu Ihrer Verbindung bringt und Ihr Gepäck trägt.« Bevor ich Einwände erheben kann, fährt sie mit etwas mutigerer Stimme fort.

»Das ist bei den neuen Studenten ganz normal.«

Mit einer Handbewegung ruft sie einen jungen Mann herbei, der tatsächlich wie ein typischer Page aussieht und mir freundlich zuwinkt. Ich übergebe ihm meinen Autoschlüssel und die Mappe.

»Mein Wagen, eine G-Klasse, steht vorne an der Straße. Nach der langen Fahrt hierher möchte ich mir etwas die

Beine vertreten. Wir treffen uns vor der Verbindung.« Mit flotten Schritten gehe ich davon.

Obwohl es hier angeblich üblich ist, dass ein Page mich zur Verbindung kutschiert, habe ich überhaupt keine Lust darauf. Stattdessen brenne ich darauf, endlich das Gelände erkunden zu können! Die Hände tief in den Jackentaschen, atme ich die frische Luft ein und genieße die Ruhe.

Vermutlich, weil die meisten erst am Wochenende ankamen. Rasmus hatte jedoch darauf bestanden, dass ich einen Tag früher komme, um dem Trubel von hundert eintreffenden Studenten zu entgehen. Ehrlich gesagt, war ich froh darüber, denn ein zusätzlicher Tag am Campus kam mir gelegen.

Während ich mich umschaue, frage ich mich, warum Rasmus sich noch nicht gemeldet hat.

Heimlich schaue ich mich um, beinahe erwartend, dass er hinter dem nächsten Baum hervorspringen würde. Aber natürlich ist das nicht der Fall.

Selbst wenn er hier irgendwo herum schleicht, war die Vereinbarung klar: Seine Leute und er würden sich im Hintergrund halten, solange ich nicht in Lebensgefahr schwebe oder ausdrücklich ihre Anwesenheit wünschte.

Ich bin wirklich gespannt, wie lange diese Abmachung eingehalten wird. Schließlich kenne ich meinen besten Freund nur zu gut. Sein natürlicher Beschützerinstinkt, der durch jahrelanges Training nur noch verstärkt wurde, war für ihn kaum zu kontrollieren.

Es war ein großer Zufall, dass Rasmus' Vater einer der wenigen Vertrauten meines Vaters und meines Onkels am Hof war und zufällig auch noch Kinder in meinem Alter hatte. Wir sind wie Geschwister aufgewachsen, und Rasmus hat von klein auf immer auf mich aufgepasst und nie gezögert, mich in Schutz zu nehmen. Obwohl es nie nötig war, schließlich war ich die Prinzessin und wurde selten bestraft.

So sind wir zusammen aufgewachsen: Er hat mich körperlich am Hof beschützt, und ich habe jegliche Schuld, egal was passiert ist, auf mich genommen.

Selbst wenn es offensichtlich war, dass nicht ich den Sohn des Finanzministers verprügelt hatte. Aber wer traut sich schon zu behaupten, dass die Prinzessin lügt?

Wir waren ein gut eingespieltes Team, das nur Unsinn im Kopf hatte und diesen pflichtbewusst ausführte. Bis unsere Väter der Meinung waren, dass Rasmus seine Loyalität mir gegenüber besser nutzen könnte, als nur Unfug anzustellen. So wurde er für einige Jahre zum Personenschützer ausgebildet. Dadurch sahen wir uns immer seltener, da sein Training natürlich viel Zeit in Anspruch nahm und ich parallel dazu unterrichtet wurde, wie man eine perfekte kleine Prinzessin wird.

Er wurde immer ernster, und ich immer rebellischer, was dazu führte, dass er alle Hände voll zu tun hatte, um mich im Zaum zu halten. Und doch kannte er mich besser als die meisten Menschen und war mir oft einen Schritt voraus.

Wir ergänzten uns auf wunderbare Weise. Plötzlich ertönt mein Handyklingeln in der Hosentasche, reißt mich aus meinen nostalgischen Gedanken. Wenn man vom Teufel spricht.

Sofort erscheint eine Nachricht von Rasmus auf dem Display.

Hey Satan, ich hoffe, der Campus steht nach deiner Ankunft noch? Ich werde erst morgen eintreffen, aber keine Sorge, es sind schon Leute von mir vor Ort. Du bist safe. Mache es meinen Männern aber nicht unnötig schwer und benimm dich bitte.
PS: Wir werden morgen Abend eine kleine Lagebesprechung bei dir haben!
- Rasmus

Kopfschüttelnd stecke ich mein Handy wieder in die Hosentasche und hebe den Kopf. In diesem Moment pralle ich gegen etwas verdammt Hartes. Feste Hände schließen sich sofort um meine Taille und bewahren mich davor, auf meinem königlichen Hintern zu landen. Verwirrt schaue ich auf, eben stand hier noch nichts!

Dieses Nichts entpuppt sich als Mann, gegen dessen Brust ich gestoßen bin. Ich suche ein Gesicht, in das ich blicken kann, und hey, der Typ scheint kein Ende zu nehmen.

»Verdammt, bist du als Kind in einen Zauberkessel gefallen oder woher kommt diese Größe?«

Ich wette, er ist nicht nur dort groß gewachsen...

Sofort verdränge ich diesen Gedanken wieder. Belustigt sieht er mir in die Augen.

»Man könnte meinen, ich wäre groß genug, um nicht von so jemand Kleinem wie dir über den Haufen gerannt zu werden, oder?«

Wow, was für eine rauchige und selbstbewusste Stimme, beinahe beantwortet sie von selbst meine unausgesprochene Frage, sein Duft gibt mir beinahe den Rest. Okay, Ruhe bewahren, er riecht nicht nur gut, sondern auch nach Ärger, den ich nicht am ersten Tag gebrauchen kann!

Er lässt mich los, und ich gehe automatisch zwei Schritte zurück, einen klaren Gedanken fassen zu können. Dabei kann ich es mir jedoch nicht verkneifen, ihn interessiert zu mustern.

Er ist ähnlich wie ich gekleidet, wir könnten fast im Partnerlook gehen, nur ist seine Lederjacke über dem weißen Shirt schwarz und nicht rot. Seine schwarzen Haare sind nach hinten gegelt, und er sieht aus, als wäre er einem amerikanischen Film aus den 50er Jahren entsprungen - es passt einfach perfekt zu ihm!

Nicht zu übersehen sind seine Tattoos, die an seinem Hals entlang wandern. Zeitgleich wandern seine grauen Augen ebenfalls über meinen Körper, aber im Gegensatz zu meinen bleibt sein Blick nicht an meinem Gesicht hängen, sondern etwas tiefer. Damit verliert er direkt Sympathiepunkte bei mir. Meine kleine Schwärmerei wird unterbrochen, schnaubend schnippe ich mit den Fingern, um seine Aufmerksamkeit auf mein Gesicht zu lenken.

»Hey, hier oben spielt die Musik, Freundchen!« Schnell hebt er den Kopf, nur um mich mit seinen grauen Augen zu durchbohren.

»Freundchen? Wirklich? Weißt du, Kleine, normalerweise entschuldigt man sich höflich bei seinem Gegenüber, wenn man ihn einfach so über den Haufen rennt. Und dann...«

Er macht eine kleine Pause, in der er sein Gesicht zu einem herablassenden Grinsen verzerrt.

»Bedankt man sich brav, dass man dabei aufgefangen wurde, anstatt auf seinem frechen Hintern zu landen.«

Mit offenem Mund starre ich ihn an, als hätte er mir gerade erzählt, er sei vom Mars. Ich kann mich beim besten Willen nicht daran erinnern, wann das letzte Mal jemand den Mut hatte, so mit mir zu sprechen, abgesehen von Rasmus. Es war sicherlich ungewohnt, aber war das nicht einer der Gründe, warum ich hier bin? Um nicht ständig wie eine Prinzessin behandelt zu werden, der alle in den Hintern kriechen? Ich spitze meine Lippen etwas an und lege meinen Ich-bin-eine-Prinzessin-Gesichtsausdruck auf. Lassen wir die Spiele beginnen…

»Na, dann lass mal deine Entschuldigung hören. Immerhin bist du genauso in mich reingelaufen! Und wie es aussieht, war es absichtlich, da ich bei dir nichts sehe, was dich hätte ablenken können, im Gegensatz zu mir!« Punkt für mich!

Nun ist er es, der mich sprachlos anstarrt. Offensichtlich ist er es auch nicht gewohnt, dass ihm jemand widerspricht.

»Nun ja, vielen Dank, dass der Herr mich aufgefangen hat. Mein Hintern bedankt sich ebenfalls.«

Ich mache einen kleinen abfälligen Knicks und gehe mit gespielt wackeligen Hüften an ihm vorbei. Erst jetzt wird mir bewusst, wie still es um uns geworden ist. Die wenigen Studenten, die hier waren, starren mich schockiert an. Es scheint, als wären wir schnell zum Mittelpunkt geworden und sicherlich das erste Klatschthema auf dem Campus.

Und schon vibriert mein Handy erneut. Eine weitere Nachricht von Rasmus, er wird über jeden meiner Schritte informiert.

David gegen Goliath, wirklich?
- Rasmus

Sofort tippe ich meine Antwort, darauf bedacht, nicht wieder einen Zusammenstoß zu verursachen.

Sorry, mein Lieber, du weißt doch, wie ich bin, sonst wäre die Hälfte deiner Männer arbeitslos! 😚
- Ich

Wieder erscheint eine Nachricht, aber nicht von Rasmus.

Willkommen an der Scholarum-Thompson-Universität. Sei auf der Hut, meine kleine Prinzessin und halte dich von dem Campus Abschaum fern!
Verlasse dich nicht zu sehr, auf deine neu gewonnene Freiheit? Es ist nicht alles so wie es scheint.
- Unterdrückte Nummer

Ein unangenehmes Gefühl durchzuckt mich beim Lesen. Er würde doch nicht?
Schnell verdränge ich den Gedanken. Nein, das kann nicht sein. Ich lasse mir meinen Sieg, hier sein zu dürfen, sicher nicht von einem Clown versauen, der sich einen Spaß erlaubt hat.

Nach ein paar Minuten bleibe ich etwas ratlos stehen und muss feststellen, dass ich mich tatsächlich schon verlaufen habe. »Na Bravo, so groß ist das Gelände doch gar nicht«, brumme ich leise.

Natürlich hat der Page die Mappe mitgenommen, in der sich ein vollständiger Lageplan des Campus befindet. Ich bin wirklich ein Glückspilz.

»Hey, also die Ansage, die du gerade Slater gegeben hast, war wirklich krass. Wenn auch etwas lebensmüde«, sagt eine belustigte Stimme hinter mir. Ich drehe mich um und sehe einen wesentlich kleineren Typen, der mich herzlich anlächelt.

»Wie unhöflich von mir, ich bin Leonhard, aber alle nennen mich Leon«, stellt er sich vor und streckt mir seine Hand entgegen, die ich zögerlich ergreife. »Freia, alle nennen mich Freia«, antworte ich. Er lacht laut auf.

»Du hast Humor, das gefällt mir. Daran mangelt es den meisten Leuten hier.«

»Wenn du das Gespräch eben mitbekommen hast, würde ich mal behaupten, dass du mir bewusst gefolgt bist?«, frage ich skeptisch.

Automatisch checke ich ihn ab, um mir einen Eindruck zu verschaffen. Er ist weitaus weniger muskulös als dieser Riese von eben, aber trotzdem sportlich.

Seine blonden Haare sind zu einem Zopf gebunden, und seine blauen Augen scheinen zu schreien, dass er von der Sorte "treudoofer Kerl" ist. Also keine ernstzunehmende Bedrohung.

»Ja, ich wollte schauen, ob alles okay mit dir ist. Du hast dich da eben mit jemandem angelegt, vor dem selbst die Professoren den Schwanz einziehen.

Also meinen aller größten Respekt«, sagt er und zieht dabei einen imaginären Hut vor mir.

Für einen kleinen Moment kann ich mir das Kichern nicht verkneifen. Leon scheint wirklich ein netter Mann zu sein, vermutlich der typische Klassenclown, der gerne Stimmung macht. So jemanden könnte ich gut in meinem noch nicht vorhandenen Freundeskreis gebrauchen. Doch dann muss ich an die letzten 15 Minuten denken, und mein Kichern verstummt. Freunde zu finden, ist nicht gerade meine Spezialität, im Gegenteil, ich neige eher dazu, mir Feinde zu machen.

»Danke für den Hinweis, dann sollte ich sehen, dass ich schnell ins Verbindungshaus der Genius Loci komme, bevor der Riese Goliath mich noch zerquetscht. Ich schätze, wir sehen uns dann die Tage?«, scherze ich und gehe an ihm vorbei.

Doch Leon hält mich am Oberarm fest und zieht mich sanft zurück.

Für einen winzigen Augenblick durchzuckt mich ein entsetzlicher Flashback, der all die schrecklichen Ereignisse zurückbringt, die ich so verzweifelt versucht habe zu verdrängen. Es ist als ob die Zeit eingefroren ist und ich mich erneut in jenem düsteren Raum wiederfinde. Die Kälte dringt bis in mein Innerstes vor und ich kann den beißenden Geruch von Vodka förmlich in der Luft spüren. Plötzlich spüre ich seine raue Hand, wie sie mich gegen die kühle Zimmerwand presst, während der Schmerz meinen Körper durchflutet. Doch es ist nicht nur der körperliche Schmerz, der mich überwältigt, sondern auch die seelische Qual, die mich wie eine Welle überrollt. Eine Mischung aus Verzweiflung, Angst und Hilflosigkeit ergreift Besitz von mir und zerreißt mich innerlich. Tränen bilden sich unaufhaltsam in meinen Augen und drohen überzulaufen.

»Warte, das liegt aber in der anderen Richtung. Äh, bist du sicher, dass du Genius Loci meinst? Ich wusste nicht, dass das Gebäude wieder bewohnt ist.« Ich stehe da wie erstarrt, es scheint mir für einen Augenblick, als würde ich durch ihn hindurchsehen.

»Versuchen wir neuerdings Frauen, gegen ihren Willen aufzureißen, Leonhard?«, ertönt ein Knurren, während meine Schockstarre langsam nachlässt und ich erkenne, dass der gutaussehende Riese hinter ihm an einem Baum lehnt.

Leon lässt sofort meinen Arm los, als hätte er sich daran verbrannt. Seine Gesichtszüge verhärten sich, und ich kann deutlich die Angst vor ihm in seinen Augen erkennen, auch wenn er versucht, es zu überspielen. Er dreht sich langsam um und sucht meinen Blick.

Ich spüre förmlich, wie ihn die Erkenntnis trifft. Er hat mich verletzt, auch wenn er sich nicht erklären kann, wie er das geschafft hat.

»Brav, und nun mach, dass du Land gewinnst«, sagt er mit einem bedrohlichen Unterton zu Leon, dieser dreht sich mit offensichtlicher Reue zu mir um. »Es tut mir wirklich leid, Freia. Ich wollte dich nicht... erschrecken.«

Das letzte Wort scheint er gut zu überlegen. Kein Wunder, er kann ja nicht wissen, was er durch diese unbedeutende Geste in mir ausgelöst hat. Es war nicht einmal sein

Fehler, dass ich wie eine verstörte Irre reagiert habe. Er hat lediglich versucht, mich in die richtige Richtung zu lenken, ohne jegliche Hintergedanken. »Wenn du möchtest, bringe ich dich zu deinem Verbindungshaus?«, bietet er an. Dieser „Slater" räuspert sich kurz, und ich starre ihn böse an.

»Vielen Dank, Leon, aber ich kenne jetzt die Richtung«, erwidere ich.

Er wirft noch einen skeptischen Blick zwischen uns hin und her und setzt sich mit einem Schulterzucken, das so viel verrät wie "Es ist ja deine Beerdigung", in Bewegung.

Der Typ dagegen hat sich keinen Millimeter bewegt und sieht auf mich herab. Sein abfälliger Blick lässt mein Blut augenblicklich kochen. Wenn ich etwas verabscheue, dann sind es Tyrannen, und dieser zu groß geratene Wicht ist definitiv einer von dieser Sorte.

»Was denkst du eigentlich, wer du bist, um so mit deinen Mitmenschen umzugehen?«, frage ich herausfordernd.

»Auch wenn eine Vorstellung normalerweise überflüssig sein müsste, ich bin Vincent Slater«, antwortet er und stößt sich von dem Baum ab, geht langsam in meine Richtung. »Und brave Mädchen bedanken sich, wenn man sie aus einer unangenehmen Situation befreit.«

Mein Gott, was hat dieser Typ nur für einen "brave Mädchen"-Trip?

»Vielen Dank, mein Retter in goldener Rüstung«, entgegne ich sarkastisch.

»Tu dir selbst einen Gefallen und misch dich nicht in Angelegenheiten ein, die dich nichts angehen, verstanden?« Sein Gesicht verändert sich von spöttisch zu zornig. Automatisch gehe ich ein paar Schritte rückwärts, während seine kalten Augen jede meiner Bewegungen verfolgen, als würde er nur darauf warten, mich wie ein Raubtier anspringen zu können. Was ist nur los mit mir? Seit wann lasse ich mich von einem Mann einschüchtern?

»Und mit dieser 'brave Mädchen'-Scheiße bist du bei mir an der komplett falschen Adresse«, fahre ich fort.

»Aber keine Sorge, ich bin mir sicher, dass hier genug brave Mädchen jederzeit vor dir auf die Knie fallen!«

Mit diesen Worten, ergreife ich zum zweiten Mal heute die Flucht vor diesem merkwürdigen Kerl.

Obwohl ich den Palast, deinen goldenen Käfig, zu deiner persönlichen Hölle gemacht habe, bist du stumm geblieben.

Fuck, Baby! Ein ganzes Jahr ist vergangen, und doch kann ich immer noch den süßen Geschmack deiner Angst auf meiner Zunge spüren. Es wäre gelogen, wenn ich nicht behaupten würde, dass es mir das reinste Vergnügen war, dich zu besitzen, dich zu brechen.

Gib es zu! Du musst es zugeben! Tief in dir drin hast du es gebraucht, förmlich danach gebettelt, als ich dich in jenem düsteren Raum genommen habe. Deine Tränen, deine Lust, deine Ängste - sie gehörten allein mir.

Das verdient doch eine kleine Belohnung, findest du nicht? Dafür habe ich dir ermöglicht, nach Amerika auf diesen lächerlichen Campus gehen zu dürfen. Ich habe alles so perfekt eingefädelt. Aber natürlich nicht ohne meinen eigenen Nutzen.

Nach unserer kleinen schmutzigen Begegnung hast du dich von mir zurückgezogen, und dein Wikinger weicht dir seitdem nicht mehr von der Seite.

Es war fast schon niedlich zu beobachten, wie du Schutz bei ihm gesucht hast, ohne ihm etwas zu verraten. Du hast ihn damit mit in deine kleine Hölle gezogen und ihm seinen kleinen Verstand geraubt.

Doch denkst du wirklich, er könnte dich jemals von mir fernhalten? Hier, auf diesem Campus, kann ich dir wieder näher sein, unerkannt, um dich mehr und mehr in meinen Besitz zu nehmen. Vertrau mir, Baby, was ich geplant habe, wird dir gefallen.

Willkommen an der Scholarum-Thompson-Universität, Babygirl.

KAPITEL 2
VINCENT

FUCK.

Das hat die kleine Rothaarige gerade nicht wirklich gesagt, oder?

Ist sie einfach nur dumm oder hat sie eine eindeutige Todessehnsucht?

Um mich herum ist es so totenstill, dass man eine Stecknadel fallen hören könnte. Die wenigen zurückgebliebenen Studenten warten gespannt auf meine Reaktion.

Schließlich kommt es nicht alle Tage vor, dass jemand den Mut hat, so mit mir zu sprechen, jedenfalls nicht wenn der Person etwas an sich selbst lag. Selbst wenn mir mein Ruf in diesem Fall nicht vorauseilt, hat die Kleine wesentlich mehr Mut, als gesund für sie ist. Ich sehe nicht gerade danach aus, als wäre ich jemand, mit dem man ungestraft so sprechen könne.

Wie ein Blitzschlag durchzuckt mich das Verlangen, als ich dem Mädchen in ihrem überteuerten Biker-Outfit hinterherschaue. Ihr Hintern wippt verführerisch bei jedem schnellen Schritt. Jede Faser meines Seins schreit förmlich danach, ihr zu folgen, sie über mein Knie zu legen und an Ort und Stelle zu züchtigen. Bis sie flehentlich um Gnade bittet und ich ihr Erlösung gewähre – ich sehe bereits ihren geröteten, pulsierenden Hintern vor meinem inneren Auge. Unbewusst lecke ich mir über die Lippen.

Fuck, Fuck Fuck, ich muss mich zusammenreißen, es wird eng in meiner Hose! Tief atme ich ein.

Um mich herum ist es immer noch viel zu ruhig. »Was gibt es hier denn zu glotzen? Verpisst euch, oder soll ich euch nachhelfen!«

Sofort erwacht Bewegung unter den Leuten, und jeder bemüht sich, schnell das Weite zu suchen, bevor sie zum Opfer meiner Wut werden. Mit einem düsteren Grinsen blicke ich den flüchtenden Studenten hinterher und entdecke schließlich Isaac unter einem Baum in der Ferne – zum Glück. Es wird höchste Zeit, dass er auftaucht, denn neben Logan ist er der Einzige hier auf dem Campus, der weiß, wie man mit mir umzugehen hat, wenn ich in Rage gerate. Zum Glück hat mich dieses fordernde Biest mehr amüsiert als erzürnt, sonst wäre sie mir nicht so einfach davon gekommen.

Ein bedrohliches Feuer lodert in ihren Augen und fesselt mich auf faszinierende Weise. Ich muss unbedingt mehr über sie erfahren; so eine Intensität kenne ich nur aus bestimmten, mir bekannten Kreisen.

Leider ist mir das Glück nicht hold. Isaac ist nicht alleine, er lehnt lässig an einem Baum, den Arm um sein kleines Betthäschen Helena vom letzten Semester, das sich seitdem wie eine gierige Zecke an ihn klammert. Und daneben die Puppe von letzter Nacht, Beverly, die Meisterin der Blowjobs.

Sie sieht mich erwartungsvoll an, als ich mich ihr nähere. Genervt zünde ich mir eine Zigarette an und hoffe, dass der Tag ohne Tote enden wird. Die Puppe wirft sich mir sofort mit einer verführerischen Geste um den Hals, was in mir einen inneren Brechreiz auslöst. Eine Nacht mit ihr hat mir vollkommen gereicht - sie mag gut im Bett sein, aber darüber hinaus hat sie nichts zu bieten. Alles an ihr wirkt so gekünstelt, dass ich mir, wenn ich nur etwas weniger Selbstvertrauen hätte, die Frage stellen würde, ob der Orgasmus überhaupt echt war.

»Hast du gerade deinen ersten Korb kassiert? Mach dir nichts draus, heißt es nicht, dass der erste der Schlimmste ist?« Isaac zieht amüsiert eine Augenbraue nach oben. Die kleine Barbie neben mir schnaubt empört und krallt ihre spitzen Fingernägel in meinen Oberarm.

»Vinny, was wollte diese rothaarige Schlampe von dir?« Isaac bricht in ein brüllendes Gelächter aus, das selbst Helena kurz zusammenzucken lässt und ihn vorwurfsvolle Blicke von ihr ernten lässt.

Vinny?

Es erfordert meine gesamte Selbstkontrolle, um nicht sofort über sie herzufallen und sie zu erwürgen. Warum verhalten sich heute alle Frauen mir gegenüber so, als würden sie sehnsüchtig auf eine Begegnung mit meinem Gürtel warten?

Ich unterdrücke die aufkommende Wut und greife unbewusst, wie so oft, wenn meine Geduld am Ende ist, nach dem Messer, das an der Innenseite meiner Jacke befestigt ist. Isaac bemerkt sofort meine Geste, sie ist ihm nur allzu vertraut, und er weiß, dass er, wie immer, einschreiten muss, bevor ich die Kontrolle verliere.

»Ladies, wir sehen uns später. Logan wartet schon auf uns.«

Isaac gibt Helena einen ordentlichen Klaps auf den Hintern und löst die angespannte Situation. Langsam neige ich mich zu der Puppe vor, bevor Isaac mich zurückziehen kann.

»Wenn ich noch einmal höre, dass du mich Vinny nennst, werde ich dir die Zunge herausschneiden. Hast du mich verstanden?« Anhand ihres weit aufgerissenen Blicks scheint sie zumindest die Bedrohung in meiner Stimme zu erkennen. Schnell schiebt Isaac mich von den Mädchen in Richtung unserer Verbindung weg.

Schweigend gehen Isaac und ich durch die Parkanlage des Campus auf unser Verbindungshaus "Res Obscura" zu, während die Wut in mir weiter vor sich hin brodelt.

»Bro, tu mir einen Gefallen und lasse deine Wut bei deinen familiären Angelegenheiten raus, nicht auf dem Campus, einverstanden?« Ich knurre nur.

Er hat recht. Wenn ich hier die Kontrolle verliere, verliere ich nicht nur meine besten Freunde und indirekte Partner, sondern würde auch meine Familie enttäuschen.

»Also, raus damit, was war da gerade los? Und damit meine ich nicht, dass Beverly dich 'Vinny' genannt hat.«

»Was soll da gewesen sein?" Ich zucke mit den Schultern.

»Na, seit wann interessiert es dich, was die anderen hier treiben, solange es dir nicht in die Quere kommt? Und viel wichtiger, seit wann tolerierst du so ein Verhalten? Oder kennst du die kleine Füchsin? Sie war definitiv heiß.«

Kleine Füchsin, der Name trifft es genau. Aber wer ist sie überhaupt? Ich zucke nur mit den Schultern und mache mir mental eine Notiz. Bei ihrem Auftreten könnte sie wirklich aus einer der Familien stammen. Wenn das der

Fall ist, muss ich es so schnell wie möglich herausfinden und notfalls eingreifen.

»Ist mir während der Semesterferien etwas entgangen? Seit wann sprichst du nicht mehr mit mir?«

»Das hatte nichts mit der Kleinen zu tun. Dieser Leonhard geht mir schon seit einer ganzen Weile auf den Sack. Letztes Jahr ist dieser kleine Feigling zu deinem Vater gerannt, um sich zu beschweren, dass ich kaum an den Vorlesungen teilgenommen habe. Wäre doch schade gewesen, die Gelegenheit ungenutzt verstreichen zu lassen, oder? So konnte ich ihm direkt zu Beginn des Jahres zeigen, wo sein Platz ist.«

Isaac schweigt an meiner Seite. Er ist neben Logan und seinem Vater einer der Wenigen, die eingeweiht sind, zumindest soweit, dass es für sie nicht gefährlich werden könnte.

Ich zünde mir eine Zigarette an und ziehe das Nikotin gierig in meine Lunge.

»Gibt es sonst noch etwas Neues, Vinc?« Ich weiß, worauf er hinaus will. Der Clan, der sich hier breit macht und mittlerweile versucht, zwielichtige Dinge auf dem Campus zu drehen. Auch wenn Isaac immer so überheblich tut, liegt ihm die Universität sehr am Herzen.

Sein Vater besitzt so viele private Universitäten für die Elite, auf der ganzen Welt, dass sie sicher aufgehört haben zu zählen, aber diese hier ist besonders, weil sein Vater hier seine Mutter kennengelernt hat. Eine Art kleiner emotionaler Ausflug.

»Ich habe alles unter Kontrolle und vor zwei Wochen ein kleines Exempel statuiert. Diese Hunde werden vorerst einen großen Bogen um deine geliebte Uni machen.

Details?« Ich kann seine Erleichterung deutlich sehen, als er den Kopf schüttelt, fast schon rührend. Wenn es blutig wird, ist er um einiges zurückhaltender, im Gegensatz zu Logan.

Wenn man vom Teufel denkt! Unsere beiden Handys klingeln, was normalerweise bedeutet, dass in unsere Gruppe geschrieben wird. Da wir zusammen sind, kann es nur Logan sein.

Wo bleibt ihr denn, ihr Ärsche? Das Rätsel, wer die Ehre hat, neben uns zu wohnen, scheint gelöst zu sein. Kommt her, es ist wirklich Filmreif.

- Logan

Das klingt, als hat er sich schon wieder das Hirn weggekifft. Sehen wir mal, ob sein Film sich wirklich abspielt.

»Na, das dürfen wir uns natürlich nicht entgehen lassen, oder?«

Schnell überbrücken wir den Rest des Weges zu unserer Verbindung und bleiben vor Logan stehen, der sich etwas abseits auf eine Bank gesetzt hat und glücklich an seiner Kippe "danach" zieht.

»Was ist denn so lustig?«, fragt direkt Isaac und sieht sich um.

»Und warum sitzt du hier?«

Doch da hören wir schon, auf was er sich in seiner Nachricht bezog; eine sehr laute und wütende Stimme ertönt. Eine kleine Rothaarige läuft wie ein wilder Tiger im Käfig vor den Zwillingshäusern auf und ab und gestikuliert wild.

»Glaubt ihr es? Ich musste mich in Sicherheit bringen. Die Kleine hätte sonst versucht mich umzuhauen, als sie mein Lachen gehört hat, wenn nicht ihr Telefon geklingelt hätte.« Isaac und ich betrachten ihn eingehend. Er scheint es sehr gelassen aufzunehmen, vielleicht ist er bereits zu high, um sich überhaupt zu kümmern. Mein Blick schweift, zu der Rothaarigen Furie, ein böses lächeln huscht über mein Gesicht.

Verdammt. Wenn das nicht die kleine Füchsin ist, die mehr Glück als Verstand hat.

KAPITEL 3

FREIA

Schwer atmend steuere ich auf ein großes altes Gebäude zu. Wenn der Page nicht davor warten würde, käme ich nicht auf die Idee, dass es ein Verbindungshaus sein könnte. Ich dachte, diese wären wesentlich kleiner und weniger eindrucksvoll. Das Haus scheint von weitem schon eine Geschichte erzählen zu wollen, und es wirkt sehr verlassen. Was es aber noch besonderer macht, ist die Tatsache, dass ein genaues Spiegelbild genau daneben steht und die Gebäude nur durch einen Zaun getrennt sind. Wie Zwillinge!

»Miss Skovgaard, darf ich Sie einmal durch das Haus führen?«, lächelt mich der Page schüchtern an.

»Wie viele Studenten wohnen denn hier?«, frage ich direkt und gehe gar nicht erst auf seine Frage ein.

»Nur Sie. Das Gebäude wurde extra für Sie renoviert und neu möbliert. Es stand lange Zeit leer.«

Das soll doch wohl ein schlechter Scherz sein, oder? Verdammt, wie konnte ich so leichtgläubig sein, dass Onkel Sverre mich wirklich an einem normalen Studenten Leben teilnehmen lässt! Und Rasmus, dieser elendige Verräter, hat es genau gewusst! Er hatte es ja schon fast in der Nachricht angedeutet, dass etwas nicht stimmt.

Zähneknirschend stehe ich vor den Stufen der Verbindung und überlege, wie ich nun vorgehen soll. Ob es noch ein freies Zimmer in einem Wohnheim oder einer Verbindung gibt?

Kann ich das spontan schaffen? Natürlich! Ich bin eine verdammte Prinzessin! Wird Rasmus, der von seinem Vater die totale Vollmacht über meine Sicherheit bekommen hat, es zu verhindern wissen? Definitiv! Hat er, wie ich ihn kenne, schon Vorkehrungen getroffen? Vermutlich!

Fazit: Ich bringe sie beide um!

»Miss?«, der Page wartet immer noch am Eingang, um mir eine Führung zu geben.

»Danke, aber ich komme schon zurecht«, motze ich.

Er nickt schüchtern und reicht mir den Schlüsselbund. »Der Große ist für die Haustür, die meisten sind beschriftet. Ihre Autoschlüssel und die Unterlagen liegen im Salon. Sie haben einen eigenen Zugang zur Tiefgarage, die unter dem Garten des Hauses liegt. Dort steht Ihr Auto. Ich habe mir erlaubt, Ihr Gepäck in das größte Schlafzimmer zu stellen. Falls Sie etwas benötigen, zögern Sie bitte nicht, bei der Verwaltung anzufragen.« Damit läuft er eilig davon.

Zornig hole ich mein Handy hervor und wähle Rasmus' Nummer per Kurzwahl. Natürlich geht er nicht ran, er weiß ganz genau, was los ist.

»Verfluchte Scheiße! Du elendiger Mistkerl, du hast genau gewusst, dass ich in eine normale Verbindung ohne Sonderbehandlung wollte! Und jetzt hast du nicht mal die Eier, ans Telefon zu gehen! Warte nur ab, wenn du morgen hier ankommst, du kannst was erleben, Rasmus!« schreie ich ihm auf die Mailbox. Kochend vor Wut starre ich auf mein Handy, unschlüssig, ob ich direkt meinen Onkel anrufe oder warten sollte, bis sich meine Wut wenigstens etwas gelegt hat. Beruhig dich! Nicht wieder kopflos handeln.

Am liebsten würde ich Sverre direkt die Meinung geigen, aber dann laufe ich nur Gefahr, dass ich morgen im nächsten Flieger zurück nach Schweden sitze. Ich weiß zu gut, dass er so ein Verhalten nicht duldet.

Ein gurgelndes Geräusch ertönt, links von mir sitzt ein Mann auf den Stufen des identischen Hauses und hat sich an dem Rauch seiner Zigarette verschluckt. Er sieht aus, als wäre er direkt aus einem Baywatch-Film entsprungen: blonde Locken, ein perfektes Gesicht mit vielen Sommersprossen, was fast schon niedlich wirkt, und braune Augen, die mich beobachten. Und ein spöttisches Grinsen, er lacht mich aus!

Mein Glück, da ist doch schon ein passendes Ventil, sein Pech. Ich muss die Wut rauslassen, bevor ich mich bei meinem Onkel melde. Also setze ich mich mit vor Wut geballten Fäusten in seine Richtung in Bewegung, lege mir schon zurecht, was ihn gleich erwarten wird… Als mein Handy klingelt! Was für ein perfektes Timing.

Gunnar, Rasmus' Vater, erscheint auf dem Display.

Ja, super, da nimmt er mir die Entscheidung ab, wann ich mit meinem Onkel sprechen werde.

»Gunnar, gut, dass du anrufst. Ich habe da eine Kleinigkeit mit meinem Onkel zu klären. Ist er zu sprechen?« frage ich mit zuckersüßer Stimme.

»Keine Chance, Freia, dein Onkel hat für so etwas keine Zeit. Mein Sohn hat mich bereits vorgewarnt«, antwortet er.

Mieser kleiner Verräter!

»Es wird auch nichts zu diskutieren geben. Du warst dabei, als wir die Bedingungen ausgehandelt haben. Mein Sohn trägt die volle Verantwortung für dich und ich stehe hinter seiner Entscheidung. Du bist am sichersten, wenn du alleine wohnst. Nur so kann man kontrollieren, wer ein und aus geht. Es wird schon schwer genug sein, dich auf dem Campus im Blick zu behalten, vor allem wenn du es uns wie immer unnötig schwer machst. Wenn dir das nicht gefällt, platzt der Deal, und du bist morgen wieder zuhause!«

Ich zünde mir eine Zigarette an und nehme einen großen, geräuschvollen Zug, mit dem Wissen, dass er es hört und es ihm nicht gefällt.

Schließlich rauchen Prinzessinnen nicht. Doch diese kleine Nikotin-Routine, wurde Teil meiner selbst ernannten Therapie, und damit notwendig.

»Jetzt hörst du mir mal gut zu! Der Deal beinhaltet auch, dass ich die Chance bekomme, so normal es geht zu studieren, und das hier ist nicht annähernd NORMAL. Alle leben in Wohnheimen oder Verbindungshäusern. Habt ihr auch daran gedacht, dass es unnötige Aufmerksamkeit erregt? Dass ich dadurch bewusst eine Zielscheibe auf dem Rücken tragen werde?«

»Du bist eine Prinzessin, diese "Zielscheibe" wirst du niemals ablegen, egal wo du bist, und so naiv bist du nicht, dass du denkst es geheim halten zu können!«

Ich höre deutlich, wie er begann, die Fassung zu verlieren. Gut, da sind wir schon zu zweit!

»Ja, aber wenn ich es entscheide und nicht, weil ich gezwungenermaßen hier wohne! Genau diese Entscheidung nehmt ihr mir ab, indem ich wie immer auf diesem verfluchten Präsentierteller sitze. Und glaube bloß nicht, dass Rasmus oder einer seiner Trolle mit mir in diesem Haus leben wird. Vorher friert die Hölle zu!«

»Zügel deinen Ton, Freia!«

Fuck, egal was ich sage, es wird nichts mehr an der Tatsache ändern, im Gegenteil.

»Du kannst doch eine eigene kleine Verbindung gründen, wie wäre das? Mit ausgewählten Mädchen aus gutem Haus, die...«

»Ach, leck mich doch.« Damit war das Telefonat beendet. Wenn ich noch ein weiteres Wort hören muss, explodiere ich noch!

Ich zünde mir eine weitere Zigarette an und lasse mich auf die Stufen vor meinem zukünftigen Zuhause, auf Zeit, sinken. Das Semester fängt ja schon bombastisch an: Erst fange ich Streit mit dem College-Tyrannen an, und jetzt das. So habe ich mir meinen Freifahrtschein nicht vorgestellt.

Ein Tiefes, lautes Lachen ertönt.

Wie sagt man so schön? Alle guten Dinge sind drei? Genau dieser Tyrann sitzt ein paar Meter entfernt mit den Ellenbogen auf den Knien auf einer Bank und grinst mich herablassend an. Neben ihm zwei weitere Typen, der Surferboy und ein blonder Möchtegern Adonis.

Ich habe so einen verfluchten Drang, diesem Typen das dämliche Grinsen aus dem Gesicht zu wischen, sodass sich meine Beine fast wie von selbst bewegen.

Und dann stellt sich mir einfach eine hochgewachsene Brünette in den Weg, ihre haselnussbraunen Augen strahlen mich freundlich an.

»Hey du, ich bin Genevieve, du kannst mich aber gerne auch Eve nennen. Wenn du das vorhast, was ich vermute, lass es bitte. Mit den „Reslern“ ist wirklich nicht zu spaßen. Und du siehst aus, als würdest du gerade gerne jedem einzelnen von ihnen ins Gesicht schlagen… Womit du übrigens auch nicht alleine bist!« Mit dem letzten Satz hat sie direkt Sympathiepunkte bei mir gesammelt.

»Die Resler? Echt jetzt? Warum denn nicht gleich "diejenigen-deren-Namen-nicht-genannt-werden-dürfen"?« Was für Vollidioten.

Sie lachte. Aber vermutlich hatte sie recht. Ich kann mich zwar verteidigen, aber mit drei von dieser Sorte habe selbst ich schlechte Karten.

»Ich bin Freia, ohne Abkürzung. Und ja, du hast recht, ich hatte die Mission, alle drei zu vermöbeln, aber vor allem den großen Schwarzhaarigen. Der scheint mich zu verfolgen, oder so.«

Eves helles Lachen brachte mich selbst kurz zum Schmunzeln. »Das ist Vincent Slater und der Schlimmste von den Reslern. Ich bezweifle, dass er dich verfolgt, er wohnt hier.« Sie nickte in Richtung des zweiten Gebäudes. »Das ist die "Res Obscura" Verbindung.«

Ich schließe für einen Moment die Augen. Wie heißt es nochmal? Schlimmer kann es nicht mehr werden? Nicht nur, dass ich direkt Aufmerksamkeit auf mich gezogen habe, weil ich hier einziehen muss, nein, jetzt wohnt dieser verdammte Typ auch noch neben mir.

»Eigentlich wollte ich dich, nachdem du mit dem Pagen gesprochen hast, fragen, ob du die mysteriöse Person bist, die hier einzieht«, sagte sie und machte eine Geste mit der Hand, die ihre Worte unterstrich. »Aber nach dem nicht überhörbaren Telefonat erübrigt sich die Frage von selbst. Es geht schon, seit Mitte des letzten Semesters, das Gerücht rum, dass hier für eine einzelne Person renoviert werden soll. Vermutlich jemand aus einer alten Familie.

Die Gerüchteküche scheint sich in diesem Fall wohl nicht zu täuschen, aber du scheinst nicht gerade glücklich über diesen Jackpot zu sein?«

»Du hast es erfasst, ich wusste nichts davon und wollte hier sicher nicht einziehen. Und jetzt, wo ich weiß, wer meine Nachbarn sind, erst recht nicht!« Sie sah mich an, als wäre ich irre.

»Machst du Witze? Jeder würde töten, um genau hier wohnen zu dürfen!«

Großartig! Ich würde auf der Stelle mit ihr tauschen, selbst wenn sie in ihrem Auto wohnen würde, was ich nach Anblick ihres Outfits aber stark bezweifle.

Ich schaue kurz zu den "Reslern" rüber. Sie sitzen immer noch auf der Bank und unterhalten sich lachend. Nur Vincent nicht, er starrt mich mit düsterer Miene an. Ob er schon einen Plan hat, sich irgendwie zu rächen? Ich würde ja darauf hoffen, dass er zu alt für Rachepläne ist, aber ich habe über die Jahre gelernt, dass besonders Männer niemals zu alt für so etwas werden.

»Freia? Hörst du mir zu?«, fragt sie mich.

»Sorry, ich war kurz abgelenkt von meinen zukünftigen Nachbarn. Wie es scheint, sind wir für sie ganz großes Kino«, antworte ich laut genug, damit er mich hören kann, und bekam einen merkwürdigen Blick von Eve, die sich etwas eingeschüchtert abwendet.

»Was wolltest du wissen?«

»Verständlich, er kann wirklich unheimlich sein, aber auf eine gruselige Art auch sexy«, sagte sie verschwörerisch und schüttelt den Kopf, als würde sie sich selbst zur Ordnung rufen wollen - ähnlich wie ich, als ich mit ihm zusammengestoßen bin.

Der Bad-Boy, verdreht hier sicherlich allen Frauen den Kopf, und wer nicht auf Tattoos steht, bekommt entweder einen Surferboy oder einen Griechischen Gott.

Wie im Laden, wenn mir die schwarze Hose nicht gefällt, nehme ich eben die Weiße.

»Komm, ich möchte unbedingt das Haus von innen sehen!« Sie hüpfte euphorisch auf und ab, und reißt mich aus meinem Kopfkino, ein sehr eleganter Übergang. Warum lässt mich das Gefühl nicht los, dass hier eine Freundschaft entsteht, ohne dass ich gefragt werde? Sie kennt mich doch gar nicht, hat noch keine Ahnung, wer ich eigentlich bin. Entweder sie ist eine sehr offene Person oder einfach naiv. Schulterzuckend gehen wir die drei Stufen hoch und ich schließe die alte Tür auf.

»Ich war selbst noch nicht im Haus«, sage ich nachdenklich.

Eve klatscht in die Hände. »Mega, dann lass uns das Haus zusammen erkunden!«

Völlig erledigt, lasse ich mich auf mein neues Himmelbett fallen. Wer hätte gedacht, dass eine Haus-Erkundungstour mit Eve so anstrengend sein könnte?

Innerhalb kürzester Zeit erfuhr ich, dass Eve die Tochter eines großen Immobilienhais ist, wo sie zur Schule ging und was ihre Lieblingsbeschäftigungen sind, sowie alles weitere über ihr gesamtes Leben.

Das einzige Interessante daran war, dass sie auch im dritten Semester ist, genauso wie ich. Nur dass sie die vorherigen zwei Semester hier absolviert hat und nicht einfach zwischendrin eingestiegen ist. Fast könnte ich stolz auf mich sein; ich habe einen ersten positiven Kontakt geknüpft.

»Wer hätte gedacht, dass das Haus so riesig ist? Wollen wir vielleicht tauschen? Mein Zimmer in der "Amicitia Sororum" Verbindung ist fast genauso groß wie deins, aber den Rest müsstest du dir mit den anderen Mädels teilen. Ich bin wirklich neidisch«, seufzt sie und streicht verträumt über die Bettdecke.

»Du hast sogar einen Pool samt Sauna und hast du den angrenzenden Fitnessraum gesehen?« Ich seufze. Das ging nun schon seit zwei Stunden so. Nach allem, was sie sah, fragte sie mich, ob ich es auch gesehen habe. Ja, natürlich, ich stehe doch direkt neben ihr!

»Ja, Eve, wie alles andere in diesem Haus«, sage ich und drehe mich auf die Seite, um sie anzusehen.

»Du bist wirklich unglücklich mit deiner Situation, oder?«, fragt sie. Ja! Ja! Ja!

»Das ist alles nicht so einfach zu erklären. Aber ich habe meine Gründe, warum mich das alles hier so ankotzt. Wenn es dich wirklich interessiert, erkläre ich dir gerne alles.«

Ich gähne laut, sehr unprinzessinnenhaft. »Aber nicht heute. Es tut mir leid, aber die ganze Autofahrt und dann das Drama mit diesem Typen haben mich echt geschlaucht.« Eves Augen funkeln, sie ist so leicht zu begeistern wie ein kleines Kind.

»Gib mir dein Handy, ich speichere dir meine Nummer ein«, sagt sie und streckt ihre perfekt manikürte Hand erwartungsvoll in meine Richtung.

Schwerfällig rolle ich mich zur Seite, um mein Handy aus der hinteren Hosentasche zu fischen, und drücke es ihr in die Hand. Geschickt tippt sie ihre Nummer ein und drückt auf Anrufen. Praktisch, so hat sie auch sofort meine Nummer.

»Morgen treffe ich mich mit meiner besten Freundin Sofia, ich würde sie dir gerne vorstellen. Infos folgen per Nachricht.« Sie springt freudig vom Bett auf und geht zur Tür. »Ich finde schon selbst raus, bis morgen.«

Wer hätte gedacht, dass meine Ankunft hier so anstrengend sein würde? Ich rappele mich schwerfällig vom Bett auf und verbringe die nächste Stunde damit, gemütlich meine Sachen ein- und auszuräumen.

Die Kleider, die ich vorab hatte herschicken lassen, hängen bereits fein säuberlich in den Schränken. Das Zimmer ist geräumig, mit einem großen, schweren Eichenschreibtisch, an dem problemlos drei Studenten lernen können. Dort hatte ich schon meine Unterlagen und den Laptop platziert.

Das Haus ist wirklich schön, keine Frage.

Es hatte alles, was man sich wünschen konnte: eine riesige Küche samt Esszimmer, einen Salon mit eigener Bar, einen Leseraum, ein großzügiges Wohn- und Kaminzimmer und eine große Empfangshalle mit einer schönen Treppe, die zur oberen Empore führte. Von dort aus gab es verschiedene Schlafzimmer und passende Badezimmer, und am Ende der Räume befand sich mein Schlafzimmer mit einem direkt angrenzenden Badezimmer. Vieles war genau im Stil, den ich von zuhause kannte, was mich vermuten lässt, dass es bewusst umgebaut wurde. Natürlich hat das Haus auch eine eigene Tiefgarage, wie könnte es auch anders sein. Den anderen parkenden Autos nach jedoch zu urteilen, teile ich mir diese mit anderen, mir schon bekannten Studenten.

Selbst der Garten ist perfekt.

Es gab eine Terrasse, perfekt zum Lernen im Sommer. Das Poolhaus grenzt direkt an beide Wohnhäuser an. Wie Eve geschwärmt hatte, beinhaltet es einen Pool, eine Sauna und einen eigenen Fitnessraum, in dem zu meiner Begeisterung ein großer Boxsack hing!

Ich vermute stark, dass wir nicht einmal alles gesehen hatten. Aber Eve wollte unbedingt mein zukünftiges Schlafzimmer sehen und rannte die Treppe hinauf. Dort blieben wir dann hängen und so endete die Erkundungstour. Ich habe für heute auch definitiv genug gesehen.

Mit meiner Zigarettenschachtel und dem Zippo, das ich von meinem Ex einkassiert hatte, gehe ich auf den angrenzenden Balkon und gönne mir erst einmal eine Ladung Nikotin. Es war bereits dunkel, und mein Balkonlicht tauchte die Umgebung in eine fast schon romantische Atmosphäre. Wie ich es genieße, immer und jederzeit rauchen zu können, ohne mir eine Predigt anhören zu müssen. Das ist neben meinem geliebten Gin wie Balsam für meine kaputte Seele. Ich stoße den Qualm aus meiner Lunge und erfreue mich am Ausblick. Der Balkon war optimal gelegen. Auf der linken Seite konnte man den Campus sehen, rechts den angrenzenden Wald, der hinter dem hoch eingezäunten Garten begann. Es ist wirklich perfekt, nur einfach nicht das, was ich will und brauche.

Und geradeaus. Ja, da war der Gegenpart des Hauses, die Verbindung der Resler. Ich hatte einen zu guten Blick auf die Seite des Hauses, und ein deutlich kleinerer Balkon grenzte fast an meinen. Und genau auf diesem Balkon leuchtet eine Glut im Dunkeln. Ich zucke vor Schreck zusammen und lasse meine Zigarette fallen.

»Scheiße, hast du mich erschreckt! Bist du ein Spanner oder warum versteckst du dich?«, rufe ich aus, als ein männliches Lachen ertönt und eine Männergestalt aus dem Dunkeln hervortritt. Wenn ich es richtig erkenne, muss es dieser Isaac sein, der Sohn des Dekans.

»Das war nicht meine Absicht, aber du schienst so genüsslich zu rauchen, da wollte ich dich nicht stören«, sagt er und kommt zur Brüstung. Er streckt seine Hand rüber, skeptisch nähere ich mich und ergreife sie. Er sieht wirklich aus wie in Steingemeißelt. Seine hellbraunen Haare lagen leicht über seine Stirn, was seinem Aussehen eine lässige Note verlieh. Die tiefgrünen Augen betrachteten mich aufmerksam, ohne dabei ein Anzeichen von Ablenkung zu zeigen.

»Ich bin Isaac Thompson, und du musst die junge Frau sein, für die das gesamte Gebäude umgebaut wurde? Mich würde ja brennend interessieren, warum das nötig war«, sagte er, während er mich amüsiert ansieht.

»Ich wüsste nicht, was dich das angeht... Aber Moment, als Sohn des Dekans müsstest du doch sicher einen vollen Einblick haben. Oder nein, warte! Wetten, ich bin top secret?«, entgegne ich herausfordernd.

Er lachte laut auf, dass ich dem Drang widerstehen musste zurück zu weichen.

»Oh, kleine Füchsin, beginne kein Spiel, das du nicht gewinnen kannst. Denn meine Gegner erholen sich nur selten von ihrer Niederlage!«, erwidert er und dreht sich einfach um. Er verschwindet im Dunkeln, und ich höre nur noch eine Balkontür, die sich schließt. Was war das denn?

Einsame Spitze, ich habe schon Zwei der Drei als Gegner. Das kann ja nur spannend werden, oder?

KAPITEL 4
FREIA

Völlig erschöpft von der ersten Nacht schleppe ich mich in die Küche, um mir meine morgendliche Koffeinzufuhr abzuholen. Die Nacht ist ja mal eine absolute Katastrophe gewesen, ich habe so viel tolle Scheiße im Kopf. Wie kann ich Rasmus später am besten so richtig in den Arsch treten? Was soll ich mit den Reslern anstellen? Und oh, Eve, ist so besessen davon, mich unbedingt kennenlernen zu wollen. Und natürlich darf ich nicht vergessen, dass ich rund um die Uhr überwacht werde. Das einzig Gute daran ist, dass dadurch die andere Scheiße, die sonst meinen Kopf zerpflügt, für den Moment keinen Platz mehr hat. Und so beginnt mein erster Tag hier an der Universität, ein Leben, das bald zur Routine wird.

Um Punkt 7 Uhr öffne ich meine Augen, leicht verwirrt und total erschöpft. Nicht einmal eine eiskalte Dusche konnte mich wirklich aufwecken. Zum Glück gibt es hier wenigstens guten Kaffee, der meine Laune prompt hebt.

Bevor die ganze Horde von Studenten eintrifft und den Campus zum Leben erweckt, wollte ich noch eine Runde joggen. Schließlich ist mir gestern klar geworden, dass meine Fitness echt zu wünschen übrig lässt. Und bisher hat joggen immer super geholfen, um einen freien Kopf zu bekommen. Und den brauche ich dringend, um eine grandiose Strategie auszutüfteln, wie ich mit meinen neuen Leben am besten klarkomme. Ohne, dass es Tote geben wird.

Ich binde meine Haare zu einem hohen Zopf zusammen, stecke meine Kopfhörer ein und renne einfach los. Dabei habe ich vergessen, wie gut das tut! Während ich renne, versuche ich, mir gleichzeitig das Gelände etwas einzuprägen und schicke mir selbst immer wieder Standorte von wichtigen Punkten, damit ich sie am Montag schnell finden kann, mein Orientierungssinn ist grottig.

Letztendlich komme ich wie von selbst an einem Café an und bestelle mir direkt meine nächste Koffeinbombe - noch zwei weitere und mein Gehirn läuft auf Normalbetrieb.

Während mein Kaffee zubereitet wird, warte ich am Eingang, um die Leute etwas beobachten zu können. Mittlerweile ist es 10 Uhr und es wird immer hektischer. Die ersten Studenten kommen an und das Gewusel beginnt. Ich kippe den viel zu heißen Kaffee vor der Tür des Cafés runter und entscheide mich, wieder zurück zu joggen, bevor mir das Treiben auf dem Hauptplatz zu groß wird.

»Unsere Füchsin ist ja richtig sportlich!« Isaac lehnt an der Wand und hält zwei Kaffeebecher in der Hand. »Darf ich dich einladen?« Er streckt mir den Arm entgegen. Skeptisch schaue ich ihn an.

Ob er vielleicht etwas reingeleert hat? Als Sohn des Dekans traue ich es ihm nicht zu, aber Vincent? Das wäre doch eine perfekte Racheaktion, oder?

»Dankeschön, aber ich kaufe meinen Kaffee lieber selbst. Und nun entschuldige mich bitte, ich habe noch etwas Sport zu treiben, die Füchsin muss schließlich in Form bleiben!«

Ich mache einen kleinen Haken um ihn herum und rufe über meine Schulter: »War aber ein netter Versuch!«

Mit einem Grinsen setze ich meinen Lauf fort, während ich Isaac verwirrt und etwas enttäuscht zurücklasse. Es ist wirklich amüsant, wie er versucht, mich aus der Reserve zu locken. Doch ich habe andere Pläne, nämlich das Studium, und lasse mich von solchen Spielchen sicher nicht ablenken. So jogge ich in Höchstgeschwindigkeit über den Campus. Meine Beine fühlen sich leicht an und der Wind peitscht mir ins Gesicht. Es ist ein Gefühl von Freiheit und Leichtigkeit, das mich erfüllt.

Und dann vibriert mein Handy in meiner Sportjacke. Eine Sprachnachricht von Rasmus.

Speedy, gab es in der Hölle eine Revolte oder warum rennst du so schnell? Schalte mal einen Gang runter.
- Rasmus

Seine Stimme klingt atemlos und ich drehe mich instinktiv um. Tatsächlich sehe ich ihn einige Meter hinter mir, wie er ebenfalls joggt. Seine blonden Haare wehen wild im Wind und Schweiß perlt auf seinem Shirt. Mein Herz macht einen kleinen Satz, und auch wenn ich ihn definitiv noch zur Rede stellen und ihm den Rost runtermachen werde, freue ich mich unfassbar, ihn wiederzusehen. Es ist so ungewohnt, länger als ein Wochenende von ihm getrennt zu sein.

Aber bevor ein freundliches Wiedersehen stattfinden kann, zeige ich ihm den Mittelfinger und renne wie eine Verrückte los. Soll er mich doch erst einmal einholen.

Ich sprinte die drei Stufen zum Verbindungshaus hoch und meine Lunge pfeift vor Anstrengung. Es tut verdammt gut!

Mit den Händen auf den Oberschenkeln abgestützt, ringe ich nach Atem und suche meinen Schlüssel.

Aus dem Augenwinkel nehme ich eine Gestalt am Fenster der Reslers wahr und keine 30 Sekunden später wird die Tür aufgerissen. Vincent kommt heraus und lehnt sich mit verschränkten Armen an das Geländer. Ich zünde mir eine Zigarette an, die habe ich mir nach diesem Sprint verdient. Er tut es mir gleich.

»Bist du vor ihm auf der Flucht?«, fragt er und nickt in Richtung Rasmus, der keuchend näher kommt. Seine Sportlichkeit und Kraft in aller Ehre, aber wenn man so einen Muskelberg schleppen muss, büßt man an Ausdauer ein.

»Macht er dir Probleme?«

Er kommt gerade völlig verschwitzt und total erschöpft die Treppen hoch. Er schnappt mir die Zigarette aus der Hand, um sie wegzuwerfen. »Verdammt, seit wann bist du denn so schnell?«, keucht er. Sein Atem geht so schnell, dass ich mir ein gemeines Grinsen nicht verkneifen kann.

»Vielleicht bist du einfach verdammt langsam geworden? Das kommt vermutlich mit dem Alter.« Rasmus lächelt mich glücklich an und streicht mir vorsichtig eine verschwitzte Haarsträhne aus meinem Gesicht. Eine Geste, die mich für eine Sekunde erstarren lässt, was er zum Glück nicht bemerkt hat.

Vincent dagegen räuspert sich und wartet immer noch auf eine Antwort von mir. Obwohl es ihn eigentlich nichts angeht, ist es doch offensichtlich, dass Rasmus und ich uns kennen und nahe stehen.

Ich verdrehe die Augen. »Rasmus, darf ich dir meinen neuen, reizenden Nachbarn vorstellen? Vincent Slater, die Freundlichkeit in Person. Vincent, das ist Rasmus, mein bester Freund. Falls du ihn des Öfteren ums Haus schleichen siehst, ist das, weil er in seiner Kindheit zu viele Privatdetektiv-Animes geschaut hat!« Rasmus zieht bei Erklingen seines Namens eine Augenbraue hoch und stupst mich in die Seite.

»Auch wenn sie es ungern zugibt, bin ich für ihren persönlichen Schutz zuständig. Daher ist es von Dringlichkeit, dass ich später das Gespräch mit dir und allen, die in diesem Gebäude wohnen, suche«, erklärt er Vincent ernst, er geht wieder einwandfrei in seiner Bodyguard Rolle auf. Grob schiebe ich ihn durch die offene Haustür, bevor er noch mehr den Secret Service raushängen lassen kann. Die Situation, ist mir schon unangenehm genug.

»Aber vorher bekommst du von mir einen gehörigen Einlauf. Das Thema von gestern ist noch nicht vom Tisch, Mistkerl!«

Bevor ich die Tür schließe, sehe ich noch einmal zu Vincent. Er starrt mich mit kaltem Blick an, seine Hände krallen sich am Geländer fest. Bevor mich die Eiszeit erreichen kann, schließe ich die Tür und lasse mich erschöpft gegen sie sinken.

Ich starre Rasmus wütend an. »Und nun zu dir, mein Lieber!«, sage ich mit ernster Stimme.

Mein Spiel beginnt!

Der Einsatz: dein kleines Herz.

Der Hauptgewinn: dein Leben, das mir ganz allein gehören wird!

Ich dachte wirklich, ich hätte etwas mehr Zeit, Baby.

Aber dein wertloser Wikinger ist schneller hier angekommen, als ich gedacht hätte. Das ändert alles. Er ist der Einzige, den du so nah an dich heranlässt. Die anderen Bodyguards sind wertloser Dreck.

Aber dieser blonde Hüne könnte ein Problem für uns darstellen. Vielleicht sollte ich ihn als erstes aus dem Weg räumen? Was hältst du von dieser Idee, Baby?

Wir könnten in seinem Blut baden. Er wird langsam an der Wand in meinem Spielzimmer ausbluten, während ich dich daneben immer wieder ficke, bis du nur noch meinen Namen schreist.

Und dann kümmern wir uns um deinen Thron.

KAPITEL 5
ISAAC

Die Haustür knallt laut hinter mir zu.

Was für ein Haufen Scheiße, die Kleine hatte tatsächlich recht. Ich bekomme keinen Einblick in ihre Akten, sie sind mit der höchsten Sicherheitsstufe geschützt und mein Vater ist irgendwo in Europa dabei, eine weitere Universität zu eröffnen!

Arschloch hin oder her, vorwarnen hätte er mich können!

»Jo, war dein Kaffee salzig oder warum ziehst du so eine Fresse?«, Logan lümmelt sich auf dem verdammten Sofa im Salon und raucht genüsslich einen Joint zum Frühstück. Wie immer gibt er sich vor dem offiziellen Semesterbeginn noch einmal die volle Dröhnung, angeblich um "mit voller Konzentration ins neue Semester starten zu können".

Wer's glaubt! In Wahrheit versucht er sich damit nur selbst auszuschalten, sodass seine kleinen beschissenen Schatten schön angekettet bleiben.

»Ich vermute eher, dass Isaac keinen Erfolg bei der Informationsbeschaffung von unserer neuen Nachbarin hatte?«, erscheint Vincent im Türrahmen und füllt diesen vollständig aus.

Bei seinem Anblick frage ich mich jedes Mal aufs Neue, was seine Eltern ihm wohl in die Milch gekippt haben, um ihn so groß werden zu lassen.

»Ihre Akte ist genauso verschlüsselt wie deine, Vinc!«, was für ihn natürlich kein gutes Zeichen ist.

»Aber du hast sicherlich die Kleine von oben bis unten durchleuchtet, oder?«, frage ich sichtlich genervt.

»Bisher habe ich nur erfahren, dass es niemanden in den näheren Clans gibt, der auf ihre Beschreibung passt. Aber das bedeutet natürlich nichts. Ich warte noch auf ein paar Rückmeldungen«, sagt Vincent wichtigtuerisch und meint damit so viel wie "Ich habe keinen Schimmer, wer sie ist". Was für eine Scheiße, wenn ich nur wüsste, woher ich sie kenne!

»Die Kleine scheint es euch ja echt angetan zu haben, oder?«, lacht Logan dümmlich und drückt seinen Joint in einem leeren Glas aus.

»Wie wäre es, wenn ihr sie einfach fragt? Entweder sie sagt die Wahrheit und das Thema ist erledigt, oder sie lügt und ihr habt einen Grund, um euch weiter eure neugierigen Köpfe zu zerbrechen.«

»Was denkst du, was ich gestern gemacht habe? Mehr als eine freche Antwort habe ich auf meine Frage nicht bekommen«, knurre ich ihn an. Er hat recht, die Kleine macht mich wirklich neugierig. Sie lässt sich weder von Vincent noch von mir beeindrucken, was vor allem bei ihm eine reife Leistung ist. Entweder haben die Weiber Angst vor uns, oder sie ziehen sofort ihr Höschen aus. Und was macht sie? Zögert keine Sekunde, um uns den Kampf anzusagen. Sie ist von einem echt gefährlichen Feuer umgeben, und es ist nur eine Frage der Zeit, bis sie damit jemanden verbrennt. Ob ihr das auch bewusst ist?

»Okaaay, wie wäre es, wenn ihr sie einfach mal nett fragt? Beim nächsten Mal, wenn ihr sie seht, fragt doch, ob sie einen Kaffee möchte, und erkundigt euch nach ihrem verdammten vollständigen Namen«, klatscht Logan in die Hände. »Ganz einfach, oder?«

Ich schaue zu Vincent rüber. Seine Mimik ist wie eine Statue. Am Ende muss er natürlich das letzte Wort haben, was diese Sache betrifft. Schließlich ist es seine Aufgabe, sie notfalls aus dem Verkehr zu ziehen, wenn sie eingeschleust wurde.

Er zündet sich eine Kippe an und geht eine Weile auf und ab, als würde er die Optionen abwägen.

»Gut. Warum denn auch nicht. Isaac oder Logan?« Wir sehen uns kurz an, dann wage ich mal einen neuen Versuch.

KAPITEL 6
FREIA

Rasmus hat es sich bereits in der Küche bequem gemacht. Und ich schiebe ihm eine dampfende Tasse Kaffee vor die Nase.

»Und, geht es dir nun besser?« Er ist meine Wutausbrüche gewohnt und weiß genau, dass es am besten für ihn ist, sie einfach über sich ergehen zu lassen, ohne groß zu widersprechen.

»Ja.«

Nach über 30 Minuten Frustabbau ist meine innere Furie durchaus befriedigt, auch wenn es überhaupt nichts an der Situation ändert, dass ich in diesem Haus leben muss, solange ich hier studieren möchte.

»Gut! Dann können wir endlich zum wichtigen Teil kommen und den Sicherheitsplan durchsprechen.«

Mein Handy auf dem Tresen vibriert und zeigt eine rettende Nachricht von Eve an.

Hallo meine Liebe, deine erste Nacht in deiner Luxus Verbindung war angenehm? Sofia jammert über ihren Jetlag, daher würden wir uns morgen im Café auf dem Campus treffen. Frühstück um 9 Uhr. Ich freue mich.
- Eve

»Ein heimlicher Verehrer?«, ich spüre Rasmus' warmen Körper an meinem Rücken, als er sich neugierig über meine Schulter lehnt. Kaum merklich zucke ich zusammen, doch dieses Mal entgeht es ihm nicht und er geht sofort etwas auf Abstand.

»Hättest du wohl gerne. Wohl eher eine Freundschaft, die mir regelrecht aufgezwungen wird. Und ich habe keine Ahnung, wie ich damit umgehen soll.«

Ich drehe mich zu ihm um und lege ihm eine Hand auf die Brust, um zu signalisieren, dass alles ok ist. Er versteht es sofort und zieht mich an sich, gibt mir einen zärtlichen Kuss auf den Kopf.

»Ich mag es nicht, wenn wir lange voneinander getrennt sind«, flüstere ich an seine Brust geschmiegt. Wie sehr ich seine Wärme vermisst habe, die einzige, die ich größtenteils ertragen kann.

»Ich auch nicht, mein kleiner Teufel. Ich weiß, du willst es nicht hören, aber wenn du mich meinen Job nicht machen lässt, besteht die Gefahr, dass jemand anders meinen Platz einnimmt. Und mit diesem jemand wirst du sicher deutlich weniger Spaß haben als mit mir.«

Ich löse mich aus seiner Umarmung. Er hat ja recht, Gunnar hatte es in der Vergangenheit gerne als Druckmittel gegen uns genutzt, und ich Zweifel nicht daran, dass er es irgendwann wahr machen wird.

»Weißt du, ich vermisse die Zeit, als wir noch Kinder waren und du nicht der Kopf meiner Leibwache warst.«

»Na, es hat sich doch kaum etwas verändert. Als Kind habe ich dich doch auch schon immer beschützt, kleiner Teufel.«

»Ja, aber da war es wesentlich weniger förmlich!“

»Aber jetzt habe ich ganz andere Spielsachen zur Verfügung, das macht definitiv mehr Spaß! Und nun lass mich meinen Job machen und für deine Sicherheit sorgen!«

Viele Stunden und etliche Diskussionen und Streitereien später sind wir beide einigermaßen mit meinem Schutzplan zufrieden.

Wir sitzen zu sechst in meinem Salon. Neben Rasmus gibt es nun vier Männer, die für meine persönliche Sicherheit an der Universität zuständig sind. Sie mischen sich unter die normale Security und kommen mir somit nicht in die Quere, außer ich schwebe in Lebensgefahr oder gebe ein ausgemachtes Handzeichen. Wenigstens ein kleiner Sieg für mich!

Ich sitze mit meinem Gin-Glas auf dem Sofa und beobachte, wie Rasmus nochmal alles mit seinen Männern durchspricht und sie hinaus begleitet, damit jeder seinen Posten einnimmt. »Süße, du verhandelst härter als der Teufel persönlich, weißt du das?«, sagt er zufrieden und ich nehme grinsend einen Schluck aus meinem Glas, während ich mir eine Zigarette anzünde. Schließlich, habe ich vom Meister gelernt. Normalerweise bin ich gegen das Rauchen in Wohnräumen, aber ein Salon war ursprünglich ja genau dafür gedacht. Also warum nicht.

»Ich habe vom Besten gelernt!«, erwiderte ich.

Rasmus setzt sich neben mich auf das Sofa und legt einen Arm um die Lehne. Er nimmt mir das Glas aus der Hand und trinkt einen großen Schluck. »Weißt du, wie wahnsinnig mich das macht? Nicht zu wissen, was dir zugestoßen ist? Warum du seit Monaten zusammenzuckst, wenn ich dich berühre, und keine anderen Berührungen erträgst? Verdammt, Freia, wirst du mir jemals erzählen, was an dem Abend passiert ist?« Wütend knallt er das Glas auf den Tisch. Niedergeschlagen schließe ich meine Augen für einen Moment. Ich weiß, dass dieses Thema früher oder später wieder aufkommen wird. Doch ich habe nicht damit gerechnet, dass es direkt am ersten Tag seiner Ankunft sein wird.

»Rasmus, bitte nicht. Ich kann das nicht. Es ist...«, will ich sagen, doch er nimmt mir nun auch die Zigarette aus der Hand und zieht kräftig an ihr, bevor er sie ausdrückt.

»Das ist so widerlich, ich verstehe nicht, wie man sich täglich so vergiften kann«, sagte er sichtlich angewidert. Ich schmiege mich vorsichtig an seine Brust und schließe wieder die Augen. »Es beruhigt die Nerven, genau wie du«, säusele ich und lausche seinem Herzschlag. Er drückt mich fester an seine Brust und legt sein Kinn auf meinen Kopf ab.

»Kannst du das nicht einfach auch versuchen zu vergessen, Rasmus? Ich weiß, du würdest es gerne wissen, aber es ist jedes mal wenn du es erwähnst... Ich werde es dir nicht sagen und ich möchte nicht immer wieder daran erinnert werden, ok?«

Er stößt ein frustriertes Knurren aus und nickt nur. Was bleibt ihm auch anderes übrig? Er weiß aus unseren unzähligen vorherigen Gesprächen ganz genau, dass kein Wort meine Lippen verlassen würde. Es ist meine eigene Hölle, in der sein Teufelchen sitzt, und diese teile ich nicht. Es würde ihn viel zu sehr verletzen.

Gedankenverloren streiche ich ihm über die Brust, was ihn erschaudern lässt. Er fühlt sich so vertraut an. Es drängt sich wieder diese eine Frage in meinen Kopf: Warum habe ich mich damals für den falschen entschieden?

Wäre ich nicht so blind gewesen, und meine Wahl auf Rasmus gefallen, wäre mir einiges an Leid erspart geblieben. Nein, warum hatte ich mich überhaupt entschieden? Es war von Anfang an klar, dass wir keine Zukunft haben werden. Die Prinzessin und ihr Bodyguard, der perfekte Titel für ein Drama.

»Ok, Teufelchen, was soll das werden?«, fragt er und ich öffne wieder die Augen, blicke hoch in ein makelloses Gesicht, während meine Hand gedankenverloren über die unteren Bauchmuskeln streicht. Er sieht ihm so verdammt ähnlich und war doch das genaue Gegenteil.

»Sieh mich bitte nicht so an! Du weißt, dass das böse enden wird, oder?« presst er hervor.

»Kannst du mich einfach alles vergessen lassen, als wären wir nicht in dieser Situation? Mir helfen zu heilen?«, flüstere ich ihm verführerisch ins Ohr. Mit einem hilflosen Blick halte ich den intensiven Blickkontakt und meine Hand wandert unter sein T-Shirt. Langsam lasse ich meine Fingernägel über seine warme Haut gleiten, während sich die sexuelle Spannung zwischen uns immer weiter aufbaut.

»Du machst mich wirklich wahnsinnig, weißt du das?«, haucht er, und ein verschmitztes Lächeln breitet sich auf meinem Gesicht aus, als ich mich auf seinen Schoß schwinge. Jetzt oder nie!

Bevor er überhaupt begreift, was passiert, greife ich in seine blonden Locken und ziehe ihn mit Leidenschaft an mich heran. Meine Lippen drücken sich fordernd auf die seinen, während er kurzzeitig stockt, unsicher darüber, wie er reagieren soll. Doch die Hitze zwischen uns ist spürbar, ich fühle, dass er es genauso sehr will wie ich. Es ist nicht fair, ihn als Ablenkung zu verwenden, aber in diesem Moment kann ich einfach nicht widerstehen. Ich brauche ihn jetzt, sofort. Seine Lippen antworten auf meinen Drang mit gleicher Intensität, und ich spüre, wie sich seine Zunge vorsichtig den Weg in meinen Mund bahnt und ein elektrisierendes Spiel aus Verlangen und Hingabe einleitet. Seine Hand gleitet dabei über meinen Rücken und hinterlässt eine heiße Gänsehaut auf mir, die meine Lust nur noch weiter anheizt. Das Verlangen zwischen uns pulsiert, jede seiner Berührungen spricht Bände. Als ich mich schließlich von seinem Kuss löse, keuchend und mit glühenden Wangen, trifft mich sein sinnliches Lächeln.

Es lässt mein Herz schneller schlagen. Ich brauche mehr von ihm. Mit einer geschmeidigen Bewegung umfasst er den Saum meines Shirts und zieht es langsam über meinen Kopf. Seine rauen Finger gleiten dabei sanft über meine Haut, hinterlassen eine prickelnde Spur. Ich spüre seine warmen Hände auf meiner nackten Haut, fühle die Hitze seines Verlangens, als er das Shirt beiseite wirft und mich entblößt vor ihm zurücklässt. Seine Augen blicken mich an, voller Gier, und wandern über meinen nackten Oberkörper.

»Weißt du eigentlich, wie wunderschön du bist?« Andächtig fährt er mit seinen Fingern an meinem Rippen-Tattoo entlang und lächelt. Ein leises Stöhnen entweicht mir, als er weiter auf Wanderschaft geht und über meinen Bauch streicht. Geschickt öffnet er den Knopf meiner Hose und lässt seine Hand darunter gleiten und macht.. nichts, er sieht mich nur an!

»Bist du dir sicher?«, flüstert er, doch meine Bewegungen auf seinem Schoß sind Antwort genug. Ein Knurren entfährt ihm, als ich mich an ihm reibe.

»Lass mich nicht darum betteln, Rasmus!« Blitzartig ist sein Widerstand gebrochen und seine Mauern vollständig niedergerissen. Ohne zu zögern schiebt er mein Höschen beiseite und beginnt mit dem Daumen über meine Perle zu reiben, was mir sofort ein lautes Stöhnen entlockt. Es fühlt sich an, als würde jede Faser meines Seins entflammen, und ich brauche mehr, viel mehr! Es ist viel zu lange her, dass mich jemand so berührt hat. Als hätte er meine Gedanken gelesen, dringt er mit zwei Fingern in mich ein und trifft auf Anhieb den richtigen Punkt, der mich vor Lust erzittern lässt. Jeder Stoß seiner Finger, jeder Druck den er ausübt, lässt mich erbeben, meine Hände krallen sich verzweifelt in sein Shirt. Völlig in Ekstase, gebe ich mich seinem Griff hin.

Die Welt um mich herum verschwimmt, während ich dieses berauschende Gefühl auf mich wirken lassen. Er bewegt seine Finger schneller und härter und ich kann fühlen, wie sich mein Verlangen zu einem alles verzehrenden Feuer ausbreitet. Mein Körper wölbt sich auf seinem Schoß, und meine Hände klammern sich verzweifelt an ihn, während mich der Orgasmus überrollt und ich auf seiner Hand komme.

»Fuck! Ich muss dich in mir spüren!«, flehe ich und öffne verzweifelt seinen Gürtel. Ein lautes Klingeln an der Tür ließ uns beide wie ertappt zusammenfahren, als würden wir bei etwas Verbotenem erwischt werden.

»Wer auch immer es ist, soll gefälligst warten, bis wir fertig sind!« brumme ich etwas genervt und beschäftige mich weiter mit seiner Hose.

Es klingelt erneut, gefolgt von einem unerbittlichen Klopfen.

»Verflucht! Bleib hier, wir machen gleich weiter«, sagt Rasmus, während er mich sanft von sich hebt, um mich wieder auf das Sofa zu setzen. Schweigend steht er auf und geht, an seinem Gürtel nestelnd zur Tür. Seine schweren Schritte ertönten im Eingangsbereich.

»Teufelchen, ich schätze das ist für dich!« rief er mir von der Eingangstüre komplett gelassen zu, als hätte er mir nicht gerade einen Orgasmus bereitet.

Frustriert schloss ich mein Knopf an der Jeans und hob mein Shirt auf, um es über den Kopf zu ziehen. Ich hoffe wirklich, dass es wichtig ist! Im Vorbeigehen greife ich nach meinem Gin-Glas und leere es in einem Zug, mein Kopf darf nicht wieder die Oberhand gewinnen.

Und da stehen sie, meine neuen Nachbarn, aufgereiht wie die Orgelpfeifen, Vincent, Logan und Isaac und starren mich an. Röte steigt mir in die Wangen. Natürlich schreit mein Äußeres förmlich nach dem, was wir eben getan haben. Die aufgewühlten Haare, das leicht verschwitzte Gesicht und der Ausdruck in meinen Augen sind nicht zu übersehen. Peinlich berührt versuche ich, meine Kleidung wieder in Ordnung zu bringen und meine innere Unruhe zu verbergen.

Dein Wikinger ahnt etwas, sonst hätte er mein kleines Präsent nicht abgefangen.

Dabei hätte es so schön um deinen zierlichen Hals gepasst. Zum Glück für uns habe ich genau dasselbe in unserem kleinen Spielzimmer; doppelt hält besser, nicht wahr, Baby?

Doch die viel wichtigere Frage lautet: Was zum Teufel ist hier passiert?

Fast wäre ich eifersüchtig geworden, wenn ich nicht wüsste, dass du dich nur nach meinem Schwanz sehnst.

Und trotzdem muss ich wissen: Was hat sich hinter den Mauern dieses Hauses abgespielt? Hat er dich berührt? Er hat die Tür halb nackt geöffnet, HALB NACKT! Baby, hast du eine Ahnung, was ich tun werde, wenn er dir zu nahekommt?

Nein, das hättest du niemals zugelassen. Ich bin der Einzige, der dich berühren darf. Er wird lernen, dass niemand zwischen uns steht.

KAPITEL 7
LOGAN

So sehr ich Vincent liebe, treibt er mich gerade echt in den Wahnsinn mit seiner verfluchten Obsession.

Er kann froh sein, dass ich bereits zu high bin, sonst könnte ich mich nicht mehr beherrschen! Seit die Kleine ihm gestern vor allen Leuten gehörig den Kopf gewaschen hat, ist er komplett durch den Wind. Ich kann förmlich sehen, wie er innerlich brodelt. Zuerst stürmt er heute Mittag wutentbrannt aus dem Raum, weil er glaubt, sie würde von einem Wikinger-Typen verfolgt werden.

Doch jetzt, nachdem er heimlich durch das Fenster beobachtet hat, wie mehrere Securitys ein- und ausgingen, läuft er ohne zur Ruhe zu kommen vor mir auf und ab. Er erinnert mich an einen tollwütigen Tiger. Seine Augen funkeln vor Anspannung, und er starrt gebannt auf sein Handy, als ob er darauf wartet, dass es endlich klingelt. Dabei zündet er eine Kippe nach der anderen an, als ob das Rauchen ihm die nötige Ruhe verschaffen könnte. Gott und ich dachte, ich bin der Gestörte von uns drei, aber er machte mir deutlich Konkurrenz.

»Die Kleine hat dir komplett das Gehirn vernebelt, oder?«, fragt Isaac, der mindestens genauso genervt ist wie ich.

»Und dir nicht?« brummt er angriffslustig. Dieses Verhalten ist so untypisch für Vinc, dass es mich sogar etwas beunruhigt. Normalerweise lässt er sich von Frauen nicht so aus der Fassung bringen. Doch jetzt scheint er wie ausgewechselt zu sein, als ob diese eine Begegnung mit der Kleinen etwas in ihm ausgelöst hat, das ihn völlig aus der

Bahn wirft. Was auch immer es ist, es lässt ihn nicht zur Ruhe kommen und treibt ihn wie ein Wolf im Käfig hier auf und ab.

Ich hoffe nur, dass er bald wieder zu sich findet und dieses merkwürdige Verhalten ablegt, bevor er sich noch zum Affen macht. Oder ich ihn erwürgen muss.

Die Tatsache, dass er und Isaac glauben, unsere neue Kommilitonin irgendwoher zu kennen, verschlimmert die Situation nur noch. Es ist wie eine Art Virus, mit dem sie sich gegenseitig angesteckt haben. Sie können es einfach nicht ertragen, die Kontrolle abzugeben und einfach mal zu chillen. Vielleicht sollte ich ihnen etwas von meinen Medikamenten in ihren Drink mischen?

Genervt nehme ich einen weiteren Schluck von meinem Bier und lasse die Flasche mit einem lauten Knall auf den Tisch fallen. Das kann doch wirklich niemand mit ansehen!

Isaac zuckt erschrocken zusammen und funkelt mich wütend an. Offensichtlich hat er schon die ganze Zeit überlegt, welche Ausreden er seinem Dad erzählen könnte, um herauszufinden, was hier eigentlich vor sich geht.

»Ich gehe jetzt rüber zu der Kleinen. Kommt ihr mit?«, frage ich in die Runde.

Vincent bleibt plötzlich stehen, während er mich wie hypnotisiert ansieht. Es ist, als hätte ich meine Flasche nach ihm geworfen. Entschlossen stehe ich auf. Ja, das war eine wirklich gute Idee!

»Ihr beiden geht mir den ganzen Tag schon auf den Sack! Anstatt sie einfach normal zu fragen, spinnt ihr euch noch alles Mögliche zusammen. Was denkt ihr denn? Dass sie die Tochter eines Mafiosos sein könnte?

Oder dass sie etwa einen Amoklauf auf dem Campus plant? Solltet ihr nicht etwas Besseres zu tun haben?«, platzt es aus mir heraus.

Isaac kommt mir hinterher, gefolgt von Vincent, der immer noch sein Handy fest in der Hand hält. »Was ist dein scheiß Problem?«, fragt Isaac mit genauso genervtem Tonfall.

»Was mein Problem ist? Ihr seid mein Problem! Ihr lasst euch von dieser Kleinen, die ihr seit gestern kennt verrückt machen, nur weil ihr nichts über sie wisst? Was ist an ihr so besonders? Dann gehen wir jetzt rüber und fragen sie einfach. Ganz einfach. Bevor ich mich wegen euch noch vergesse«, erwidere ich entschlossen.

Ich reiße die Tür auf und überbrücke schnell die wenigen Meter bis zu ihrer Haustür. Ich klingele, nichts geschieht. Nach einem erneuten Klingeln und aggressiven Klopfen öffnet sich die Tür, und ein halbnackter blonder Typ sieht von oben auf mich herab. Er sieht wirklich aus wie ein fucking Wikinger, selbst der Bart passt eins zu eins. Fehlt nur noch eine Axt und das passende Schild. Selbst sein Muskelspiel ist perfekt, er trägt eine eng sitzende schwarze Jeans und einen Knopf im Ohr.

Ich korrigiere, Security-Wikinger.

»Teufelchen, ich schätze, das ist für dich«, ruft er über die Schulter.

“Teufelchen, charmant, aber passend!", denke ich mir, als der Blonde mit verschränkten Armen vor der Tür steht und uns kritisch von oben bis unten mustert, als würden wir eine Bombe dabei haben. Wen glaubt er eigentlich, beschützen zu müssen? Die Queen von England? Ich spüre direkt, wie Vinc sich neben mir verspannt und seine Hand reflexartig auf seine Jacke zusteuert. Dem Blondschopf entgeht diese Bewegung nicht, seine Muskeln spannen sich gefährlich an. Genervt verdrehe ich die Augen, ich werde Vinc definitiv zu Weihnachten eine Therapie schenken müssen, wenn das so weiter geht! Falls ich bis dahin nicht seinen Grabstein besuchen muss.

Die kleine Füchsin, alias Teufelchen, kommt mit verräterisch roten Wangen auf uns zu und zieht fast schon schüchtern ihr Shirt zurecht. Es sieht ganz danach aus, als hätten wir ihr kleines Stelldichein mit dem Bodyguard unterbrochen. Wie romantisch.

»Oh, was verschafft mir die Ehre?«, fragt sie mit einem Hauch von Enttäuschung in der Stimme. Ihre Lippen wirken etwas geschwollen, und ihre Haare leicht zerzaust. Ich werfe instinktiv einen Blick zu Vinc rüber, dem dieser Anblick ebenfalls nicht entgeht. Dieser kocht natürlich innerlich vor Wut. Isaac bemerkt die Situation und stößt ihm seinen Ellenbogen grob in die Seite, um ihn aus seinen offensichtlichen Mordgedanken zu reißen. Er dreht nun völlig durch, wie kann man einer Fremden gegenüber so besitzergreifend sein?

Armer Isaac, wenn er mal nicht meine Schatten zähmen muss, sind es Vincs Psychische Störungen, die ihn auf Trab halten. Wir sind schon ein super Team. Ob Isaac unsere Freundschaft manchmal bereut?

»Wir wollten uns offiziell als deine neuen Nachbarn vorstellen, auch wenn wir den Präsentkorb leider vergessen haben. Wie war nochmal dein Name?«, fragt Isaac und wirkt arroganter wie eh und je.

Ich verdrehe erneut die Augen. Wie kann Isaac nicht verstehen, dass er freundlich sein sollte?

»Was unser charmanter Isaac sagen wollte, ist, dass wir dich herzlich am wundervollen Campus der Scholarum-Thompson-Universität willkommen heißen möchten. Wir hatten einen etwas holprigen Start. Ich bin Logan McAllister, Erbe eines dir sicherlich bekannten Social-Media-Imperiums. Isaac Thompson kennst du ja bereits, und dieser charmante Riese hier ist Vincent Slater, Sohn einer äh... einflussreichen Familie.«

Die Kleine dreht sich unsicher zu dem blonden Hünen um, der nur mit den Schultern zuckt. Genervt sieht sie mich an.

»Na, wenigstens hat einer von euch Manieren«, sagt sie und macht eine abfällige Geste mit der Hand. »Da ihr es nun vernünftig hinbekommen habt, mich zu fragen: Ich bin Freia Skovgaard, Erbin der Schwedischen Krone. Und das hier ist Rasmus Jørgensen, meine Leibwache. Nun, da das geklärt ist, wünsche ich euch eine gute Nacht.«

Die Tür fällt mit einem lauten Knall vor unserer Nase ins Schloss. Ich stoße frustriert die Luft aus. Nicht die Queen von England, aber verdammt nah dran.

»Ich wusste doch, dass ich die kleine Füchsin irgendwoher kenne«, murmelt Isaac. Wir machen uns auf den Rückweg zu unserem Gebäude, nur Vincent starrt noch auf die Tür und ballt seine Hand zur Faust.

»Kommst du, Bro? Oder soll ich dir einen Schlafsack bringen?« gelangweilt stecke ich mir den nächsten Joint zwischen die Lippen. Es wird Zeit für meine andere Medizin.

KAPITEL 8
FREIA

Erschöpft und mit schweren Schritten betrete ich um Punkt 9 Uhr das kleine Café. Mein Blick fällt sofort auf Eve, die wild winkend an einem Tisch sitzt und mich erwartungsvoll anlächelt. Meine Gedanken sind jedoch alles andere als freudig, denn die vergangene Nacht war genauso beschissen wie die davor.

Der Abend gestern hätte so gut werden können, ich hätte großartigen Sex mit Rasmus haben können. Mein Trauma ein Stück weiter überwinden. Aber nein, in genau dem Moment, als alles perfekt hätte sein können, mussten Vincent, Logan und Isaac auftauchen und meinen Abend zerstören. Hätten sie mich nicht einfach eine Stunde später belästigen können? Und dann war da noch Vincents Auftreten. Als ich gestern in seine Augen sah, spürte ich förmlich, dass mein Anblick Vincent nicht nur missfiel, sondern in ihm eine Art aufgestaute Unruhe auslöste.

Die anderen beiden schien es nicht sonderlich zu interessieren, warum auch, mein Privatleben geht sie ja nichts an, aber Vincent war wie ein brodelnder Vulkan. Sein Kiefer zuckte in der stummen Anspannung und seine Hände waren zu Fäusten geballt, als ob er jeden Moment explodieren könnte. Die Luft zwischen uns war geladen, von einer unerklärlichen Spannung, die wie ein elektrischer Schlag in der Luft hing und mich gleichzeitig faszinierte und beunruhigte. Völlig überrumpelt habe ich ihnen einfach die Tür vor der Nase zugeschlagen, Rasmus stehen lassen und bin die Treppen hoch in mein Zimmer gerannt.

Die halbe Nacht habe ich dann auf dem Balkon verbracht und wie ein Schornstein geraucht, was mir meine Lunge heute mehr als übel nimmt. Doch in diesem Moment war es mir egal. Die Zigarette war mein einziger Trost, und das Rauchen verschaffte meinen Gedanken wenigstens einen kurzen Moment der Ruhe. Die Kälte des Balkons biss in meine Haut, während ich den aufsteigenden Rauch in die Dunkelheit entließ. Die Nacht verschluckte meine Sorgen, doch in meinem Inneren tobte ein Sturm aus Verwirrung und unerklärlichen Emotionen. Das Schlimmste war, dass ich mir selbst nicht erklären konnte, was in mir vorgeht. Warum genau Vincent mich so beschäftigt.

»Guten Morgen, Freia! Ich freue mich ja so, dass du es geschafft hast!«, begrüßt mich Eve glücklich.

»Das hier ist meine beste Freundin Sofia«, stellt Eve uns eilig vor, nachdem ich ihren Tisch erreicht habe. Ich reiche der schönen schwarzhaarigen Latina freundlich meine Hand.

»Freut mich, dich kennenzulernen. Eve hatte mir vorgestern schon einiges über dich erzählt.«

»Das hatte ich schon befürchtet«, lacht Sofia und betrachtet mich aufmerksam. Auf dem Weg hier her, habe ich mir fest vorgenommen, mich auf diese Freundschaft einzulassen, obwohl ich keine Ahnung habe, wie man das am besten macht. Es ist ungewohnt für mich, Freundinnen zu haben. Abgesehen davon, dass ich sonst nie wusste, ob jemand mich wirklich um meinetwegen mochte, kam ich auch nie wirklich gut mit anderen Frauen aus. Schon als kleines Kind war ich immer nur mit Jungs unterwegs. Aber bisher hatte ich noch nie jemanden wie Eve kennengelernt. Sie ist einfach... wie soll ich sagen... so positiv?

Als ob es nichts Schlechtes auf dieser Welt gibt. Wir sitzen mittlerweile eine Ewigkeit an unserem Tisch und unterhalten uns angeregt. Meistens spricht Eve und erzählt alte Geschichten vom Campus, denen ich wirklich interessiert folge. Laut ihren Erzählungen musste das Studenten Leben genau so sein, wie ich es mir in der Vergangenheit so oft vorgestellt habe.

Hier herrscht eine Atmosphäre, als könne alles passieren. Die Vorlesungen sind nicht nur trockene Theorie, sondern echte Inspirationsquellen. Die Professoren brennen förmlich für ihr Fach und schaffen es, die Studenten mitzureißen. Die Diskussionen im Hörsaal sind lebendig und sprudeln vor kreativen Ideen. Natürlich gibt es auch mal öde Vorlesungen, und die Prüfungsphasen sind durchaus anspruchsvoll, aber am Ende gleicht sich alles wieder aus.

»Oh, du wirst es nicht glauben, aber hier an der Uni gibt es Geschichten, die wie aus einem Film entsprungen sind! Da ist dieser eine Kerl, du weißt schon, Sofia, der mit der Glatze. Ich glaube, sein Name ist Matt. Er dachte, er könne einfach mal high wie ein Drachen in die Vorlesung marschieren, und der Professor tat so, als hätte er nichts bemerkt. Die anderen Studenten hatten ihre Kiefer fast auf dem Boden liegen vor Lachen.« Wir drei brechen in schallendes Gelächter aus.

Sofia hebt die Hand. »Aber das ist noch nicht alles! Es gab auch diesen komischen Nerd, der während einer mega langweiligen Vorlesung über Marktanalysen einfach mal sein eigenes Ego-Shooter-Spektakel veranstaltet hat.

Der saß da, Laptop aufgeklappt und ballerte wie wild in die virtuelle Welt. Das Problem? Die Kopfhörer waren wohl nicht richtig eingesteckt, und plötzlich knallten Schüsse durch den gesamten Raum. Stell dir vor, die Leute sprangen von den Stühlen, weil sie dachten, ein Irrer sei hier eingedrungen! Die Gesichter des Professors und der Kommilitonen waren zum Schießen. Da hat wohl jemand das Konzept von 'still spielen' nicht so ganz verstanden. Manche Vorlesungen sind hier echt wie eine Stand-up-Comedy-Show, ich schwöre!«

Wir lachen uns so kaputt, dass wir von anderen Studenten neugierige Blicke zugeworfen bekommen, aber das stört uns herzlich wenig. Eve und ich können uns vor Gelächter kaum noch auf unseren Stühlen halten. Es ist schon verrückt, was man hier an der Uni alles erlebt. Die Zeit als Student sorgt definitiv für unvergessliche Erinnerungen.

Ich hoffe wirklich, dass es dieses Semester auch so lustig wird! Es ist überhaupt nicht vergleichbar mit meinem geplanten Leben am schwedischen Hof! Dort herrscht unentwegt eine strenge Struktur. Immer darauf bedacht, dass meine Eskapaden nicht an die Öffentlichkeit geraten, keine negativen Schlagzeilen verursachen. Immer schön freundlich in die Kamera lächeln, perfekt angezogen sein. Zum Kotzen!

Während wir uns angeregt über die Geschehnisse der letzten Jahre auf dem Campus unterhalten, fallen immer mehr die Namen der Resler. Ich erfahre, wie sie hier seit Jahren das Sagen haben. Isaac, als Sohn des Dekans, genießt natürlich einige Sonderrechte und macht davon auch ausgiebig Gebrauch. Es scheint, als ob ihm alles in den Schoß falle, und er seine Position und Macht voll ausnutzt. Logan hingegen scheint eher ein Mitläufer zu sein, jemand, der einfach mitgezogen wird und den das herzlich wenig interessiert. Isaac und er sind schon seit ihrer Kindheit befreundet, und es scheint, als ob Logan sich nie wirklich von ihm abgrenzen konnte oder wollte.

Und dann ist da noch Vincent. Ein regelrechter Mythos auf dem Campus. Niemand weiß so recht, was seine Familie macht, aber es ist allgemein bekannt, dass man sich besser nicht mit ihm anlegen sollte. Vincent schwänzt häufig die Vorlesungen und kommt dennoch jedes Semester problemlos durch. Niemand hat es je gewagt, sich freiwillig direkt mit ihm anzulegen, aus purer Angst vor den möglichen Konsequenzen. Das ist wohl Amerika!

Bis ich ihn diese Woche auf dem Campus traf und ihm einfach die Stirn bot. Es scheint, als hätte sich die Nachricht von unserer Begegnung bereits wie ein Lauffeuer verbreitet. Die Blicke der anderen Studenten, die ich geübt ausblende, weisen eine komische Art Bewunderung auf. Es ist offensichtlich, dass Vincent einen gewissen Ruf hat, den er sich hart erarbeitet hat.

Doch anstatt mich einzuschüchtern, weckt diese Begegnung eher meine Neugierde. Er sieht natürlich bedrohlich und verdammt heißt aus, aber Angst habe ich sicher keine.

Je mehr es um die Resler und vor allem um Vincent geht, desto stiller wird Sofia. Eve scheint es auch zu bemerken und senkt verlegen den Kopf. Da gibt es wohl einen wunden Punkt, den wir getroffen haben. Es wird kurz still an unserem Tisch. Bis Eve mich anschaut und wieder strahlt.

»Im Vergleich zu vorgestern wirkst du so glücklich, das gefällt mir!« Ich lache in die Runde. »Das liegt daran, dass ich das einfach nicht gewohnt bin.«

»Was? Zu lachen?« scherzt sie. »Nein, dieses Freundschaftsding! Ich kenne das von zuhause einfach nicht.« Eve zieht die Augenbrauen hoch.

»Das ist ja schrecklich! Woran liegt das?«

»Vermutlich, dass man es als Prinzessin nicht so leicht hat, wie man denkt, oder?« Sofia schaut verwundert von ihrem Handy hoch und hält es in unsere Richtung. Sie hat den letzten Artikel über mich gefunden. »Thronerbin Freia von Schweden verlässt den Hof, um zu studieren.« Wow, was für eine einfallsreiche Überschrift. Da hatte ich doch mehr erwartet.

»Nicht wahr? Warum hast du mir das nicht gleich gesagt? Ich wusste, du kamst mir bekannt vor, aber dass du einfach eine Prinzessin bist!« quiekt Eve aufgeregt. Nun ist es also raus, wer ich wirklich bin, und ich muss nicht länger darüber nachdenken, wie ich es ihnen irgendwann einmal erzählen sollte. Den Punkt kann ich wohl abhaken.

»Ssshhht, das muss nicht sofort der ganze Campus erfahren!« flüstere ich und lehne mich zurück, um bei der Kellnerin einen weiteren Kaffee zu bestellen. Während die Bedienung weggeht, sehe ich in die Runde. »Ich mache wirklich kein Geheimnis daraus, aber wenn es möglich ist, behaltet es vorerst für euch. Wenn jemand davon erfahren soll, möchte ich selbst entscheiden, wann und wer.« Sofia mustert mich interessiert, während Eve unruhig auf ihrem Stuhl hin und her wackelt.

»Du bist wirklich eine echte Prinzessin?«

»Ja, Eve, eine echte Prinzessin. Hast du nicht zugehört?« antwortet Sofia mit ihrem Latino-Akzent und legt ihren perfekt geschwungenen Lippen einen Hauch von Ironie bei. Zumindest nimmt sie es gelassen auf.

»Aber wenn du doch bereits weißt, dass du früher oder später den Thron erben wirst, warum machst du dir überhaupt die Mühe und studierst hier?« fragt Eve neugierig. Sofia rollt mit den Augen, und ich beschließe, ihnen in der nächsten Stunde alles so gut es geht zu erklären. Und das dauert länger als gedacht.

Der nächste Morgen beginnt viel zu früh, aber dafür recht entspannt. Trotzdem bin ich verdammt aufgeregt. Es ist schon merkwürdig, normalerweise habe ich kein Problem damit, vor Hunderten von Menschen eine Rede zu halten, aber jetzt bin ich an meinem ersten Tag nervös, obwohl es nicht mal etwas Besonderes ist.

Schnell tippe ich erneut eine Nachricht an Rasmus. Seit dem "fast Sex" habe ich nichts mehr von ihm gehört. Gestern wollte ich ihm etwas Freiraum lassen, auch wenn das sehr untypisch für uns ist. Selbst wenn wir in der Vergangenheit Streit hatten, bekam ich immer zumindest ein kurzes Lebenszeichen von ihm. Er weiß ganz genau, dass mich so ein ungewohntes Verhalten von ihm so in Panik versetzt.

Hey, ich weiß, ich hätte dich nicht so stehen lassen sollen, es tut mir leid. Bitte gib mir ein kurzes Lebenszeichen von dir!

Beunruhigt stecke ich mein Handy wieder zurück in die Tasche und öffne die Haustür. Zu meiner Überraschung sehe ich Rasmus auf der unteren Treppe sitzen.

Als er mich erblickt, steht er auf. Vor Freude laufe ich die Stufen hinunter und falle ihm um den Hals, dabei kippt er etwas nach hinten und landet wieder auf der Stufe.

»Immer mit der Ruhe, Teufelchen«, lacht er.

Dieser verdammte Mistkerl!

»Wo warst du die ganze Zeit? Was soll der Scheiß? Du weißt doch, dass ich es nicht aushalten kann, wenn du nicht antwortest!«, platzt es aus mir heraus. Die Worte kommen schneller und lauter, als ich es beabsichtigt hatte, aber die Angst und der Frust brechen sich in diesem Moment Bahn.

Sein Blick wird reumütig. »Es tut mir leid«, sagt er leise. »Ich musste gestern etwas überprüfen, um deine Sicherheit garantieren zu können. Keine Sorge, es war nichts Schlimmes, aber du kennst mich, Freia. Ich gehe lieber auf Nummer sicher und wollte dich damit nicht unnötig belasten.«

Ich atme tief durch und versuche, meine aufkeimende Wut zu kontrollieren. »Es geht nicht darum, ob du mich belastest oder nicht. Es geht darum, dass ich mir Sorgen gemacht habe und du nicht mal ein Lebenszeichen von dir gegeben hast. Komm schon, Rasmus, du weißt doch, wie wichtig mir das ist.«

Rasmus senkt den Blick und nickt langsam. »Du hast recht, ich hätte dir zumindest kurz Bescheid geben sollen. Aber jetzt komm schon, sonst wirst du zu spät zu deiner ersten Vorlesung erscheinen!«

Er nimmt mir wie selbstverständlich meine Tasche ab und geht voraus. Kopfschüttelnd stehe ich da und beobachte ihn, typisch, Hauptsache der Diskussion aus dem Weg gehen! Und was soll das eigentlich werden?

Es war nie die Rede davon, dass er mich begleitet!

Ich renne ihm hinterher und rufe: »Moment! Ich gehe alleine zu meinen Vorlesungen. Denk an den Deal!«

»Immer mit der Ruhe, ich wollte nur sicherstellen, dass du dich nicht am ersten Tag hoffnungslos verläufst und alles nochmal abchecken«, erklärt er und zwinkert mir zu. »Ich bin dein Leibwächter, nicht dein Babysitter!«

Ich sehe ihn skeptisch an und kann nicht anders, als zu lächeln. Trotz seiner manchmal übertriebenen Fürsorge weiß ich, dass er es gut meint und fühle mich deutlich selbstsicherer, wenn er dabei ist. Was ich ihm natürlich niemals unter die Nase reiben würde. »Okay, aber nur heute. Ab morgen gehe ich alleine zur Uni, verstanden?«

Rasmus gibt mir einen übermütigen Klaps auf den Po, sodass ich kurz aufschreie.

»Verstanden, Chef. Ab morgen bist du die unabhängige Studentin, die ihre eigenen Wege geht.« Schweigend laufen wir über den Campus, während Rasmus wachsam die Umgebung beobachtet. Eigentlich war mein Plan, den verpatzten Sex ruhen zu lassen, bevor es wirklich merkwürdig zwischen uns wird. Aber sein Auftreten hat sich mir gegenüber deutlich verändert.

Nicht nur der Klaps auf meinen Hintern, was er früher nie getan hätte, sondern auch seine Nähe. »Rasmus, das vorgestern, es tut mir wirklich leid. Ich hatte seit langem wieder das Gefühl, dass ich mich einfach fallen lassen kann. Und ...«

»Freia!« ruft Eve und kommt auf mich zu, gefolgt von Sofia. Hatten wir nicht vereinbart, uns erst mittags in der Mensa zu treffen? »Na, bist du aufgeregt?« fragt sie mich und fällt mir um den Hals. Ich muss mich wirklich erst an dieses Verhalten gewöhnen, aber es gefällt mir zugegeben. Glücklich erwidere ich die Umarmung. Und Sofia, ja, sie hat nur Augen für Rasmus. »Wer ist denn dieser Adonis?«

Rasmus bleibt einige Schritte entfernt stehen, um mir die versprochene Privatsphäre zu geben und lächelt uns an. Ich winke ihn zu uns her. »Das ist Rasmus, mein Leibwächter und seit Kindheitstagen mein bester Freund.«

Er schaut meine Freundinnen mit seinem typisch verführerischen Blick an und verbeugt sich spielerisch.

»Zu Ihren Diensten«

Sofia lehnt sich zu mir und flüstert in mein Ohr:

»Kein Wunder, dass du keine Zeit für weibliche Freundschaften hattest, wenn diese Sahneschnitte ständig um dich herum ist.«

Dieses Mal verdreht Eve die Augen. Ich lache laut auf, während Rasmus mich strahlend anblickt. Gemeinsam setzen wir uns in Bewegung in Richtung Hauptgebäude, in dem sich die Hörsäle befinden. Obwohl ich mich sehr auf meine neuen Freundinnen freue, trennen sich unsere Wege schnell, da ich andere Schwerpunkte als sie belegt habe. Rasmus begleitet mich jedoch bis zum Hörsaal und reicht mir vor der Tür meine Tasche. »Ich weiß nicht, wann ich dich das letzte Mal so unbeschwert gesehen habe«, sagt er liebevoll. »Es war die richtige Entscheidung, dass du hier studierst.« Er gibt mir einen zärtlichen Kuss auf den Mund und geht. Verdutzt sehe ich ihm hinter her,

Ok, ich sollte definitiv nochmal das Gespräch mit ihm suchen!

Als ich den Hörsaal betrete, nehme ich mir erst einmal einen Moment Zeit, um alles auf mich wirken zu lassen.

Der Raum ist bereits gut gefüllt, aber hinten sind noch einige freie Plätze. Als ich die Stufen hoch gehe, winkt mir eine Hand zu, und ich erkenne Leon. Ein breites Grinsen legt sich auf mein Gesicht und ich lasse mich neben ihm auf einen freien Platz sinken. Es ist schön, einen vertrauten Gesichtsausdruck zu sehen.

Kaum habe ich mich auch schon gesetzt, betritt der Professor den Raum und beginnt mit der Vorlesung. »Würdest du mit mir zu Mittag essen? Ich schulde dir noch eine Entschuldigung«, flüstert Leon mir zu. Bevor ich etwas erwidern kann, ertönt bereits die laute Stimme des Professors.

»Störe ich Sie bei etwas?« Wir zucken beide zusammen und schütteln synchron den Kopf. Ich gebe Leon nur ein kleines Handzeichen, das ihm zu verstehen geben soll, dass wir gerne zusammen essen können. Auch wenn ich keine Ahnung habe, für was er sich bei mir entschuldigen möchte?

KAPITEL 9

FREIA

Die Tage vergingen wie im Flug. Es war wie ein Traum für mich, diese Normalität! Wer hätte gedacht, dass ein einfaches Studenten Leben mich so glücklich machen kann? Mittlerweile ist fast eine Woche vergangen, seit Eve und ich gemeinsam über den Campus liefen, um uns mit Sofia zu treffen. Ihre letzte Vorlesung fiel aus, und wir hatten uns im Campus-Café verabredet, um eine Hausarbeit zu beenden. In den wenigen Tagen sind wir schon unzertrennlich geworden. Wir trafen uns jeden Tag nach den Vorlesungen, um zu lernen oder einfach nur zum Unterhalten und Ablästern.

»Wenn Leon noch einmal den Namen Slater in Verbindung mit einer Entschuldigung erwähnt, schwöre ich dir, dass er mich mehr fürchten muss als ihn!« schimpfe ich genervt zu Eve.

Er hat sich die ganze Woche immer wieder bei mir entschuldigt, dass er laut seinen eigenen Worten so "feige" war und mich bei meiner Ankunft am Campus alleine mit Vincent gelassen hat. Was von meinem kleinen privaten Drama mit den Reslern mal abgesehen, natürlich absoluter Blödsinn ist. Aber all das geht ihn sowieso nichts an, was vermutlich auch gesünder für ihn ist, da ich nicht weiß zu was das Trio fähig ist!

»Wehe dir, Leon ist einfach zu nett für diese Welt! Er schämt sich total.« Das muss sie gerade sagen! Eve ist ein absolutes Goldstück, und auch wenn mir ihre Art anfangs etwas merkwürdig vorkam, könnte ich mir keinen Tag mehr ohne sie vorstellen. »Ihr zwei würdet in dieser Hinsicht super zusammenpassen!« Kichernd laufen wir zwei Arm in Arm über den Campus, während Eve immer wieder von Leon schwärmt. Es ist nicht zu übersehen, dass sie bis über beide Ohren in ihn verknallt ist.

Leider holt mich das reale Leben viel zu schnell ein; in Form von Helena und Beverly.

Die Campus-Queens! Dafür hielten sie sich jedenfalls. Sie stellen sich uns direkt in den Weg, die Hände selbstbewusst in die Hüften gestemmt. Das könnte interessant werden.

»Wenn das nicht die rothaarige Bitch ist! Es hat wirklich lange gedauert, bis wir dich mal erwischen!« Beverly fixiert mich mit einem abschätzigen Blick. Völlig perplex bleibe ich vor ihr stehen und starre sie an. Hat sie das gerade wirklich gesagt; was haben die denn für ein Problem? Helena kommt mit erhobenem, perfekt manikürten Zeigefinger bedrohlich näher.

»Ich sage es nur einmal, halte dich von unseren Männern fern! Sonst wird es ungemütlich für dich. Haben wir uns verstanden?« Eve neben mir hält hörbar die Luft an, doch ich kann mir ein Lachen nicht verkneifen. Ihre Männer? Wie niedlich! Wenn Blicke töten könnten, würde ich keinen weiteren Atemzug mehr machen.

»Sag mal, was für einen Lack habt ihr zwei denn gesoffen, dass ihr denkt, ihr könnt hier die Ober-Bitches raushängen lassen?« Ich lache noch lauter. Mittlerweile bekommt jeder im Umkreis unsere Auseinandersetzung mit. Die Bitches schweigen mit geschockter Miene und ich ergreife erneut selbstbewusst das Wort: »Süße, du bist nicht hübsch genug, um so dumm zu sein. Denkst du wirklich, die Resler interessieren mich?

Keine Sorge, sie gehören euch.« Erhobenen Hauptes trete ich so dicht an Helena heran, dass ich den letzten Satz nur flüstern muss. »Denkt ihr wirklich, ihr zwei könnt mir drohen? An eurer Stelle würde ich lieber aufpassen, dass es hier nicht bald für *euch* ungemütlich wird!«

Ich lasse eine ihrer schwarzen Haarsträhnen durch meine Finger gleiten. Eine Geste, die sicherlich weitaus bedrohlicher wirken würde, wenn sie dank ihrer Stöckelschuhe nicht einen halben Kopf größer wäre als ich. Doch es reicht mir vollkommen, dass beide wie vom Donner gerührt da stehen und mich schockiert anstarren. Sie haben wohl mit allem gerechnet, aber nicht mit dieser Reaktion. Ich zwinkere ihnen zu und drehe mich wieder zu Eve um, die mit großen Augen den Mund öffnet, um etwas zu sagen. Doch da ist es bereits zu spät. Plötzlich spüre ich, wie etwas Warmes, Nasses über meine Haare läuft. Die Schlampen haben mir ihren Kaffee über den Kopf geschüttet.

»Jetzt seid ihr fällig!« Ich drehe mich um, bereit, ihnen die Visage zu ruinieren, doch sie waren schon auf der Flucht. Eve packt mich wie ein Blitz an der Hand, bevor ich ihnen hinterher sprinten kann. »Beruhige dich, Freia. Die beiden sind so erbärmlich. Das ist es definitiv nicht wert!« Sie hat recht, sie sind erbärmlich.

Eine Abrechnung wird es dennoch zu späterem Zeitpunkt geben, wenn es keine Zeugen gibt. Darauf können sie sich verlassen.

»Die haben sich mit der Falschen angelegt! Mit denen rechne ich noch ab, glaub mir!«

Mit zitternden Fingern hole ich mir eine Zigarette aus meiner Tasche und sehe mich um. Einige Leute bleiben stehen und beobachten die Szene immer noch amüsiert; der Kaffee tropft immer noch von meinen Haaren auf den Boden.

»Wollt ihr nicht direkt ein Foto machen? Dann habt ihr Idioten mehr davon!« rufe ich ihnen stinksauer zu. »Komm, wir bringen dich erstmal nach Hause, bevor du noch jemanden umlegst!«

Eve zieht mich still weiter entlang des Hauptgebäudes, an dessen Wand natürlich ein rauchender Vincent lehnt und mich ausdruckslos beobachtet.

Ja, perfekt, da habe ich ja schon ein prädestiniertes Ziel meiner Wut gefunden, oder?

»Ich kann deine Gedanken förmlich hören, lass es«, sie lässt mir keine Chance anzuhalten, also zeige ich ihm stattdessen nur den Mittelfinger, was er mit einem eisigen Blick beantwortet.

Eve schreibt Sofia im Gehen eine Nachricht, dass wir uns bei mir treffen sollen, da es einen kleinen Zwischenfall gegeben hat – so nennt man das hier also!

Vor den Stufen wartet Sofia mit Rasmus bereits. Wäre ich nicht so fuchsteufelswild, würde es mich wirklich interessieren, was die beiden am Laufen haben. Und was diese Stufen magisches an sich haben, dass jeder dort gerne sitzt und wartet.

Rasmus mustert mich, während ich näherkomme.

Ich kann sehen, wie seine Gesichtszüge düster und dann richtig zornig werden. Er läuft mir die letzten Schritte entgegen und nimmt ohne Rücksicht, auf den klebrigen Kaffee zu nehmen mein Gesicht in seine großen Hände, als würde er mich nach Verletzungen untersuchen.

»Was ist passiert? Wer war das? Und warum zur Hölle wurde ich nicht informiert?«, seine Stimme wurde immer lauter, während er sein Handy zückt.

»Geht es dir gut?« fragt Sofia, die direkt hinter ihm steht, stattdessen besorgt. Ich löse mich aus seinem einhändigen Griff. »Mir geht es gut Leute, ich hatte einen kleinen Zusammenstoß mit den Campus-Bitches.

Ich schätze, so etwas gehört wohl auch an einer amerikanischen Uni dazu.« Eve und Sofia starren mich mit großen Augen an und als ich ihre schockierten Blicke bemerke, muss ich schmunzeln. Es ist nicht überraschend, dass sie verwundert sind, wie locker ich die Situation plötzlich sehe. Eben wollte ich die Schlampen noch erwürgen, jetzt nehme ich es mit Humor. Aber was soll ich denn sonst tun? Weinend in der Ecke sitzen und Rasmus auf sie loslassen? Das ist nicht meine Art. »Rasmus, leg das verdammte Handy weg!«, rufe ich und versuche nach seinem Handy zu grapschen.

»Deine Leute haben klare Anweisungen, nur dann einzugreifen, wenn mein Leben in Gefahr ist. Und ich denke, bei dem kleinen Zwischenfall eben war ich sicherlich nicht in Lebensgefahr. Eher die Schlampen!« Ich drehe mich um und schreite die Stufen zur Haustür hinauf.

»Und jetzt würde ich mich wirklich gerne umziehen und mir einen wohlverdienten Drink genehmigen!«

Wir sitzen in meinem Salon. Ich halte frisch geduscht bereits meinen zweiten Gin in der Hand und höre Eve zum dritten Mal voller Begeisterung erzählen, wie ich den beiden Möchtegern-Queens die Stirn geboten habe. Und als Rache eine Kaffeedusche kassiert habe.

Gelangweilt ziehe ich mein Handy aus meiner Hosentasche; eine neue Nachricht.

Es scheint, als hätte meine kleine Prinzessin ihren Kampfgeist wiedererlangt? Ich freue mich schon darauf, diesen erneut zu brechen! Wir werden noch viel Spaß zusammen haben, Baby.

- Unterdrückte Nummer

Eine gewaltige Welle der Übelkeit erfasst mich. *Er* kann es nicht sein, wäre das der Fall, würde Rasmus es doch wissen, oder? *Er ist weg!*

Aber die Botschaft ist klar, wer auch immer das ist, weiß zu viel. Weiß, was passiert ist. Und nicht nur das, diese Person ist hier und hat mich beobachtet. Die Übelkeit erreicht einen neuen Höhepunkt, ich schließe die Augen, er kann es nicht sein! Ich kenne ihn zu gut, so etwas ist nicht seine Handschrift, irgendjemand erlaubt sich einen äußerst beschissenen Spaß mit mir! Vielleicht sogar die beiden Schlampen?

Rasmus legt seine Hand auf mein Bein, und ein kaum merkliches Zucken durchfährt mich. Schnell stecke ich mein Handy weg, während er mich fragend ansieht. Ich schüttle nur den Kopf, um ihm zu signalisieren, dass es nichts von Belang ist. Ich will ihn nicht unnötig beunruhigen. Eve reißt uns dann aus unserer stummen Konversation.

»Weißt du, Freia, ich bin froh, dass wir Freundinnen sind. Du kannst wirklich angsteinflößend sein, ich möchte dich echt nicht als Feindin haben. An Helenas Stelle hätte ich mir ins Höschen gemacht, wirklich!« Ich lächle und verdränge sämtliche Gedanken, jemand erlaubt sich einen Spaß, ganz sicher.

»Ich bin ganz andere Kaliber gewohnt, du hast keine Ahnung. Hättest du mich nicht zurückgehalten, wäre es noch um einiges interessanter geworden!« Insgeheim bin ich ihr ja dankbar. Ich weiß nicht, zu was ich fähig gewesen wäre, wenn ich die beiden erwischt hätte. Ob die Universität einer Prinzessin einen Verweis erteilt, wenn sie zwei dumme Weiber in aller Öffentlichkeit die Nase bricht?

Sie haben definitiv eine Abreibung verdient, aber das würde ich um einiges geschickter anstellen müssen. Ich darf meinem Onkel Sverre keinen Grund geben, mich früher als nötig nach Hause zu holen. Das hier ist nicht der Hof und ich bin kein Kind mehr, das sich mit Rasmus zusammen durch den Palast prügelt.

»Soll ich mich darum kümmern?« Es ist jedes Mal aufs Neue faszinierend, wie gut mich mein bester Freund lesen kann. Aber diesen Krieg muss ich selbst führen. »Und den ganzen Spaß für dich alleine beanspruchen? Nein! Mit den beiden werde ich schon selbst fertig, keine Sorge.«

Er streicht mir zärtlich über den Kopf. »Wie konnte ich es nur wagen zu fragen, Teufelchen.«

Ich sehe lächelnd Sofia an, doch sie weicht meinem Blick aus. Sie ist die ganze Zeit schon viel zu ruhig gewesen. Warum werde ich den Verdacht nicht los, dass es mit

Rasmus zusammenhängt? Ob sie sich näher gekommen sind? Ich mache mir eine mentale Notiz, sie bei der nächsten Gelegenheit zu fragen! Auch wenn es mir mit Sicherheit einen Stich versetzen würde, falls sie Rasmus mag, hat er es wirklich verdient, glücklich zu sein.

Am nächsten Morgen führt mich mein Weg direkt zum Campus-Café. Wie der Zufall, oder das beschissene Schicksal es so will, muss meine Kaffeemaschine heute Morgen in den Streik treten! Das ist ein verdammt schlechtes Omen. Als wäre der Kaffeeentzug nicht schon schlimm genug, tritt mir Vincent vor dem Café unvermittelt in meinen Weg.

»Vorsicht, es könnte der Verdacht aufkommen, dass du mich verfolgst!«, murmele ich sarkastisch; meine ohnehin schlechte Laune erreicht ein neues Level.

Sein ernster Blick sucht den meinen, und er platzt direkt mit der Frage heraus, die ich ohnehin schon in seinen Augen lesen konnte. »Was war das gestern?«

Ohne groß darüber nachzudenken, lege ich eine Hand auf seine Brust und drücke ihn leicht zur Seite. Ein elektrisierendes Gefühl durchströmt mich, und ich lasse sie schnell wieder sinken, als hätte ich mich an glühendem Metall verbrannt. In meinem Inneren wirbelt ein Chaos aus Emotionen. Warum fühle ich das? Fuck, natürlich sieht er verdammt heißt aus, wie die anderen zwei. Aber er ist ein riesen Arschloch, und von Arschlöchern hatte ich in meinem Leben mehr als genug.

Für einen Moment erstarrt Vincent, sein Blick wirkt angespannt. Es scheint, als hätte er meine Reaktion nicht erwartet. Seine Augen verraten eine Mischung aus Überraschung und Faszination, während er offensichtlich versucht, seine Reaktion zu verbergen. Innerlich muss ich grinsen. Offensichtlich löst meine spontane Berührung genau so etwas in ihm aus. Etwas, das er nicht erwartet hatte. Da sind wir schon zu zweit.

Ein Augenblick der Stille liegt zwischen uns, während wir uns intensiv ansehen. Ich spüre, wie mein Herz schneller schlägt. Warum fühlt sich diese Situation so aufgeladen an? Und warum mache ich mir überhaupt Gedanken darüber?

Mit einem Kopfschütteln gehe ich schnell weiter, um mir meinen Kaffee zu bestellen. Trotz des Koffeinmangels versuche ich, meine sonst so feste Fassade aufrechtzuerhalten. Ich spüre seine Präsenz dicht hinter mir – er folgt mir, wie zu erwarten.

Ich bestelle mir einen großen Kaffee und brumme über die Schulter: »Vincent, was willst du von mir?« Der Duft von frischem Kaffee umhüllt mich, während ich darauf warte, dass die Bedienung meine Bestellung zubereitet.

Vincent, mit seiner beharrlichen Hartnäckigkeit, lässt sich einfach nicht abschütteln.

»Eine Antwort!«, brummt er mir entgegen, als zwei Kaffeebecher vor mir abgestellt werden. Vincent drückt der Bedienung einen Schein in die Hand, als wäre er auf die Situation bereits vorbereitet gewesen.

»Ich werde nicht gerne eingeladen!« entfährt mir, begleitet von einem genervten Seufzen.

Sein Gesichtsausdruck verrät, dass es ihn recht wenig interessiert. Tyrann und Kontrollfreak, was für ein Glück ich heute habe.

Er schnaubt und funkelt mich an. »Kannst du auch einfach mal Danke sagen wie-…« Ich unterbreche ihn mit einem sarkastischen Lächeln und fahre fort, »ein braves Mädchen?« Ich lasse meinen Blick unter meinen langen Wimpern hervor schimmern und setze meine beste Unschuldsmiene auf.

»Um deine Frage zu beantworten, diese zwei Hexen hatten mich gewarnt, dass ich mich von Isaac, Logan und dir fernhalten soll. Was ich sowie so tun werde. Danke für den Kaffee.« Ich hebe meinen Becher wie zum Gruß, und verlasse eilig den Laden. Seine schweren Schritte folgen mir erneut und bringen mein Inneres zum Brodeln. Diese beharrliche Verfolgung macht mich wahnsinnig. Warum muss er mir nachlaufen wie ein Welpe? Der sofortige Drang zur Flucht überkommt mich erneut, doch ich weiß, dass es im Endeffekt doch nichts bringen würde.

»Würdest du endlich aufhören, ständig vor mir wegzurennen? Es ist wirklich lästig!« Seine Worte durchbrechen die Stille, während er sich mir in den Weg stellt, ich sehe zu ihm hoch. »Sehr gerne, wenn *du* aufhörst, mir ständig hinterher zu rennen!« Ohne eine Antwort, schweift sein Blick über meinen Kopf hinweg, und ich spüre, wie sich seine Körperhaltung plötzlich verändert.

Neugierig folge ich seinem Blick und erblicke Beverly, Helena und ihre Anhängerinnen, die in einem Kreis stehen und böse in meine Richtung funkeln. Kurz sehe ich zwischen meinem Kaffee und ihnen hin und her, das hier wäre die perfekte Gelegenheit für Rache, wenn wir alleine wären.

»Vincent?« Keine Reaktion. Ich ramme ihm den Ellenbogen etwas in die Rippen. »Hey! Erde an Vincent!« Er senkt den Kopf zu mir, ein verführerisches Lächeln spielt um seine Lippen, als er seinen Arm um meine Schulter legt. Seine Berührung löst einen angenehmen Schauer in mir aus. Was zur Hölle passiert hier? Warum stellt er sich schützend vor mich, als wäre er mein Ritter in glänzender Rüstung? Und warum fühlt es sich so gut an, ohne ein mechanisches Zusammenzucken von mir? »Was soll das werden?« fauche ich ihn an und versuche, seinen Arm abzuschütteln.

»Spiel einfach mit!« raunt er mir ins Ohr und sein warmer Atem lässt mich erschaudern. Er setzt vor den anderen ein klares Zeichen, aber mir ist weiterhin unklar, warum? Will er mich noch mehr zur Zielscheibe machen oder versucht er damit, eher das Gegenteil zu bewirken? »Entspann dich, Prinzessin.« flüstert er mir zu und drückt mich enger an sich. Was ich augenblicklich tue, verdammt!

Es fühlt sich nicht nur merkwürdig an, so mit ihm über den Campus zu laufen, es sieht auch genau so aus. Von überall werden uns neugierige Blicke zugeworfen, die an uns beiden abprallen. Ihm scheint es auf eine etwas andere Art genauso vertraut zu sein wie mir, im Mittelpunkt zu stehen.

Er führt mich über den Campus, bis wir eine abgeschiedene Ecke erreichen. Lässig zieht er eine Schachtel Zigaretten aus seiner Tasche und reicht mir eine. Ohne zu zögern, nehme ich sie an.

»Du machst es mir nicht gerade leicht, weißt du das?«, sagt er zwischen zwei Zügen. Ich zucke nur mit den Schultern und lehne mich gegen die Steinwand. »Ich habe nie etwas anderes behauptet, oder?«

Er schüttelt nachdenklich den Kopf, tritt vor mich und stützt sich bedrohlich mit seinen Händen links und rechts neben meinem Kopf an der Wand ab. Sein betörender Duft umhüllt mich, und ich spüre, wie mein Herz schneller schlägt. Instinktiv drücke ich mich dichter an die Wand, bis mir die Steine schmerzhaft in den Rücken stechen.

»Du hast keine Ahnung, wie schwer es für mich ist, dem Drang zu widerstehen, dir nicht seit unserer ersten Begegnung deinen kleinen süßen Hintern zu versohlen«, flüstert er und streicht mir eine Strähne aus dem Gesicht. »Du weißt, ich bin es gewohnt, mir einfach zu nehmen, was ich will. Und im Moment will ich nur eins: dich! Du lässt mich nicht mehr los, kleine Prinzessin.« Seine Worte hallen in meinem Kopf wieder, wie ein bedrohliches Echo in einem leeren Raum. Seine Stimme klingt raubtierhaft, gefährlich, und dennoch zieht sie mich magisch an.

Ich verfluche meinen Körper dafür, dass er so verräterisch auf Vincent reagiert.

Ich spüre, wie sich mein Herzschlag beschleunigt und meine Haut vor Erregung prickelt. Seine Worte haben eine ungewollte Wirkung auf mich. Sie wecken eine verborgene Sehnsucht in mir, ein Verlangen, das ich seit Ewigkeiten nicht mehr fühlen konnte. Ich stelle mir vor, wie sich seine Hand auf meinem Körper anfühlt, wie er mich bestraft. Eine eigenartige Mischung aus Angst und Verlangen durchflutet mich. Was passiert hier gerade? Wie konnte dieses Spiel so schnell in eine gefährliche Richtung abdriften?

»Oh, dir gefällt diese Vorstellung, nicht wahr?« Sein Blick ist intensiv, herausfordernd. »Gefallen? Das ist einfach nur krank! Such dir jemand anderes zum spielen, Beverly macht sicherlich ohne zu zögern die Beine für dich Breit!« Meine Worte sollen stark klingen, aber meine Stimme zittert leicht. Ich versuche, ihn von mir zu stoßen, doch er drängt mich nur stärker an die Wand und schirmt mich weiter vor der Außenwelt ab.

Die Enge um mich herum verstärkt mein Unbehagen.

Was will er wirklich? Ist das nur ein Spiel für ihn?

»So krank also? Baby, du kannst sagen was du willst, aber dein Körper verrät dich!« Er fährt mit dem Daumen über meine Unterlippe, was mir augenblicklich ein leises Keuchen entlockt. »Deine Atmung geht schneller!«

Sein Blick wandert über mein Gesicht, als ob er jede Regung in mir lesen könnte. »Du presst deine Beine zusammen, und ich wette, wenn ich meine Hand in dein Höschen stecke, wärst du mehr als bereit für mich, oder?« Seine Hand streicht über meinen Bauch abwärts. Er wird doch nicht? Atemlos sehe ich ihm in die Augen, in denen ein Sturm aus Verlangen tobt. Ein Kampf zwischen Vernunft und Begehren, zwischen Angst und Neugierde, entbrennt in mir. Und er trägt den Sieg davon; ich knicke ein. Er hat mit allem recht, mit dem Wissen, dass er zu meinem Verhängnis werden kann. Grob packe ich ihn an seiner Jacke und ziehe ihn zu mir herunter.

Unsere Lippen treffen hart aufeinander, ohne Zurückhaltung oder Zärtlichkeit. Wir sind gefangen in einem Sturm aus purem Verlangen. Seine Zunge dringt grob in mich ein und nimmt sich alles. Seine Hand greift schmerzvoll in meine Haare und überdehnt meinen Hals, um mich näher an sich zu drücken. Augenblicklich entkam ein ungewolltes Stöhnen meiner Kehle.

»So, die kleine Füchsin wurde endlich gezähmt, wie es scheint?« Eine bekannte Stimme holt mich wie ein Eimer kaltes Wasser zurück ins Hier und Jetzt. Fuck, bin ich von allen guten Geistern verlassen?

Schwer atmend schiebe ich Vincent von mir und drehe den Kopf zu Isaac. Er lehnt keine zwei Meter entfernt mit den Händen in der Hosentasche an der Wand und grinst mich arrogant an.

Doch Vincent macht keine Anstalten, sich weiter stören zu lassen, und verstärkt seinen Griff schmerzhaft in meinem Haar, um mich wieder an sich zu ziehen.

»Lass dich von ihm nicht stören«, knurrt er, während seine Zunge an meinem Hals entlangfährt. Mein kompletter Körper vibriert unter seiner Berührung. Scheiß drauf, dann soll Isaac die Show eben genießen!

Ich werfe stöhnend den Kopf in den Nacken, bin kurz davor, alles zu tun, was Vincent von mir verlangt.

Doch Isaac holt mich erneut aus meiner Trance.

»Vinc, wie wäre es mit teilen? Ich würde die Füchsin auch zu gerne mal kosten.« Vincent hält kurz inne, als wäge er es ab und lässt schließlich von mir ab; sofort nimmt Isaac seinen Platz vor mir ein.

Er sieht mir kurz in die Augen und sucht nach Gegenwehr. Doch dazu bin ich nicht mehr fähig. Mein Kopf dreht sich; es ist wie ein Rausch in den Vincent mich versetzt hat, ich muss mehr haben. Fast schon zärtlich fasst er meinen Nacken und zieht mich an seine Lippen. Sein Atem schmeckt nach frischer Minze, und ich verliere mich in dem Kuss. Er ist im Vergleich zu Vincents Dunkelheit wie ein Licht, das in mich dringt. In diesem Moment vergesse ich alles um mich herum, jede Vernunft und jeden Widerstand.

Nach einer gefühlten Ewigkeit löst er sich von mir und lehnt seine Stirn an meine. »Du schmeckst genau so, wie ich es mir vorgestellt habe!«

Seine Worte hallen in meinem Kopf wieder, während ich atemlos versuche, meine Gedanken zu sortieren. Isaac geht einen Schritt zurück, zufrieden und selbstbewusst. Ich kann nicht anders, als zwischen beiden hin und her zu blicken.

Vincent hat sich erneut eine Zigarette angezündet und betrachtet mich emotionslos. Sein Blick ist undurchsichtig, die Mauer seiner Gefühle wieder errichtet.

Warum hat er sich zurückgezogen und zugelassen, dass Isaac mich küsst? Ich spüre, wie mein Herz schneller schlägt, und eine Mischung aus Verlegenheit und Unsicherheit breitet sich in mir aus. Der Rausch der Begierde weicht einer bitteren Realität. Was auch immer das eben war, ich darf es nicht an mich heranlassen!

»Ich... Ich sollte zu meiner Vorlesung!« Wie auf Autopilot löse ich mich von der Wand, meinen Kopf erhoben. Was tue ich meinem Herzen nur an?

Du kleine, widerliche Hure! Hast du denn vergessen, wie schön es zwischen uns war? Niemals kannst du das vergessen haben, oder war meine Darbietung dir zu schwach? Willst du mehr?

Stattdessen wagst du es, sie zu küssen! Beide, direkt vor meinen Augen! Als ob du vergessen hast, dass du mir gehörst! Das war ein grober Fehler, dein größter Fehltritt. Wie konntest du es wagen, dich ihnen so hinzugeben, als ob ich nicht existiere? Wie kannst du auf solche kleinen Bastarde reinfallen?

Du weißt, was passiert, wenn mir jemand im Wege steht; ich muss sie beseitigen. Vergiss das nicht bei all deinen Entscheidungen. Wir gehören zusammen, das spürst du doch auch?

Aber fürchte dich nicht, Baby. Früher oder später werde ich dir vergeben können. Ich werde darüber hinwegkommen, aber vergessen werde ich es nie. Ich weiß, dass nur ich dir am Ende das geben kann, was du wirklich brauchst. Diese Verbindung zwischen uns ist unersetzlich, unvergleichlich.

Ich kann nicht zulassen, dass dieser Abschaum noch einmal so nah an dich herankommt. Ich sehe genau, wie sie dich durcheinanderbringen, wie sie versuchen, dich von mir zu trennen. Doch sie werden scheitern, denn du gehörst zu mir, und ich werde dich niemals loslassen.

Du brauchst kein schlechtes Gewissen haben. Bald hast du genug Zeit, es wieder gutzumachen. Keine Sorge, Baby, ich bin hier und passe auf dich auf.

Kapitel 10
Vincent

Dieser kleine Moment, ein verdammt kleiner Moment der Schwäche, und es gab kein Zurück mehr. Es ist, als hätte ich einen Riss in ihrer sorgsam aufgebauten Fassade entdeckt. Dahinter erkannte ich, wie viel Leid und Angst in ihr steckt. Aber vor was fürchtest du dich nur, meine kleine Prinzessin? Diese Frage brennt sich ununterbrochen in meinen Verstand.

Über eine ganze Woche ist vergangen, seit ich dich zum ersten Mal gesehen habe, und in dieser Zeit habe ich dich viel zu oft beobachtet, immer im Verborgenen. Ich wusste von Anfang an, dass du nicht wie die anderen Frauen bist, die ich kenne. Du bist so... besonders. Deine Widerstandsfähigkeit, deine Art, sich gegen alles und jeden zu wehren, ohne auch nur einen Hauch von Furcht zu zeigen. Diese Dynamik zwischen uns, diese ständige Anziehung, ist wie eine Sucht. Ich versuche sie zu unterdrücken, diese Besessenheit; diesen Wunsch, dich zu beschützen, dich als mein zu markieren. Doch es ist wie ein Fluch, der mich immer wieder einholt. Selbst wenn ich es kaum ertrage, diesen Wikinger ständig in deiner Nähe zu sehen, erkenne ich, dass du ihn brauchst. Oder vielleicht will ich das nur glauben, um nicht völlig den Verstand zu verlieren? Ansonsten wäre ich nur noch damit beschäftigt, aufzupassen; sicherzustellen, dass dir kein Leid geschieht.

Wenn du nur wüsstest, wie schwer es für mich ist zu sehen, dass zwischen euch diese besondere Verbindung besteht! Es hatte mich bereits alles gekostet, ihn nicht auf der Stelle umzulegen, als ihr euch so ekelhaft nahe wart. Die Eifersucht brodelt in mir wie ein gefährlicher Sturm, und ich kann nicht anders, als mich von ihr mitreißen zu lassen.

In diesem verfluchten Strudel aus Gefühlen und Gedanken wird mir langsam klar, dass meine Nähe für dich ein verdammt gefährliches Spiel ist. Bin ich wirklich nur ein liebeskranker Stalker, der seine kranke Obsession nicht im Griff hat, wie Isaac sagt? Ich hatte wirklich vor mich zurückzuziehen, eine Mauer zwischen uns aufzubauen, bevor ich deine Welt in Trümmern lege.

Und das hätte auch funktioniert, wenn dein kleiner perfekter Körper nicht so bereitwillig auf meine Worte reagiert hätte! *Du* dich mir nicht so hingegeben hättest. Deine Reaktion, diese Verführung, ist wie ein Pakt, den du unbewusst mit meiner Dunkelheit eingingst. Der Gedanke, dich zu schmecken, nur einen kleinen Kuss zu stehlen, wurde zu einem brennenden Verlangen, das ich nicht mehr kontrollieren konnte.

Wäre Isaac nicht aufgetaucht, hätte ich dich in aller Öffentlichkeit direkt an dieser Wand gefickt.

Ich hatte nicht erwartet, dass du ihn ebenfalls von dir kosten lässt, doch du überrascht mich immer wieder aufs Neue. Nun, seinem Gesichtsausdruck nach zu urteilen, wurde er genauso in deinen Bann gezogen wie ich, auch wenn er es nie zugeben würde.

Es ist wie ein verbotener Rausch. In diesem Augenblick war dein Schicksal besiegelt. Am Ende wirst du mir gehören!

Aber als erstes werde ich mir Helena und Beverly vornehmen, falls sie dir, meiner kleinen noch einmal zu nahekommen! Was hältst du davon, Prinzessin?

KAPITEL 11
FREIA

Ich sitze schon den halben Samstag über meiner Hausarbeit und bekomme keinen anständigen Satz auf die Reihe! Das Konzentrieren fällt mir heute besonders schwer, obwohl das Thema wirklich ein Kinderspiel ist! Die Vorlesungen sind für mich nicht sonderlich anspruchsvoll, die Professoren sind nett und behandeln mich wie jeden anderen Studenten auch, was ich wirklich schätze. Es hätte alles so perfekt sein können!

Wäre nicht die erste Woche bereits zu einem emotionalen Desaster für mich geworden. Dieser Kuss mit Vincent und Isaac!

Der Gedanke daran, wie ihre Lippen auf meinen lagen, verfolgt mich wie ein Schatten. Zwischen den Zeilen meiner Hausarbeit versinke ich immer wieder in diesen Momenten, in denen die Welt für einen Herzschlag stillzustehen schien. Ich war fest davon überzeugt, dass ich solche einfachen Berührungen für eine lange Zeit höchstens wieder mit Rasmus zulassen könnte. Und das auch nur, weil er seit meiner Kindheit mein sicherer Hafen ist. Doch als mich die beiden berührten, hatte ich keine Angst mehr vor Nähe.

Also was haben diese beiden Männer an sich, dass sie meinen Kopf und Körper einfach so beherrschen? Es war doch nur ein einfacher Kuss, nichts Weltbewegendes! Es ist, als ob sie mich in einen Strudel aus Emotionen ziehen, in dem alles außer ihrer intensiven Berührungen und Blicken verblasst. Wie konnte ich so leicht in diese Situation;

in ihren Bann geraten? Die Universität sollte mein vorübergehender Neuanfang sein, aber stattdessen bin ich erneut in einem verfluchten Gefühlschaos gefangen. Diese Männer, beide so unterschiedlich, repräsentieren eine gefährliche Anziehungskraft.

Vincent mit seiner düsteren Ausstrahlung und Isaac mit seinem arroganten Charme und ich, stecke dazwischen fest.

Mein Handy vibriert neben mir auf dem Schreibtisch. Der Name "Die Tapferen Drei" taucht auf, und ich muss, wie jedes Mal, wenn ich ihn lese, aufs Neue lächeln. Sofia hat die Gruppe am Mittwoch erstellt; ihr Humor ist wirklich perfekt!

Mädels, wie wäre es, wenn wir heute unsere alte Lieblingsbar unsicher machen? Für Freia: Dort kann man super Billard und Dart spielen, und sie ist direkt am Rande des Campus.

- Eve

Bin dabei.

- Sofia

Wollen wir uns vorher bei mir treffen? Etwas zurecht machen und vorglühen? 20 Uhr?

- Ich

Daraufhin folgt ein Hagel an Emojis, die mir zu verstehen geben sollen, dass sie meine Idee super finden.

Ein kurzer Blick auf die Uhr verrät mir, dass ich noch genau zwei Stunden habe, bis die zwei Verrückten bei mir eintreffen. Super, dann kann ich mich seelisch noch etwas darauf vorbereiten! Da ich die Hausarbeit heute sowieso nicht fertig bekommen werde, klappe ich meinen Laptop zu und gehe vor das Haus, um eine zu rauchen und mir etwas die Beine zu vertreten. Wie so oft halte ich verstohlen nach Rasmus Ausschau; ich hatte das Gefühl, dass er mir aus dem Weg geht.

Da sehe ich auch schon eine mir bekannte Person, in Form von Leon auf mich zukommen, wahrscheinlich ist seine letzte Vorlesung vorbei. Ich winke ihm freundlich zu und gehe ihm etwas entgegen.

»Na, werte Dame, wie fühlt es sich an, das Hauptgesprächsthema am Campus zu sein?« fragt er, während er mich in den Arm nimmt, der Duft von Zitrusfrüchten hüllt mich ein. Seine lustige und doch direkte Art bringt mich einfach immer wieder zum Grinsen, einer der Gründe, warum ich so gerne seine Nähe suche.

»Ach, eigentlich ganz unspektakulär. Ist nichts Neues für mich. Auch wenn ich nicht ganz folgen kann, warum bin ich nochmal das Hauptthema?«, scherze ich.

Sein Blick wird ernst, und ich merke, dass etwas nicht stimmt. »Spaß beiseite, Freia. Sag mir bitte, dass die Gerüchte nicht wahr sind?« Fragend hebe ich eine Augenbraue, geht da etwas an mir vorbei?

Ein Kloß bildet sich in meinem Magen, als er fortfährt.

»Na, dass du gestern etwas mit Slater hattest, in aller Öffentlichkeit?«

Nicht nur mit ihm, Isaac war auch dabei. Das behalte ich natürlich für mich, je weniger Bescheid wissen, umso besser! Es ist wirklich faszinierend, wie schnell hier alles die Runde macht.

»Deine Art, dich nicht einschüchtern zu lassen, sei es von dem H&B-Duo oder den Reslern, verdient meinen vollen Respekt. Du bist vermutlich die mutigste Person auf dem Campus. Aber tu mir einen Gefallen und halte dich von Slater und seinen Jungs fern.« Ich hole Luft, doch er fährt unbeirrt fort. »Ich weiß, mir steht es nicht zu, das zu sagen, aber ich möchte nicht, dass du Probleme bekommst, und Slater ist ein fast 2 Meter großes Problem auf zwei Beinen, das sein bestes Stück nicht in der Hose lassen kann. Glaube mir, ich bin bereits genauso lange auf dem Campus wie er und habe schon zu viel mitbekommen. Das hast du nicht verdient.«

Das hätte er mir einen Tag vorher sagen sollen, vielleicht wäre ich dann mehr bei Sinnen gewesen und hätte mir einiges an Kopfzerbrechen erspart.

»Weißt du was? Du hast vermutlich recht! Ich habe genug im Kopf, da kann ich ein 2 Meter Arschloch nicht auch noch gebrauchen. Es war ein Fehler!« Wenn ich es oft genug wiederhole, glaube ich es vielleicht auch bald selbst. Leon sieht mich mit blitzenden Augen an, als würde er mir auch nicht recht glauben. Warum muss das alles so kompliziert sein?

»Hast du heute Abend schon etwas vor? Sofia, Eve und ich gehen in eine Bar, sie soll direkt am Rande des Campus sein. Möchtest du uns begleiten?« Seine Augen leuchten freudig auf. In diesem Moment sehne ich mich noch mehr nach Ablenkung; nach einem Abend, an dem ich nicht mehr an Vincent und Isaac denken muss.

»Sehr gerne, ich muss aber noch etwas für Montag vorbereiten. Treffen wir uns dort?« Ich nicke. Damit sind wir zu viert heute Abend. Perfekt.

Schnell tippe ich den Mädels die Info, woraufhin Eve eine Welle der Begeisterung auslöst. Sie steht zu 100% auf Leon.

Punkt 20 Uhr stürmen die zwei mein Haus und fallen wie Tiere in Partylaune über mich her.

Die Tür fällt fast aus den Angeln, und bevor mein Gehirn richtig realisiert, was hier passiert, drückt mir Eve ein Glas Sekt in die Hand. Ein leises Seufzen entkommt meinen Lippen, da ich eher auf ein kühles Bier gehofft hatte. Doch ehe ich Einwände erheben kann, werde ich aufgeregt hoch in mein Zimmer geschickt. Ihre Worte hallen nach: »Wir müssen dich für den Abend vorbereiten – ein Makeover ist Pflicht!«

In meinem Zimmer angekommen, überkommt mich eine Mischung aus Vorfreude und Neugierde darüber, was die beiden Mädels wohl mit mir vorhaben. Das charakteristische Klappern von High Heels auf meinem Boden und das Rascheln von Kleidung verraten mir, dass sie bereits dabei sind, meine Abendgarderobe zu planen. Hier sträube ich mich jedoch entschieden gegen hohe Schuhe und bestehe darauf, meine geliebten Bikerstiefel zu tragen. Mit einem Augenzwinkern argumentiere ich energisch, dass ich meinen eigenen Stil beibehalten möchte, und lasse mich schließlich nur zu einem halbherzigen Kompromiss überreden, was das übrige Outfit angeht.

Um 21 Uhr stehen wir vor der Bar. Leon wartet bereits an seinem blauen Porsche, lässig angelehnt. Seine blonden Haare hat er wie so oft zusammengebunden, und sein legeres weißes Hemd mit den hochgekrempelten Ärmeln spannt sich über seine muskulöse Brust.

Warum waren alle Männer an diesem Campus nur so verdammt gut gebaut? Als er uns sieht, werden seine Augen immer größer. Im ersten Moment dachte ich, er hätte einen Schlaganfall erlitten. Aber ehrlich gesagt, würde mich das nicht wundern. Wir sehen einfach hammermäßig aus! In meiner schwarzen Lederhose mit den Stiefeln, dazu einem einfachen Top und meiner geliebten roten Lederjacke fühle ich mich total in meinem Element. Das erntete natürlich ein Augenverdrehen von den anderen beiden, weil ich mich einfach nicht überwinden kann, kein schwarz zu tragen. Nach einer freudigen Begrüßung, schreiten wir zu viert durch die Tür der Bar und werden sofort von der lebendigen Bar-Atmosphäre umhüllt. Das gedämpfte Licht schafft eine behagliche Stimmung, während der Raum mit dunklen Holztischen und Barhockern ausgestattet ist.

An der Theke glänzen bunte Flaschen, und die gedämpfte Musik aus den Lautsprechern vermischt sich harmonisch mit dem fröhlichen Lachen der Gäste und dem Klackern der Billardkugeln. Die Bar hat definitiv das Zeug dazu, zu meinem Lieblingsort neben der Bibliothek zu werden!

Sofia steuert zielstrebig auf einen der freien Tische neben den Dartscheiben zu, um ihn uns zu sichern.

Der Bereich ist etwas abgetrennt, was uns unser eigenes kleines Revier verschafft.

Leon ist schon voller Tatendrang, will unbedingt die erste Runde ausgeben und kämpft sich durch die Menge zur Bar. Der Gedanke daran, was für ein geiler Abend das werden könnte, zaubert mir ein inneres Lächeln auf.

»Er ist ja so ein Gentleman! Und habt ihr gesehen, wie gut er heute aussieht?« Eve kommt aus dem Schwärmen nicht mehr heraus. Ein Lächeln spielt auf meinen Lippen. Leon ist tatsächlich gut aussehend, und heute erst recht. Dazu kommt noch sein höfliches Verhalten, das selbst mich beeindruckt. Und doch fehlt ihm das gewisse etwas, er war einfach zu nett. Mehr wie ein großer Bruder, denn ich nie hatte.

»Warum fragst du ihn nicht einfach nach einem Date?« schlage ich schulterzuckend vor.

»Nein, das geht nicht. Ich kann das nicht. Wenn, dann muss er mich doch fragen!« Ich verdrehe die Augen. Wo leben wir denn, im Mittelalter?

»Eve, selbst ist die Frau. Wenn du ihn näher kennenlernen möchtest, dann mach den ersten Schritt! Mal daran gedacht, dass er es vielleicht auch will, aber von der schüchternen Sorte ist?« Die Worte entgleiten mir lauter als gewollt. Die Ironie der Situation ist mir bewusst. Wie kann ich anderen Ratschläge geben, wenn mein eigenes Liebesleben so ein Chaos ist?

»Soll ich ihn für dich fragen?« Ich zünde mir eine Zigarette an.

»Wen was fragen?« Leon kommt mit einer Kellnerin im Schlepptau an den Tisch. Sie stellt vor Eve und Sofia jeweils einen Lillet ab und vor Leon und mir ein Bier. Er zwinkert mir zu und hebt sein Glas empor.

Aufmerksam ist er also auch noch; fast der perfekte Mann. Wenn er noch ein paar Tattoos hätte, oder eine gewisse lässige, dreiste Art…

»Wann wir eine Runde Dart starten wollen?« rette ich geschickt die Situation und stoße mit Leon an.

Alle nicken und steigen sofort in ein lebhaftes Gespräch ein. Leon unterhält sich mit Eve und Sofia, als wären sie schon seit Jahren beste Freunde. Dabei hatten sie vor meinem Eintreffen eher weniger miteinander zu tun. Diese amerikanische Offenheit ist mir immer noch etwas fremd, und ich beobachte die Dynamik der Gruppe. Mein Blick schweift durch den Raum, und plötzlich fällt er auf einen meiner Bodyguards, der sich in einer abgelegenen Ecke aufhält. *Was Rasmus wohl gerade tat?*

Wir tauschen einen längeren Blickkontakt aus. Sein Blick ist durchdringend, fast so, als ob er mehr wüsste.

Doch bevor ich weiter darüber nachdenken kann, werde ich von Eve unterbrochen. Sie zieht mich am Arm hoch und schiebt mich zu einer frei gewordenen Dartscheibe. In der Hektik kann ich gerade noch mein Bier greifen und mitnehmen.

Als Eve mich loslässt, greife ich in meine Hosentasche und hole mein Handy heraus. Ich muss Rasmus eine Nachricht schicken, sonst habe ich ja doch keinen freien Kopf.

Ich bin mit den Mädels und Leon unterwegs, aber das weißt du sicher. Können wir später reden?

Nach einem kurzen Moment des Überlegens füge ich noch hinzu:

Oder besser morgen früh? Melde dich! Bitte.

Schließlich habe ich ja keine Ahnung, wann und wie nüchtern ich nach Hause kommen werde.

»Sag mal, stimmen die Gerüchte? Du hast mit Vincent rumgemacht?« Sofia stellt sich mit ihrem Glas neben mich, während Eve und Leon immer noch das Spiel einstellen und lachend diskutieren.

»Es war... Ach, was soll ich sagen? Ja! Es weiß ja eh schon der ganze Campus!«

»Ich bin die Letzte, die so etwas verurteilt«, ich falle ihr direkt ins Wort. »Aber er ist ein Problem, ich weiß, dieses Gespräch hatte ich schon mit Leon.«

Sofia lacht auf. »Ein Problem? Nein, ein Problem wäre Isaac, aber Vincent ist eine über 1,90 große, verführerische Gefahr. Glaub mir, ich weiß, wovon ich spreche. Seine düstere Aura und dieser nicht übersehbare BadBoy-Touch lassen einen schwach werden. Aber er, ist wie der große böse Wolf. Wenn er einmal Blut geleckt hat, lässt er erst wieder von dir ab, wenn von dir nicht mehr viel übrig ist!«

Das klingt stark danach, als hätte sie bereits Bekanntschaft damit gemacht. »Er hat dir wehgetan, oder?« Ein kurzer Schmerz blitzt in ihren Augen auf.

»Auf jegliche Art. Also, begehe bitte nicht den gleichen Fehler. Und traue ihnen nicht, selbst Logan, der nach außen die Ruhe in Person ist, hat größere Schatten, als du dir vorstellen kannst. Jeder von ihnen, ist gefährlich.« Eine Mischung aus Ernsthaftigkeit und Besorgnis liegt in ihren Worten. Als ich über die Situation nachdenke, dämpft sich die Leichtigkeit des Abends ein wenig, und ich frage mich, ob ich wirklich weiß, auf was ich mich da eingelassen habe. Bevor ich näher darauf eingehen kann, kommen Eve und Leon zu uns.

»So, fangen wir an?« Eve klatscht in die Hände, wie immer, wenn sie sich freut. Sofia starrt böse zur Seite, an uns vorbei. »Wenn man vom Dämon in Menschengestalt spricht; schaut mal, wer zur Tür reingekommen ist!«

Alle unsere Köpfe folgen ihrem Blick. Vincent bahnt sich gerade einen Weg in unsere Richtung, die Leute machen automatisch Platz und weichen hektisch aus.

Sein Blick fixiert mich, scheint sich in meinen Augen fest zu krallen. Sofia hatte recht! Er ist der große, böse Wolf. Und sieht mich an, als wäre ich seine Beute! Fuck, ich bin bereits die Beute!

»Aber da fehlen doch noch zwei. Seit wann jagen sie denn ohne Rudel?« sagt Leon sichtlich genervt.

»Was interessiert es uns? Lass uns anfangen zu spielen.« Ich drehe mich um und werfe meine ersten drei Pfeile locker aus dem Handgelenk. Diese bringen mir direkt 99 Punkte ein.

»Wow, da beherrscht wohl jemand das Spiel«, pfeift Leon anerkennend. Ich lächle. Sie werden keine Chance gegen mich haben. Vincent hat sich lässig an einem der

Stehtische in unserer Nähe platziert und beobachtet uns die ganze Zeit.

Was zum Teufel will er hier? Warum kann er mich nicht einfach mal in Ruhe lassen? Mit der Zeit werde ich wirklich grantig, diese Stalker-Nummer geht mir gehörig auf die Nerven, ich will gerade fragen, was sein Problem ist. Doch Eve bemerkt es sofort, als hätte sie nur darauf gewartet und hält mich kopfschüttelnd zurück.

»Heute bitte nicht Freia, lass dir den Abend nicht verderben!«

Die anderen stellen sich auf und nehmen die Pfeile in die Hand, Leon schaut mich fragend an.

»Kein Ablenken durch den großen, bösen Wolf da drüben«, sagt er mit einem schelmischen Grinsen.

Ich zwinge mich zu einem Lächeln. »Klar. Soll er sich ein anderes Rotkäppchen suchen.«

Ich schalte einen Gang höher und bestelle zwischen den Dart-Spielen eine große Runde Kurze für uns. Es überrascht mich, dass alle auf die kleinen Teufel verzichten, bis auf Sofia. Nun, umso besser für uns. Schmerzfrei kippen wir einige der Shots hinunter. Die brennende Flüssigkeit löst das angespannte Gefühl in mir, zumindest für einen Moment und ich merke, wie ich mich nach und nach mehr entspannen kann.

Nachdem wir etliche Runden Dart, die ich alle natürlich um Längen gewonnen hatte, beendet haben, setzen wir uns wieder lachend an unseren Tisch. Erstaunlich, wie routiniert alle den grimmig dreinblickenden Vincent ausblenden. Doch ich kann seine Augen förmlich auf mir spüren, und es kostet mich einige Mühe, mich nicht von ihm provozieren zu lassen. Eve und Leon versinken in leisen Gesprächen, während ich mit einem schelmischen Grinsen beobachte, wie sie sich körperlich annähern.

Leon spielt seine Charmeoffensive aus und legt ihr eine Hand aufs Bein. Ein verführerisches Lächeln huscht über ihr Gesicht, und es ist offensichtlich, dass sie die Berührung genießt. Währenddessen wird Sofia immer stiller. Sie bestellt eine weitere Runde Kurze für uns. Ihr Blick ist nachdenklich, und ich frage mich, wer in ihrem Kopf vorgeht. Rasmus? Oder die Vergangenheit mit Vincent?

Die erneute Shot-Runde wurde vor uns abgestellt, und Sofia und ich kippten die ersten gierig herunter.

Der Alkohol verleiht dem Abend eine gewisse Leichtigkeit, und ich spüre, wie er anfängt zu wirken. Gerade als ich nach den nächsten Kurzen greifen will, erscheint ein Schatten über mir. Die Gespräche an unserem Tisch verstummen, und ein kühler Hauch von Unbehagen durchzieht die Luft.

»Ich glaube, du hattest genug, oder?« Vincent steht vor mir, die Hände auf den Tisch gestemmt. Sein Blick durchbohrt mich förmlich. Es ist, als ob er versucht, die Kontrolle über die Situation zu übernehmen; über mich.

»Und das sagt wer?«, erwidere ich herausfordernd. Ein gewisser Trotz mischt sich in meine Stimme.

»Ich! Und nun komm, ich bring dich nach Hause!« Vincent packt nach meinem Handgelenk, doch ich ziehe es schnell genug weg.

»Wage es nicht, mich anzufassen, und verschwinde!« fauche ich ihn an. Leon ist bereits aufgestanden und stellt sich an meine Seite. Vincent sieht ihn spöttisch an. Ein unangenehmer Moment, in dem die Spannung greifbar ist. Vincent wird richtig zornig, packt mich vor allen Leuten grob am Oberarm und reißt mich von meinem Stuhl hoch. Leon versucht sich dazwischen zu drängen, doch Vincent zischt nur, »Setz dich, wenn du den morgigen Tag überleben willst«, und zieht mich aus der Bar. Am Vorbeigehen gebe ich dem Bodyguard, der schon auf uns zukommt, kurz ein Handzeichen, dass alles in Ordnung ist, und stolpere Vincent hinterher zur Türe hinaus. Das Letzte, was ich jetzt brauche ist, eine Auseinandersetzung zwischen Vincent und ihm. Das Glück ist zumindest was das betrifft mit mir, er sieht mich kurz skeptisch an und nimmt mit einem Nicken wieder Platz.

An der frischen Luft lässt Vincent mich so unsanft los, dass ich gegen ein parkendes Auto stolpere und fährt sich durch die Haare. Außer mir vor Wut, reibe ich mir den schmerzenden Arm.

»Was zur Hölle sollte das? Du kannst mich doch nicht vor meinen Freunden so aus der Bar ziehen. Wer gibt dir bitte das Recht dazu?« schreie ich ihn an und ramme ihm einen Finger in die harte Brust. Er zündet sich eine Zigarette an, reicht sie mir und macht sich eine eigene an. »Hier, wenn du rauchst, hältst du wenigstens mal die Klappe!«

Wütend ziehe ich an der Zigarette und funkle ihn an. »Wirklich, in deinem Gehirn, läuft doch irgendetwas nicht ganz rund! Was ist dein verdammtes Problem?«

»Du bist mein verdammtes Problem!« Ich rolle mit den Augen und schnaube. »Ich? Sag mal, bist du bescheuert? Du hast mich doch eben aus der Bar geschleift, und nicht ich dich! Halte dich einfach fern von mir!« Ich versuche mich an ihm vorbei zu drücken, doch er schubst mich einfach zu seinem schwarzen Bugatti und öffnet die Beifahrertüre.

»Bist du taub? Ich steige sicher nicht in dein Auto, lass mich!« Anstatt zu reagieren gibt er mir einen weiteren unsanften Stoß, dass ich auf dem Beifahrersitz lande. »Wenn du willst, dass ich dir ins Auto kotze, mach nur weiter so!« Als Antwort knallt er nur die Autotür zu und lässt sich auf den Fahrersitz gleiten. Das Auto heult sofort laut auf, und wir fahren los. Mit verschränkten Armen sitze ich da. »Ich warte!«

»Auf was?« knurrt er.

»Dass du mir eine Antwort gibst, was du dir eigentlich einbildest und woher du dir überhaupt das recht nimmst! Was stimmt mit dir denn nicht?«

Anstelle einer Antwort dreht er nur die Musik laut und starrt geradeaus. Ich sehe, wie seine Knöchel um das Lenkrad weiß werden.

Vincent hält direkt vor unseren Häusern an und geht um das Auto herum, um mir die Tür zu öffnen. Als ob dieses falsche Gentleman verhalten, die Sache besser macht. Ich blieb mit verschränkten Armen sitzen und starrte trotzig zu ihm hoch. »Wirklich?« Er zieht eine Augenbraue hoch und zuckt mit den Schultern. Gerade als ich zu einer Schimpftirade ansetzen will, beugt er sich über mich, löst meinen Gurt und hebt mich auf, als wäre ich leicht wie eine Feder, um mich dann über seine Schulter zu werfen. »Lass mich sofort runter, du elendiger Mistkerl!« Ich schlage ihm auf den Rücken und versuche, ihn gleichzeitig mit den Füßen in den Bauch zu treten. Doch anstatt mich runterzulassen, verpasst er mir einen kräftigen Schlag auf meinen Hintern, sodass ich kurz aufschreie.

»Bist du bescheuert! LASS. MICH. RUNTER!« Der Ton in meiner Stimme schwankt zwischen purem Zorn und Überraschung. Ein weiterer Schlag folgt.

»Mach nur weiter so! Ich hatte dich gestern bereits gewarnt!« Wieder ein Schlag, um seine Worte zu verdeutlichen. Doch dieses mal entwich nur ein unkontrolliertes Stöhnen meinen Lippen. Seine Hand ruht wie selbstverständlich weiter auf meinen Hintern und knetet ihn dreist, verdammtes Arschloch!

So in meiner Wut gefangen, bemerke ich erst, dass wir bereits im Haus sind, als ich auf das Sofa im Kaminzimmer geworfen werde. Er setzt sich mir gegenüber auf den Beistelltisch, kesselt mich mit seinen starken Beinen ein und sieht mich interessiert an. Meine Wangen mussten mittlerweile rot wie Tomaten sein, mein Atem geht viel zu schwer. Ich fühle mich erneut von meinem eigenen Körper verraten, und dieser Bastard genießt das offensichtlich! Rau greift er nach meinem Kinn und zwingt mich, ihm in die Augen zu sehen.

»Ist dir klar, was ich mit dir anstellen könnte? Du scheinst mich jedes Mal auf die Probe stellen zu wollen, als ob du herausfinden willst, ob ich dir widerstehen kann! Verdammt!« Aufgeregt fährt er sich mit der freien Hand durch die Haare und zieht mich näher an seine verführerischen Lippen. »Hast du gar keinen Selbsterhaltungstrieb?« Und wie ich den habe, auch wenn es mich sämtliche Willenskraft kostet, die ich in diesem Moment besitze. Mein Blick wird trotzig, und ich löse mich aus seinem

Griff. Ich bin eine verdammte Prinzessin und keine Schlampe, die vor ihm willig auf die Knie sinkt!

»Wenn es dir noch nicht aufgefallen ist, bist du derjenige, der mir ständig nachläuft. Ich wollte einen entspannten Abend mit meinen Freunden! Dann kreuzt du auf und machst was? Führst dich auf wie mein Freund? Oder eher ein kontrollsüchtiger Stalker? So ein abgefucktes Spiel kannst du mit jemand anderem spielen! Und jetzt mach, dass du verschwindest. Mir reicht es!«

Meine Stimme wurde schärfer und mein Ärger mischt sich mit Entschlossenheit. Seine Miene verdunkelt sich, als er meine Worte auf sich wirken lässt.

»Was hast du gerade gesagt?«

»Du hast schon richtig gehört! Du kommst in die Bar, bedrohst Leon, ziehst mich, als wäre ich dein Eigentum, raus und nötigst mich nach Hause? Nur um was? Mir den Arsch zu versohlen? Mich zu vögeln? Was stimmt denn mit dir nicht?!« Was stimmt mit mir nicht, dass ich es zuließ? Dass ich es in Wahrheit wollte? Ja, ich will, dass er mich hier und jetzt benutzt, doch bevor er das erfährt, würde die Hölle einfrieren!

Vincent zieht seine Augenbrauen zusammen und scheint meine Worte zu verarbeiten. Ein durchdringender Blick, meine Entschlossenheit prüfend. Dann steht er einfach auf und lässt mich allein. Dieser Sieg ist mein!

KAPITEL 12

FREIA

Vor mir lag der geschmückte Sarg, von goldenen Kerzen umrahmt, die in einem zarten Licht erstrahlten und ihn wie einen schmerzhaften Trost umhüllten. Der Duft von Weihrauch und frischen Blumen durchzog die Luft und vermischte sich mit dem feuchten Geruch des herannahenden Regens.

Ich schritt langsam auf ihn zu, jede Bewegung getränkt von einer schweren Melancholie. Die Umgebung verschwamm, als ob der Trauernebel meine Sinne umhüllte und die Grenzen zwischen Realität und Traum unscharf machte. Die Anwesenheit meiner Familie verstärkte die Schwere der Atmosphäre.

Als ich mich dem Sarg näherte, spürte ich einen eisigen Windhauch, der meine Haut berührte und mir eine Gänsehaut verlieh. Ein leises Flüstern schien durch die Trauerklänge zu dringen, eine geisterhafte Botschaft aus einer anderen Welt. Die königlichen Wachen, stumm und unbeweglich wie Statuen, beobachteten das Trauerspiel mit ausdruckslosen Gesichtern.

Plötzlich erhob sich ein fernes Donnergrollen, das den Himmel erzittern ließ. Der Regen begann, zunächst sanft, dann immer stärker, als ob selbst der Himmel um das Verlorene weinte.

Das Donnergrollen verwandelt sich allmählich in das schrille Klingeln eines Handys. Mit einem plötzlichen Ruck erwache ich aus diesem Alptraum. Mein Herz pocht schnell, und ich spüre eine einzelne Träne, die meine Wange hinabrollt.

Ich schüttele meinen Kopf, um die aufkommenden Erinnerungen zu vertreiben, die ich so lange sicher verschlossen hatte, und greife nach dem Handy, das hartnäckig weiterklingelt.

»Was!«

Mein morgendliches Gemüt ist alles andere als begeistert. Eine Mischung aus Müdigkeit und Restalkohol durchzieht meinen Körper. Ich hatte mir, nachdem Vincent gestern gegangen ist, noch ein paar Gläser genehmigt. Und den Kopf darüber zerbrochen, was ich mit dieser verrückten Situation anstellen soll. Leider erfolglos.

Es herrscht Stille am anderen Ende. »Wer ist denn da?« Keine Antwort. Frustriert nehme ich das Handy in die Hand, um auf die Nummer zu schauen – Anonym. Der Anruf wird abrupt beendet.

Was für ein Spaßvogel ist das denn?

Frisch genervt werfe ich das Handy auf den Nachttisch zurück und lasse mich wieder in die Kissen sinken. Kaum habe ich die Augen geschlossen, klingelt es erneut.

»So, jetzt hör mir mal genau zu du Spaßvogel, wenn du keine Todessehnsucht hast, sprich oder schweig für immer!«

»Oh wow, da ist wohl jemand mit dem falschen Fuß aufgestanden!« Isaac's Stimme erklingt am anderen Ende, ich stutze.

»Woher hast du meine Nummer?«

»Unwichtig. Ich dachte, du möchtest vielleicht wissen, dass deine kleine Freundin letzte Nacht einen Unfall hatte!« Ein Schock durchfährt mich, und ich stehe kerzengerade im Bett .

»Bitte was? Wer? Wann? Was ist passiert, Isaac?« Innerlich bebe ich vor Anspannung und Unsicherheit. Warum passiert immer etwas Schlimmes, wenn ich von der Beerdigung träume? Mein Herz raste.

»Ich kann dir nicht genau sagen, was passiert ist, aber Sofia ist wohl nicht mehr im Krankenhaus, also wird es nicht so schlimm sein. Sei in 15 Minuten fertig, dann gehen wir gemeinsam hin!« Er legt auf. Neun Nachrichten und zwei verpasste Anrufe von Eve starren mir vom Display entgegen. Verdammt! Seine Worte hallen in meinem Kopf wieder, während ich panisch aus dem Bett springe und unter die Dusche eile. Ich ziehe mich in Rekordzeit an und zünde mir eine Zigarette an, um meine aufgewühlten Nerven zu beruhigen.

14 Minuten später öffne ich die Tür und pralle direkt mit Isaac's harter Brust zusammen, der sofort seine Hände um meine Hüften legt.

»Mir scheint, du rennst gerne Leute über den Haufen?«, spottet er.

»Was ist passiert?«, frage ich, während er eine meiner feuchten Haarsträhnen um seinen Finger wickelt.

»Das werden wir gleich erfahren, ich soll für meinen Vater rüber gehen und alles in Erfahrung bringen.«

»Finger weg!«, fahre ich ihn an. Ich schlage seine Hand weg und bringe ihn auf Abstand. Was stimmt mit diesen Männern denn nicht? Isaac lächelt nur und meint: »Willst du jetzt streiten oder gehen wir?" Schweigend laufen wir gemeinsam über den Campus, diese dauerhafte Spannung zwischen uns ist heute besonders spürbar. Warum hatte er mich angerufen?

»Isaac?«, frage ich schließlich.

»Füchsin?«

»Warum hast du mich angerufen?«

»Ich dachte, du möchtest es wissen?«

»Aber warum ausgerechnet du?«

Er zuckt nur mit den Schultern und beschleunigt seine Schritte, hastig versuche ich Schritt zu halten.

Als wir schließlich vor dem Verbindungshaus ankommen, öffnet Eve die Tür und fällt mir sofort um den Hals. »Es ist so schrecklich, Freia. Wer konnte ihr das nur antun?«, schluchzt sie.

»Ganz ruhig, erzähl mir was passiert ist.« Ich schiebe Eve vorsichtig von mir weg und sehe ihr erwartungsvoll in die vom Weinen geröteten Augen. »Kommt erstmal rein«, schnieft sie und führt uns in ein gemütliches Wohnzimmer, in dem Leon und zwei weitere Mädchen bereits sitzen. Leon steht sofort auf und nimmt mich in den Arm.

»Ich hätte auf sie aufpassen müssen!« flüstert er mir ins Ohr.

Ich löse mich von ihm und setze mich neben Isaac, der lässig wie eh und je seinen Arm über die Lehne legt. Sein Verhalten macht mich schon wieder rasend.

Etwas Furchtbares ist passiert und er zeigt keinerlei Regung?

»Also, könntet ihr mir bitte erzählen, was passiert ist, als ich gestern ging? Kann ich denn zu ihr?« Eve schüttelt den Kopf und lässt sich von Leon in den Arm nehmen.

»Nachdem du, ihr, gegangen seid, wollte auch Sofia...«, Eve wird von einem heftigen Schluchzanfall unterbrochen. Isaac schnaubt leise und beginnt gelangweilt, mit dem Zeigefinger Kreise auf meiner Schulter zu malen.

»Benimm dich, sonst werfe ich dich eigenhändig raus!« zische ich ihn an. Der Kuss mit ihm war ein Fehler, Biblischen Ausmaßes! Bevor Eve einen neuen Versuch starten kann, klingelt es an der Tür, und eins der anderen Mädchen aus der Verbindung steht auf. Rasmus stürmt keine Sekunde später in den Raum, scannt ihn ab und entspannt sich, als er mich wohlbehalten auf dem Sofa sitzen sieht. Jedoch verkrampft er sofort wieder, als er Isaacs Arm um meine Schulter bemerkt, was diesen herzlich wenig stört.

»Wir zwei unterhalten uns später!« sagte Rasmus mit einem drohenden Unterton zu mir und lehnt sich an die Wand, mit einem perfekten Blick auf uns. Dieses ganze Szenario wirkt gerade so skurril, dass ich wirklich nicht sicher bin, ob ich nicht noch träume.

Leon beginnt, an Eves Stelle zu erzählen, was passiert ist. Die Tränen laufen ihr über das Gesicht, während er die schrecklichen Details schildert.

Es stellt sich heraus, dass Sofia, nachdem ich gezwungenermaßen mit Vincent gegangen bin, ebenfalls nach Hause gehen wollte. Doch sie bestand darauf, alleine zu gehen, um Eve und Leon etwas alleine zu lassen. Da ihr Verbindungshaus nicht weit entfernt war und es auf dem Campus genügend Sicherheitspersonal gab, dachte sie, wie jeder von uns, sie wäre selbst nachts sicher. Doch das hat den Täter nicht aufgehalten.

Sofia wurde auf halber Strecke von hinten gepackt und brutal mit dem Kopf, gegen einen Baum geschleudert, wodurch sie sofort ohnmächtig wurde. Stunden später erwachte sie in einem Krankenhauszimmer und kann sich nur noch an den Aufprall und die darauffolgende Leere erinnern. Doch die Ärzte wussten mehr, während ihrer Ohnmacht hatte sich der Täter an ihr vergangen. Sie wurde Opfer einer Vergewaltigung. Es war ihr Glück, dass sie sofort das Bewusstsein verloren hatte und diese Misshandlung nicht bei vollem Bewusstsein miterleben musste. Was es nicht weniger schlimm für sie macht. Glücklicherweise waren ihre restlichen körperlichen Verletzungen weniger schwerwiegend als sie aussahen und sie durfte auf ihren eigenen Wunsch hin auf den Campus zurückkehren. Seitdem schlief sie ihren Schmerzmittelrausch aus, um sich vom Geschehenen zu erholen.

Der Schock und die Wut über das, was Sofia widerfahren war, durchströmen mich und ich brauche alle Kraft, um aufkeimende Erinnerungen zu unterdrücken. Ich kann nicht fassen, dass jemand so grausam sein konnte und dann auch noch mitten auf dem Campus. Meine Hände ballen sich zu Fäusten, als ich an den Täter denke, und mir schwöre, dass er dafür bezahlen würde.

»Genevieve, warum siehst du mich so vorwurfsvoll an?«, fragt Isaac mit verzerrtem Gesichtsausdruck. Ich schrecke hoch und sehe ihr deutlich an, wie sie nach den richtigen Worten sucht.

»Meinst du... Vincent, oder Logan?«, sagt sie zögerlich, und Isaac springt neben mir auf, als hätte ihn etwas gebissen.

»Wage es nicht, diese Frage auch nur anzudeuten!«, faucht er sie wütend an.

»Wage es nicht, in diesem Ton mit ihr zu sprechen«, droht Leon und tritt bedrohlich auf Isaac zu. Rasmus nähert sich ebenfalls langsam, bereit einzugreifen, falls ich zwischen die Fronten geraten sollte. Er weiß zu gut, dass ich mich einmischen werde.

Seufzend stehe auch ich auf. »Ich glaube, wir sollten jetzt besser gehen. Wir können nichts tun, bis sie aufwacht. Isaac, begleitest du mich bitte zurück?«, sage ich ruhig. Isaac und Leon haben einen Blickkontakt, der so gespannt ist, dass ich Angst habe, dass er jeden Moment gewalttätig werden könnte. Hilflos blicke ich zu Rasmus, in der Hoffnung, dass er eingreifen würde, doch dieser beobachtet die Situation unbeeindruckt.

Solange ich nicht in Gefahr bin, hat er wohl keine Lust, sich einzumischen.

Instinktiv greife ich nach Isaacs Gürtel, als er einen Schritt auf Leon zugehen will, und ziehe ihn bestimmt zu mir. Als er immer noch nicht reagiert, hake ich mich mit der anderen Hand bei ihm ein und ziehe ihn behutsam weg, zur Haustüre.

Isaac sträubt sich gegen meine Berührung und versucht, sich loszureißen. Sein Gesicht ist vor Wut verzerrt, und seine Augen funkeln vor Zorn.

»Lass mich los! Es ist schon lange überfällig, dass er eine aufs Maul bekommt«, zischt er zwischen zusammengebissenen Zähnen hindurch.

Ich lasse ihn jedoch nicht los und versuche selbst ruhig zu bleiben. Zittrig kralle ich mich fester an ihn, ich darf jetzt nicht die Fassung verlieren!

»Den Teufel werde ich tun! Isaac, beruhige dich gefälligst. Lass uns jetzt einfach gehen, bevor die Situation eskaliert«, gifte ich ihn an und versuche, ihn mit meinem Blick zur Vernunft zu bringen.

Was soll dieser Kindergarten? Sofia wurde misshandelt und er will sich prügeln?

Er schnaubt verächtlich und funkelt mich an. »Du hast keine Ahnung, was hier abgeht, Freia. Vertrau mir einfach und halt dich da raus. Und jetzt lass mich los!«

»Nein!«

Rasmus tritt plötzlich an meine Seite, legt seinen Arm um mich; eine stille Aufforderung, Isaac loszulassen, bevor es eskaliert. »Ich bringe dich nach Hause«, sagt er ruhig und bestimmt.

Ich schüttle zornig den Kopf und halte eisern den angespannten Isaac an seinem Gürtel fest. »Nein, bitte bleib hier. Ich glaube, Sofia würde dich gerne hier haben. Isaac wird mich nach Hause bringen«, entgegne ich, und versuche es nicht ganz wie ein Befehl klingen zu lassen.

Rasmus schüttelt leicht den Kopf, sein Blick wird ernster. »Da wäre ich mir nicht so sicher«, sagt er mit einem Hauch von Besorgnis in seiner Stimme. »Sofia und ich... Sie hatte deutlich gemacht, dass sie mich nicht sehen will.«

Na super! Als wäre die Situation nicht schon kompliziert genug.

»Gut, dann gehen wir jetzt zu dritt!«, entscheide ich mit einem Hauch von Ironie und sehe Eve an.

»Kannst du mich bitte auf dem Laufenden halten und anrufen, wenn sie wach wird? Wenn ihr irgendetwas benötigt, melde dich bitte.« Sie nickt, und in ihren Augen glänzen Tränen. Ich sollte eigentlich bei ihr bleiben, hier warten, bis Sofia aufwacht. Aber erst einmal muss ich Isaac hier raus schaffen und mir dann Rasmus vornehmen. Mehr kann ich momentan nicht tun.

Gemeinsam verlassen wir das Verbindungshaus, wobei ich immer noch fest Isaacs Gürtel umklammere. Ich erwarte fast, dass er jeden Moment wieder umdreht, und Leon doch noch verprügelt.

Kaum sind wir an der frischen Luft, spüre ich, wie Rasmus von hinten näher kommt und vorsichtig meine Hand löst. Verwirrt sehe ich ihn an, doch sein Blick ist ruhig und bestimmt. »Ich denke, du kannst ihn jetzt loslassen«, sagt er leise und meine Hand aus dem starren Griff löst.

Mein Blick wandert zu Isaac, der nickt und mir eine Hand sanft an die Wange legt. »Danke, es ist erfrischend, dass nicht immer ich jemand vor schlechten Entscheidungen und Prügeleien bewahren muss«, haucht er und schreitet langsam davon.

Ich bleibe stehen und beobachte, wie Isaac sich mit dem Handy am Ohr entfernt. Ich stoße hörbar die Luft aus und drehe mich zu Rasmus um. Ein Drama nach dem anderen.

»Hast du schon eine Vermutung, wer es gewesen sein könnte?«

KAPITEL 13
RASMUS

Zur Hölle, nein, die habe ich nicht, Teufelchen! Jedenfalls nicht direkt, dieser Feigling versteckt sich zu gut!

Nachdem ich mein Teufelchen sicher nach Hause gebracht und ein behagliches Feuer im Kamin entfacht habe, gehe ich erst einmal in die Küche um meine Gedanken zu sammeln. Alkohol, Bier! Das brauchen wir beide jetzt. Ich öffne den Kühlschrank und hole den ersten Sixpack Bier heraus.

Wie zu erwarten, finde ich neben sämtlichen Alkohol Sorten einen äußerst spärlich gefüllten Kühlschrank vor. Kochen ist nicht unbedingt eine ihrer Leidenschaften, sie tendiert eher dazu, das Essen zu vergessen. Ich machte mir eine Notiz, darauf zu achten, dass sie mehr isst.

Ich bleibe im Türrahmen gelehnt stehen und beobachte meine kleine Prinzessin für einen Moment. Ihr Anblick erfüllt mein Herz mit einer Wärme, die ich bei keiner anderen zulasse. Sie wirkt so zerbrechlich, wie sie vor dem Kamin auf dem Teppich sitzt, die Knie an ihre Brust gedrückt und gedankenverloren in das Feuer starrt. Der Tag heute hat ihr mehr abverlangt, als sie zugeben möchte. Auch wenn sie nach außen hin stark erscheint, weiß ich es besser. Sie ist so verletzlich, wenn man erst ihre Mauern durchdrungen hat – das weiß sie. Das ist wohl auch einer der Gründe, warum sie niemanden vollkommen an sich heranlässt, nicht einmal mich, ihren besten Freund.

Niemand konnte uns als Kinder trennen, und nun, als Erwachsene, sollte es eigentlich genauso sein. Das war auch der einzige Grund, warum ich mich als ihr Leibwächter ausbilden ließ. All die Jahre dachte ich, dass sie niemand besser beschützen kann, als mein Bruder und ich. An dieser Vorstellung habe ich so viele Jahre festgehalten, bis ich schmerzlich in die Realität zurückgeholt wurde. Ich hatte versagt, wir hatten versagt. Wäre ich damals nur an ihrer Seite gewesen, hätte ich sie beschützen können, vor was auch immer ihr zugestoßen ist.

Doch stattdessen saß ich in meinen Räumlichkeiten und leckte meine emotionalen Wunden, nachdem ich mit ansehen musste, wie mein Bruder sie für sich beanspruchte. Die Vorwürfe zehren jeden Tag aufs Neue an mir. Hätte sie damals mir gehört, hätte sie in jener Nacht nicht durch die Hölle gehen müssen; ich wäre nicht von ihrer Seite gewichen. Genau diese Hölle war bisher das Einzige, was sie nicht mit mir teilte. Als würde sie es wissen und mich damit bestrafen wollen.

Und jetzt, ein Jahr später, sitzt sie hier an der Universität, was sie sich so hart erkämpft hat und teuer bezahlt, stärker denn je, und schwebt erneut in Gefahr.

Doch ich begehe keinen Fehler zweimal. In den letzten Tagen habe ich fieberhaft überlegt, wie ich sie wieder nach Schweden verfrachten könnte, ohne ihr die Wahrheit zu erzählen.

Nachdem ich die erste Nachricht dieses kranken Schweins an ihrer Tür gefunden habe, einen Tag später, als wir uns näher kamen. Ein merkwürdiger Zufall...

»Rasmus, ist alles in Ordnung?“

Ich stoße mich vom Türrahmen ab, setze mich zu ihr auf den Boden und drücke ihr ein geöffnetes Bier in die Hand. Nein, überhaupt nichts ist in Ordnung. Was, wenn du an Sofias Stelle gewesen wärst? Oder solltest du vielleicht sogar das eigentliche Opfer sein? Wenn es das selbe Schwein ist, dass dich seit einiger Zeit bedroht?

Dieser Gedanke lässt mich nicht mehr los. Du hast ja keine Ahnung, in was für einer Gefahr du schwebst, und doch kann ich dich nicht von hier wegbringen. Es wäre das Beste für deine Sicherheit, dich direkt in den nächsten Flieger zu setzen, aber ich kann dir doch nicht das nehmen, was dich so glücklich macht. Seit du hier bist, kommt immer mehr die alte Freia aus dir heraus. Es ist egoistisch von mir, aber ich habe entschieden, alles dafür zu tun, dass du hier glücklich und sicher bist. Du bist eine Prinzessin, und doch hast du so viel Schmerz erleiden müssen. Noch mehr kann ich dir nicht zumuten.

Ich setze wie immer meine beste Kumpel-Miene auf und stoße mit ihr an. Wer weiß, wie lange ich das noch durchziehen kann? Diese Kumpelmasche, während diese Typen von nebenan förmlich um deine Aufmerksamkeit buhlen?

»Was geht in deinem kleinen rothaarigen Kopf vor sich?« frage ich sie, um sie aus ihren Gedanken zu holen. Sie sieht mich nur an und zuckt verloren mit den Schultern, doch ich kenne diesen Blick zu gut.

»Gut, dann eine andere Frage. Was läuft da zwischen dir und den Typen von nebenan? Ich meine, das sind ja nicht gerade die geeignetsten Heiratskandidaten, oder?« entfährt es mir. Ihre Augen blitzen gefährlich auf – da ist mein Teufelchen ja wieder!

»Gegenfrage, mein Lieber. Was läuft oder eher lief da zwischen dir und Sofia?« fragt sie mich.

Und das war eine gute Frage, auf die ich keine Antwort kannte. Die kleine Latina hatte definitiv ein Auge auf mich geworfen, und der Flirt war nicht verkehrt, lenkte mich von *ihr* ab, aber sie war zu aufmerksam und bemerkte recht schnell, dass sie für mich nur genau das war. Eine Ablenkung, von der einzigen Frau, die mich interessiert, die aber den tätowierten, zu groß geratenen Danny Zuko bevorzugt. Daher ist es mir ein Rätsel, warum sich Sofia in Wahrheit gestern Nacht auf den Weg zu meiner Unterkunft gemacht hatte. Das ist ein Thema, was ich mit dem Teufelchen nicht besprechen werde.

»Thema wechseln?«

Sie lacht bitter auf. »Ich kann mir schon denken, was jetzt kommt!« Natürlich konnte sie das.

»Dann lass uns gar nicht erst diskutieren und höre mir einfach zu. Der Vorfall heute Nacht wird von sämtlichen Seiten untersucht – dem Campus, der Polizei und von meinen Leuten. Bis wir wissen, ob es ein Zufall war oder mehr dahinter steckt.« Sie senkt traurig den Kopf. »Solange das nicht geklärt ist, wirst du den Campus nicht ohne männliche Begleitung verlassen, verstanden? Das gilt auch bei Nacht. Wenn du dich daran hältst, werde ich dafür sorgen, dass es weder deinen Onkel noch meinen Vater erreicht und du vorerst hier bleiben darfst.« Es dauert einen Moment, bis meine Worte bei ihr ankommen. Dann reißt sie den Kopf hoch und sieht mich völlig perplex an. »Das ist dein Ernst, oder?« Ich nicke nur und grinse.

Ihre Augen glänzen, und ich kann sehen, wie eine Mischung aus Überraschung und Erleichterung in ihnen aufleuchtet. Sie fällt mir mit so einem Schwung um den Hals, sodass wir beide auf dem Teppich landen. »Danke, Rasmus. Das bedeutet mir wirklich viel.«

»Gern geschehen, kleiner Teufel«, necke ich sie und schlinge meine Arme um ihren zierlichen Körper. Hoffentlich wird uns diese Entscheidung nicht zum Verhängnis!

Freia nippt weiter an ihrem Bier, und ich beobachte schweigend, wie sich langsam eine gewisse Leichtigkeit in ihren Augen breitmacht. Der flackernde Schein des Feuers wirft warme Schatten auf ihre zarten Gesichtszüge.

Irgendwann leert sie das Bier in einem Zug und greift nach einem weiteren.

»Na dann Prost, Rasmus!« ruft sie fröhlich und stößt mit mir an. Ein leichtes Lächeln huscht über ihr Gesicht, aber ich kann die Spuren der Anspannung noch in ihren Augen sehen. Mir ist klar, dass sie den Schmerz vollkommen betäuben möchte.

»Vorsicht, kleiner Teufel. Du willst dich doch nicht komplett abschießen«, warne ich mit einem amüsierten Lächeln. Doch sie scheint das nicht zu interessieren.

»Ich denke, ein bisschen Betrunkenheit kann nicht schaden«, sagt sie mit einem verschmitzten Grinsen und kippt einen weiteren, großen Schluck hinunter.

Ich beobachte, wie sie nach und nach mehr Flaschen leert, und die Anspannung in ihrem Gesicht einer lockeren Gelassenheit wich. Doch je mehr sie trinkt, desto mehr verschwindet auch ihre Kontrolle. Ihr Lachen wird lauter, ihre Bewegungen ungeschickter.

»Du solltest langsamer machen«, schlage ich vorsichtig vor, aber sie winkt ab. »Ach, komm schon, Rasmus! Lass mich einfach Spaß haben. Heute war echt beschissen genug. Früher warst du auch keine Spaßbremse oder?« Ich sollte sie Stoppen, aber sie hat recht. Leise seufze ich, wissend, dass es noch ein anstrengender Abend wird.

Als sie versucht, aufzustehen und rückwärts auf das Sofa fällt, war für mich klar, dass es an der Zeit ist, die Reißleine zu ziehen. Ich konnte nicht anders, als sie auf den Arm zu nehmen. Freia schmiegt sich an meine Brust, und ich spüre, wie sie versuchte, ihre Arme um meinen Hals zu legen. Es war eine vertraute Geste, die mich an vergangene Zeiten erinnert.

»Rasmus, weißt du eigentlich, wie sexy du bist«, murmelt sie und kichert leise. Ich ignoriere die süßen, betrunkenen Worte und konzentriere mich darauf, sie in ihr Zimmer zu tragen. Sie hat ja keine Ahnung.

Als wir endlich in ihrem Schlafzimmer ankommen, setze ich sie behutsam auf ihr Bett. Freia lächelt mich müde an, und ich streiche sanft eine Strähne ihres roten Haares aus ihrem Gesicht.

»Schlaf gut, Teufelchen«, sage ich leise, bevor ich mich darauf vorbereite, das Zimmer zu verlassen.

»Rasmus, bleib bei mir«, flüstert sie, während sie nach meiner Hand greift. »Ich will nicht allein sein. Sonst holt sie mich ein, meine Vergangenheit.«

Ich zögere einen Moment, bevor ich nachgebe und mich zu ihr ins Bett lege.

»Es tut mir leid, dass ich dich ausnutzen wollte, um zu vergessen, aber ich vertraue niemandem so wie dir. Wenn ich mit jemandem Sex haben will, dann mit dir. Rasmus, ich will dich!« lallt sie leise.

»Ich will dich auch, Baby«, flüstere ich leise. »Aber nicht so.«

Freia seufzt leise und nickt, sie kuschelt sich an mich, und ich spüre, wie sie langsam in einen friedlichen Schlaf gleitet.

Zur Hölle mit dir, Babygirl!

Alles lief perfekt, und dann das? Du lässt dich einfach von ihm in sein Auto zwingen? Er ist dir so nah, das darf nicht sein. Diese verdammte Nähe, die du ihm erlaubst, reißt mich innerlich in Stücke. Ich kann es nicht ertragen, dass er seine Hände auf dich legt, dass er dich berührt, obwohl doch nur ich dieses Recht habe.

Lass dich auf ihn ein, und ich werde dafür sorgen, dass er dich nie mehr sieht. Das ist mein Versprechen an dich!

Dieser elende Bastard darf dich nach Hause begleiten? Genau dorthin, wo ich dich nicht sehen kann! Wo ich nicht beeinflussen kann, was er mit dir tun wird. Ich gehöre an deine Seite! Warum willst du das nicht verstehen, du kleines Miststück! Was kann er dir bieten?

Du kennst ihn nicht, wie ich ihn kenne. Warte nur ab, er wird dir wehtun, und dann wirst du betteln, mich bei dir zu haben.

Deine Strafe, die ich mir dafür ausgedacht habe, würde dir gefallen. Und du wirst nicht mal da sein, um diese zu empfangen, dafür muss jemand anders herhalten. Rate mal, wer mir hier alleine förmlich in die Arme gelaufen ist!

Ich freue mich schon auf den Moment, wenn ich dich in meinen Armen halten kann, und mir ist dabei egal, ob tot oder lebendig. Du bist mein, und niemand soll dich haben. Also gehorche mir!

KAPITEL 14
FREIA

Der nächste Morgen ist der absolute Horror.

Als ich aus meiner traumlosen Schlafstarre erwache, begrüßt mich sofort ein bezaubernder Würgereiz, der sich in meinem Inneren breitmacht. Panisch versuche ich, wie ein angeschossenes Reh aus dem Bett zu krabbeln und die Toilette zu erreichen. Doch zu meinem Unglück liegt Rasmus neben mir, der fest entschlossen scheint, mich als Teddybär-Ersatz zu verwenden und es mir nicht gerade leicht macht, aufzustehen.

Ich kann mich nur mit Mühe aus seiner Umarmung befreien und achte dabei nicht auf die Tatsache, dass ich ihn damit unsanft wecke. Nach einer artistischen Befreiungsaktion, bei der ich fast den perfekten Purzelbaum hingelegt hätte, schaffe ich es gerade rechtzeitig ins Bad. Die Badezimmertür knallt laut hinter mir zu und lässt meinen Mageninhalt auf äußerst unprinzessinnenhafte Weise in die Kloschüssel strömen. Die Übelkeit ist so überwältigend, und ich fühle mich schwach und ausgelaugt. Als hätte man mich gegessen, wieder ausgespuckt und die jämmerlichen Reste, mit einem Bus überfahren! In diesem Moment ist mir alles egal - mein Aussehen, meine Würde, einfach alles. Traurig aber wahr.

Mein Körper kämpft gegen die Qualen an, die er mir bereitet. Mein Kopf schmerzt, als ob jemand mit einem Vorschlaghammer darauf einhämmert, und meine Augen fühlen sich an, als würden sie jeden Moment aus ihren

Höhlen springen. Während ich mich immer mehr mit der Kloschüssel anfreunde, öffnet sich leise die Badezimmertür, und Rasmus tritt verschlafen ein. Er sieht besorgt aus und kniet sich sofort neben mich, um mir die Haare aus dem Gesicht zu halten. In jedem anderen Moment würde ich mich für diese Geste schämen, aber bei ihm ist es etwas ganz Normales. Es gab eine Zeit, in der das morgens die Tagesordnung für uns war.

»Ganz wie in alten Zeiten, oder?« bringe ich zwischen zwei Brechreizen hervor. Sein Blick ist voller Sorge, als er mich so hilflos über der Kloschüssel hängen sieht. Er kennt diese Seite von mir nur allzu gut. Die Seite, die sich selbst verloren hat und nach einem rettenden Anker sucht. Und er ist mein Anker. Er ist derjenige, der mich immer wieder auffängt, wenn ich zu fallen drohe und ich behandle ihn wie einen Lückenbüßer.

Nach einer gefühlten Ewigkeit, in der mir das gesamte Bier einen guten Morgen wünscht, ist mein Magen endlich komplett leer. Rasmus sitzt geduldig neben mir auf dem Boden und beobachtet mich aufmerksam.

»Geht es dir wieder besser?«, fragt er besorgt. Ich rapple mich mit seiner Hilfe langsam auf und nicke unsicher.

»Dann mache ich uns mal einen Kaffee«, sagt er und verlässt das Badezimmer, um den erlösenden Koffeinschub zu kochen. Ich bleibe alleine zurück, abgestützt am Waschbecken, und betrachte mein Elend im Spiegel. Ich sehe wirklich beschissen aus - meine roten Haare sind total wirr, und kein Make-up der Welt könnte meine Augenringe verdecken.

Müde schleiche ich mich mit meiner Zahnbürste bewaffnet unter die eiskalte Dusche und warte darauf, dass das kalte Wasser meine Lebensgeister wieder zum Leben erweckt.

Sauber, aber immer noch total am Arsch, wanke ich zurück ins Schlafzimmer und schlüpfe in eine alte Yogahose und einen Hoodie, der der Größe nach Rasmus gehört. Dann greife ich nach meinem vibrierenden Handy, das auf dem Nachttisch liegt.

Die Vorlesungen wurden heute abgesagt, da die Polizei eine Reihe von Studenten verhören möchte. Sie waren heute Morgen bei unserer Verbindung.
- Eve

Das ist mir gerade recht, ich hätte heute auch an keiner Vorlesung teilnehmen können.

Wie geht es Sofia? Kann ich sie besuchen?
- Ich

Sofia war heute Morgen erneut im Krankenhaus für weitere Untersuchungen. Komm heute Nachmittag vorbei, aber bitte alleine.
- Eve

Autsch, es scheint, als ob Eve mir wirklich übelnimmt, was gestern mit Isaac passiert ist, obwohl ich nichts dafür kann. Im Gegenteil, ich habe doch das Schlimmste verhindert.

Natürlich, bis später!
- Ich

Ich überlege kurz und schreibe an die Nummer, unter der Isaac mich gestern angerufen hat, auch eine Nachricht.

Ist alles in Ordnung bei dir?
Können wir, über gestern reden?

Die Nachricht wird gelesen, und ich sehe, dass Isaac gerade am Tippen ist. Doch es scheint, als ob er sich nicht dazu entscheiden kann, mir eine Antwort zu schicken. Von mir aus, dann eben nicht!

Frustriert stecke ich mein Handy in die Tasche des Hoodies und folge dem verlockenden Duft des frisch gebrühten Kaffees. In der Küche steht Rasmus mit dem Handy am Ohr und telefoniert leise. Seine Stimme klingt gedämpft, als ob er etwas Wichtiges bespricht. Ich beobachte ihn kurz und spüre eine gewisse Unruhe in mir aufkommen. Noch mehr schlechte Neuigkeiten, und ich nehme mir einen Strick, wirklich!

Er spricht auf Schwedisch, während er sich den qualmend heißen Kaffee in eine Tasse einschenkt. Und ich verspüre den dringenden Wunsch, einen Schluck dieses schwarzen Elixiers endlich zu genießen. Da fällt mir auf, dass er mich noch gar nicht bemerkt hat.

Böse grinsend trete ich näher, leise und behutsam. Mit einer schnellen Bewegung nehme ich ihm die Tasse aus der Hand. Sein Blick trifft meinen, und ich kann kurz seine Angespanntheit erkennen. Er schüttelt stumm den Kopf und gießt sich eine neue Tasse ein, beendet schließlich das Telefonat.

»Teufelchen, du weißt, dass es eine ganz dumme Idee ist, sich an mich anzuschleichen!« Ich zucke nur mit den Schultern und genieße den ersten Schluck Kaffee.

»No Risk, no Fun, oder?« Der Blick, den er mir zuwirft, ist eine Mischung aus Ärger und Amüsement. Es gibt Momente, in denen ich mich ernsthaft frage, wie der Arme es mit mir so lange schon aushält.

»Sofia geht es den Umständen entsprechend gut, hat mir Eve gerade geschrieben«, teile ich Rasmus mit, während ich mir die schmerzende Stirn reibe.

»Ich werde gegen Nachmittag nach ihr schauen, momentan ist sie nochmal im Krankenhaus zum Check-up«, informiere ich ihn weiter und durchsuche nebenbei hektisch die Schränke.

Jedes Mal, wenn ich versuche, etwas zu finden, rutschen mir gefühlt alle Töpfe und Pfannen entgegen, weil ich keine Ahnung habe, wie diese amerikanische Küche strukturiert ist. Verdammt, ich brauche jetzt wirklich ein paar Schmerzmittel. Rasmus beobachtet meine verzweifelte Suche und wirft mir schließlich eine Tablette über die Theke. Ohne sie genau zu betrachten, nehme ich sie und spüle sie mit einem großen Schluck Kaffee hinunter. Die Kopfschmerzen lassen langsam nach, aber die Übelkeit bleibt hartnäckig.

»Dann weißt du wahrscheinlich auch, dass die Vorlesungen heute ausfallen, da so gut wie jeder auf dem Campus befragt wird? Ich habe alles geklärt, die Polizei wird dich weder befragen noch sonst belästigen«, informiert mich

Rasmus weiter. Ein resignierendes Lächeln breitet sich auf meinem Gesicht aus. Daran hatte ich auch nicht gezweifelt. Eine Prinzessin wird nicht befragt – das wäre ein gefundenes Fressen für eine Klatschzeitung. Ich lehne mich mit geschlossenen Augen gegen die Theke der Küchenzeile. Ich hoffe wirklich, dass sie den Täter finden! Wieder überkommt mich eine Welle der Übelkeit.

»Der Kater lässt grüßen, kommt davon, wenn man wie ein Loch säuft«, murmele ich vor mich hin. Ein schrilles Handyklingeln lässt mich zusammenfahren.

»Könntest du das bitte leiser stellen!« fauche ich. Rasmus ignoriert meinen Kommentar und verlässt mit dem Telefon am Ohr die Küche durch die offene Gartentür.

Frustriert massiere ich mir, die Schläfen, scheiß Tag! Die Geräusche scheinen durch meinen Kopf zu dröhnen und verstärken meine Übelkeit. Ich versuche mich zu beruhigen und konzentriere mich darauf, meine Gedanken zu ordnen. Wenn mein Onkel von diesem Zwischenfall erfährt, wird er mich sicher nach Hause holen wollen!

Plötzlich höre ich Rasmus' Stimme von draußen und kann einige Bruchstücke des Gesprächs erhaschen. Es scheint wichtig zu sein, aber ich kann nicht wirklich verstehen, worum es geht. Meine Neugier ist geweckt, und ich beschließe, nach draußen zu gehen, um herauszufinden, was los ist.

Leise öffne ich die Gartentür und trete auf die geräumige Terrasse. Rasmus steht ein paar Schritte entfernt und telefoniert immer noch angeregt. Sein Gesichtsausdruck ist ernst und besorgt. Als er mich bemerkt, legt er eine Hand auf sein Telefon und sieht mich an.

»Ich muss für ein paar Stunden weg, es gibt noch einiges zu klären. Kommst du alleine klar?« entschuldigt er sich leise. »Es geht um den Täter.«

Ein Schauer läuft mir über den Rücken, und ich spüre, wie sich meine Knie weich anfühlen. Schwer schluckend nicke ich langsam. Ich würde mich wesentlich wohler fühlen, wenn er heute bei mir wäre, mich einfach nur im Arm hält und meinen Kummer durch seine bloße Anwesenheit vertreibt. Aber ich weiß auch, dass er mich heute nicht alleine lassen würde, wenn es nicht wichtig wäre.

»Warum sollte ich nicht klar kommen?« lüge ich schließlich und folge ihm wieder zurück ins Haus.

Er nimmt seine Jacke von einer der Stuhllehnen und gibt mir einen liebevollen Kuss auf den Haarscheitel.

»Ich werde dafür sorgen, dass der Kühlschrank gefüllt wird. Du musst mehr essen. Das ist nicht gesund!«

»Keine Eile, für heute mache ich lieber eine Kaffeediät!« brumme ich mit erhobener Tasse.

»Kommst du heute Abend zurück?«, frage ich fast schon verzweifelt.

Rasmus sieht mich für einen Moment intensiv an, bevor er antwortet. »Ja, ich werde heute Abend zurück sein.«

Ein erleichtertes Lächeln breitet sich auf meinem Gesicht aus, und ich nicke.

»Danke«, flüstere ich.

Er gibt mir noch einen sanften Kuss auf die Stirn und verlässt dann mit schnellen Schritten das Haus. Ich bleibe alleine zurück und spüre eine Mischung aus Dankbarkeit und Einsamkeit. Mit einer frisch gefüllten Kaffeetasse schleiche ich in den Salon und rolle mich auf dem Sofa zusammen.

Ein klingelt lässt mich aus meinem traumlosen schlaf hochfahren, ich greife stöhnend nach meinem Handy. Offensichtlich bin ich eingeschlafen, und das für volle drei Stunden! Zum Glück hat sich in der Zeit mein Magen etwas beruhigt, aber die Wirkung der Schmerztablette lässt deutlich nach.

Kein Anruf. Habe ich mir das Klingeln doch nur eingebildet?

Wieder ein lautes Klingeln, diesmal an der Haustür. Mit schmerzenden Knochen stehe ich auf, das Sofa sieht deutlich bequemer aus, als es eigentlich ist. »Rasmus, du hast doch einen Schlüssel, dann benutze ihn gefälligst auch!«, gähne ich, während ich die Tür öffnete. Doch hinter der Tür stand nicht Rasmus, sondern Vincent, wie immer perfekt aussehend. Seine Haare typisch gestylt, das weiße Shirt spannt über seiner muskulösen Brust und die Lederjacke sitzt perfekt. Nur sein Blick passt nicht, dieser mustert mich von oben bis unten besorgt.

»Was ist denn mit dir passiert, Prinzessin?«, fragt er und geht wie selbstverständlich an mir vorbei ins Haus.

»Natürlich kannst du reinkommen, vielen Dank, dass du vorher gefragt hast!«, murmele ich, während ich die Tür hinter ihm schließe.

»Du siehst echt fertig aus.« stellt er nüchtern fest.

»Sofia wurde vergewaltigt! Und mehr als ein, “du siehst echt fertig aus” fällt dir dazu nicht ein? Was ist nur los mit euch? Hast du auch nur den geringsten Schimmer, was das einer Frau antut? Durch welche Hölle sie gehen muss und noch gehen wird, in den nächsten Monaten, vielleicht sogar Jahren!« Meine Stimme bebt vor Wut, während ich einen Schritt auf ihn zutrete und meinen Zeigefinger fest in seine Brust bohre. »Nein? Das denke ich mir! Ihr Männer seid einfach Arschlöcher, jeder einzelne von euch!« Ich werfe meine Arme frustriert in die Luft und stürme zurück in den Salon. Egal ob meine Kopfschmerzen schlimmer werden oder die Übelkeit zurückkommt. Ich brauche etwas zu trinken, bevor ich die Kontrolle über meine Gefühle verliere.

»Jetzt warte doch mal, so war es nicht gemeint, warum musst du ständig weglaufen«, ruft er mir nach. Er folgt mir, und ich gehe stur zur Bar, um mir ein Glas einzuschenken, das ich in einem Zug leere. Ein Schauer durchfährt mich, als die klare Flüssigkeit meine Kehle hinabfließt und meinen Bauch von innen verbrennt. Vincent bleibt stehen, hebt nur eine Augenbraue und lässt seinen Blick durch den Raum schweifen. Es sieht aus, als hätte hier eine Bombe eingeschlagen, überall stehen leere Bierflaschen, und vor dem Kamin liegt immer noch unser Kissenlager von gestern.

»Eine kleine Pyjamaparty mit deinem Leibwächter?« Vincent hebt eine Bierflasche auf und betrachtet das Etikett mit gespieltem Interesse. Fassungslos beobachte ich ihn und spüre, wie etwas in mir zerbricht. »Es ist dir wirklich egal, was mit den Menschen um dich herum passiert, oder? Warum bist du wirklich hier? Benötigst du mich als Alibi, weil Eve der Polizei gegenüber Verdacht geäußert hat?«

Vincent erstarrt, sein Gesichtsausdruck wird so kalt, dass ich echte Angst verspüre. Ohne Vorwarnung schleudert er die leere Flasche gegen den Kamin. »Was hast du gerade gesagt?«, knurrt er mich bedrohlich an und kommt auf mich zu. Ich stehe wie gelähmt mit dem Rücken an der Bar und sehe ihn mit klopfendem Herzen an.

Dann holen mich wieder die Bilder der Vergangenheit ein.

Wie er das Glas über meinem Kopf zerplatzen lässt, seine bedrohlichen Schritte hallen von den Wänden wieder, als er auf mich zukommt. Seine raue Hand, die sich zu fest um meinen Hals schließt.

Meine Hand beginnt unkontrolliert zu zittern, das Glas fällt mir klirrend aus der Hand und rollt über den Boden, vor Vincents Füße.

Tränen sammeln sich in meinen Augen. Sein Blick wird augenblicklich weich, und er kommt schnell auf mich zu. Ängstlich weiche ich an die Wand zurück.

»Nein, bitte, lass mich! Ich kann keine Nähe ertragen, es.. es tut zu sehr weh.«

Unbeirrt bleibt er vor mir stehen und nimmt mein Gesicht behutsam in seine großen Hände, als wäre ich aus Glas. Seine Augen strahlen eine liebevolle Fürsorge aus, als er mein Gesicht etwas anhebt.

»Hey, Süße, sieh mich an!« Ich hebe meinen Blick und verliere mich in seinen blauen Augen. Wie in Zeitlupe trifft mich die Erkenntnis, dass seine Nähe mir in so einer Situation keine Angst einjagt, im Gegenteil, sie tut unfassbar gut.

»Ich würde dir niemals wehtun! Das weißt du doch, oder? Im Gegenteil. Ich würde lieber sterben, als dir je wehzutun«, flüstert er liebevoll und streicht mir die Tränen von der Wange.

Ich sehe ihn unter meinem Tränenschleier an. Hat er das gerade wirklich gesagt? Oder spielt mir der Alkohol oder gar meine Psyche einen Streich? Ohne eine Antwort abzuwarten, zieht er mich sanft zu einem der Sofas und nimmt mich behutsam auf seinen Schoß. Seine Arme umschlingen mich schützend.

»Und nun erzähle mir, welcher Bastard hat dich so verletzt? Wen muss ich töten?« Ein warmer Schauer durchläuft meinen Körper, während ich seine Nähe spüre und seine Stimme höre, es fühlt sich an als könnte ich ihm alles anvertrauen. Er gibt mir die Sicherheit zu wissen, dass ich ihm vertrauen kann, als würde er mich gegen jeden, selbst gegen meine eigenen Dämonen verteidigen.

Dann spüre ich, wie die Mauer in mir langsam zu bröckeln beginnt und die Tränen unaufhaltsam über meine Wangen fließen. Ich suche Zuflucht in seinen Armen, kuschle mich eng an seine warme Brust. Wir kennen uns kaum, und ich weiß so gut wie nichts über ihn. Dennoch spüre ich den Drang, ihm mein Herz auszuschütten, als ob er der Einzige wäre, dem ich mich so öffnen könnte. Es ist, als hätten wir eine gewisse Verbindung zueinander. Mit geduldigen Bewegungen streicht er sanft über meinen Nacken, massiert ihn zärtlich, während er darauf wartet, dass ich die richtigen Worte finde. Ich atme tief ein.

»Ich weiß nicht, wie...,« flüstere ich, mein Gesicht an seine Brust gedrückt, wie ein verängstigtes Kind. Er schiebt mich sanft ein Stück von sich weg, damit er mein verweintes Gesicht sehen kann, und streicht eine nasse Strähne aus meinem Gesicht. »Versuch es,« ermutigt er mich mit sanfter Stimme, die überhaupt nicht zu ihm passt.

»Vor einem Jahr gab es einen großen Ball in unserem Palast, zu ehren meines verstorbenen Vaters.« Ich schlucke, als die Erinnerungen drohen, über mich hereinzubrechen. »Es war.. er zog mich in einen leeren Raum und..« Mich überkommt eine Welle der Scham. Ich kann es einfach nicht in Worte fassen, es war meine persönliche Hölle, die ich mit niemandem teilen wollte. Selbst Rasmus, der mir so nahe stand, wusste nicht, was in jener Nacht wirklich geschehen war. Das Unaussprechliche schwebt wie ein düsterer Schatten zwischen uns, und ich spüre, wie Vincent zunehmend angespannt wird. Das bedrückende Schweigen liegt schwer über uns, während seine Hände, die zuvor so zärtlich um meinen Körper gelegen hatten, sich langsam verkrampfen. Er kann es sich denken.

»Wer?«, fragt er schließlich mit nur einem einzigen Wort. Genau das hatte ich befürchtet, es war ein Fehler gewesen. Er hebt mein Kinn an und zwingt mich, ihm in die Augen zu sehen. In seinen Augen tobt ein Sturm, während er erneut fragt: »Wer?«

Ich schüttle meinen Kopf so weit es in seinem festen Griff möglich ist. »Nenn mir seinen verdammten Namen!«, fordert er mich laut auf. Die Verzweiflung liegt in seiner Stimme, doch ich zögere. Was würde es ihm bringen, wenn ich ihm seinen Namen nenne? Es ist Vergangenheit, ich habe damit abgeschlossen. »Nein!« Ich springe von seinem Schoß auf und wische mir mit dem Ärmel über die Nase, um die letzten Tränen wegzuwischen.

Er erhebt sich ebenfalls vom Sofa und richtet sich zur voller Größe auf. »Prinzessin, zwing mich nicht andere Maßnahmen zu ergreifen, am Ende werde ich den Namen von dir bekommen!« Er nähert sich mir langsam, als hätte er schon eine Ahnung, dass ich wegrennen würde.

»Ich kann, nein, ich werde dir Vergeltung verschaffen. Für dich und für mich, *für uns.*« Es ist zu viel, drehe mich um und renne aus dem Salon. Vincent hatte damit bereits gerechnet und folgt mir, hebt mich an der Taille fest und drückt mich mit dem Rücken an seine Brust. »Renn nicht ständig von mir weg. Was ist nur los mit dir!« knurrt er in mein Ohr und beißt mir zur Verdeutlichung seiner Worte in den Hals. Ein erregtes Keuchen entfährt mir, doch sofort überkommt mich eine Welle der Selbstverachtung. Wie konnte ich nur so kaputt sein?

Gerade eben hatte ich beinahe von meiner eigenen Vergewaltigung erzählt, nachdem ich eine kleine Panikattacke wegen ihm bekommen hatte. Ich saß ewig lange auf seinem Schoß, ließ mich trösten und mir das Gefühl von Sicherheit geben, und nun? Nun würde ich am liebsten hier auf diesen Treppen von ihm genommen werden, nachdem er mich wie ein Tier gebissen hat. Ich dachte, *er* sei ein kranker Mistkerl, doch ich mache ihm wohl selbst Konkurrenz! *Er*, der mich fast zerstört hatte.

»Bitte Vincent, ich ertrage das heute nicht«, flehe ich, meine Stimme von einer Mischung aus Verzweiflung und Angst durchzogen. Sofort lässt er mich los und tritt einen Schritt zurück.

In diesem Augenblick, schwingt die Tür auf und Rasmus kommt herein. In seinem finsteren Blick liegt eine noch düsterere und gefährlichere Ausstrahlung, als er mein verweintes Gesicht und Vincent hinter mir sieht. Drohend stellt er sich zwischen uns und schirmt mich mit seinem muskulösen Körper ab.

Rasmus fixiert Vincent mit einem kalten Blick, der förmlich nach Gewalt schreit. Seine Hände ballen sich zu Fäusten.

Die Stille im Raum wird nur durch meine zittrige Atmung und das leise Schluchzen das meiner Kehle entweicht unterbrochen.

»Hat er dir etwas angetan?« fragt Rasmus, seine Stimme gefährlich leise. Seine Augen bohrten sich in Vincent, während er auf eine Antwort von mir wartet.

»Nein, hat er nicht, es ist alles gut. Aber er wollte gerade gehen«, erkläre ich, meine Stimme immer noch brüchig. Meine Blicke wechseln zwischen Rasmus und Vincent hin und her, als versuche ich, die drohende Eskalation zu verhindern.

Ich kann für nichts garantieren, wenn er bleibt. Rasmus wirkt bereits so aufgebracht, als er durch die Tür gekommen ist, dass ich nur zu gut weiß, dass eine Prügelei für ihn ein willkommenes Ventil wäre, unabhängig davon, ob er mir etwas angetan hat oder nicht. Vincent sieht mich prüfend an und wendet sich zum Gehen, doch bevor er den Raum verlassen kann, schiebt sich Rasmus weiter vor mich, und lässt ihn nicht aus den Augen.

»Was ist passiert?« Rasmus Stimme ist sanfter, aber die Sorge darin ist unüberhörbar.

Um Fassung ringend spüre ich, wie die Tränen erneut hochkommen, und schlucke schwer. Ohne ihm eine Antwort zu geben, drehe ich mich von ihm weg und stolpere die Treppe hoch. Die Tür fällt hinter mir zu, und ich lasse mich auf das Bett sinken. Tränen strömen ungehindert über meine Wangen, und meine zitternden Hände versuchen, meine wirren Gedanken zu ordnen. Fast hätte ich ihm, mein größtes und schlimmstes Geheimnis verraten!

KAPITEL 15
VINCENT

Jemand hatte an meine kleine Prinzessin Hand angelegt!

Die blanke Wut kroch in mir hoch, ich stelle mir schon vor, was ich mit diesem elendigen Abschaum anstellen werde, wenn ich ihn in die Finger bekomme. Keine Frau hat so etwas verdient! Erst Recht nicht sie. Die Frau die mich verdammt nochmal innerhalb eines Treffens abhängig von sich gemacht hat, als wäre ich ein Junkie auf Koks.

Warum konnte ich das nicht früher erkennen? Ich werde nachlässig, und das alles nur wegen dir! Es hätte mir klar sein müssen, dass dir etwas Schlimmes widerfahren ist, als Butcher dich am ersten Tag wegen eines einfachen Griffs am Arm verängstigte. Obwohl du mir vorher noch todesmutig die Stirn geboten hattest. Doch ich war zu sehr von deiner Verletzlichkeit, deinem kurz aufflammenden Schmerz fasziniert, um mir Gedanken über den Grund dafür zu machen. Und jetzt stecke *ich* in der Misere.

Ich muss wissen, wer es war, ich will jedes noch so kleine Detail erfahren; das wird meine Bürde sein, kleine Prinzessin.

Du hättest dich mir fast geöffnet, aber irgendetwas hält dich davon ab. Wer war dein Peiniger? Rasmus? Nein, das kann nicht sein. Sonst könntest du nicht so entspannt in seiner Nähe sein. Du liebst ihn auf eine gewisse Art. Aber es muss jemand Vertrautes gewesen sein, oder nicht? In deiner Position kommt kein X-dahergelaufener Penner einfach an dich ran.

Wütend balle ich die Hände zu Fäusten und ehe ich mich versehe, kracht meine Rechte mehrmals gegen die Fassade unserer Verbindung. Das vertraute Pochen meiner geschundenen Knöchel holt mich für einen kleinen Moment zurück, ich muss etwas tun, bevor mich die Dunkelheit vollständig einhüllt.

Tief durchatmen, Vincent, würde Isaac jetzt wohl sagen und mich wieder auf seine Art zurück an die Leine nehmen, bevor ich etwas tue, was ich später bereuen könnte. Bereuen; dass ich nicht lache, ich bereue nicht! Nein, ich genieße den Schmerz! Denn für alles andere, benötigt man ein Gewissen, das ich schon vor Jahren verloren habe. Also warum fühle ich mich so schlecht, als ich meine Kontrolle bei dir verlor? Diese Angst und Verzweiflung in deinen Augen versetzen mir einen Stich in mein dunkles Herz, du sollst dich nicht vor mir fürchten, niemals!

Keine Sorge, ich werde es herausfinden, wenn nicht von dir, dann auf eine andere Weise. Ich habe mehr als genug Kontakte, überall verteilt, jemand wird wissen, was in dem schwedischen Königshaus vorgefallen ist. Ich habe nicht umsonst diese Position in meiner Familie, würde ich keine Mittel und Wege finden. Das wird ein interessantes Spiel werden. Als Vollstrecker der Familie habe ich mich schon um ganz andere Kaliber gekümmert!

Ich zünde mir eine weitere Kippe an und umrunde unser Haus, ziehe mich in den Garten zurück, der in kompletter Dunkelheit liegt – meiner Dunkelheit.

Du hattest Glück, Baby. Wäre dein blonder Schatten nicht aufgetaucht, weiß ich nicht, ob ich deine

Verletzlichkeit hätte ausnutzen müssen. Aber das Glück schenkte dir eine Atempause. Vielleicht fürchte ich mich nicht davor, deine Schwächen auszunutzen. Vielleicht bin ich eher enttäuscht, dass ich diese Chance verpasst habe. Die Dunkelheit in meinem Inneren gedeiht, und ich frage mich, wie tief ich graben muss, um deine wahren Ängste zu enthüllen. Deine Seele wird bald mein Spielplatz sein, und ich werde jede Ecke erkunden.

Mein Handy leuchtet auf, als ich es aus der Hosentasche nehme. Es sind Anrufe, die ich erledigen muss, und während ich die kalte Glut der Zigarette inhaliere, durchzieht ein düsteres Lächeln mein Gesicht.

Der Wolf wird von der Leine gelassen. Für dich!

KAPITEL 16
FREIA

Schneller als ich mich versah, bin ich wieder in meinem eigenen Höllenschlund gefangen, der mich zu zerfressen droht. Auch wenn ich selbst nicht das Opfer dieser Geschichte bin, so fühle ich mich immer wieder in meine eigene Vergangenheit zurückversetzt. Und kann mich nur mit Mühe und Not an der Oberfläche halten.

Immer wieder schießen mir Bilder durch den Kopf, die ich so weit weggeschlossen hatte. Bilder, die sich in meine Seele gebrannt haben, von der Nacht des Balls, als ich das Gleiche wie Sofia durchmachen musste. Mit dem Unterschied, dass ich nicht das Glück hatte, niedergeschlagen zu werden.

Sofia hält sich, wie zu erwarten, von den Vorlesungen fern und will niemanden sehen. Da ich am Montag nicht mehr in der Verfassung war, um nach ihr zu schauen, gehe ich am Dienstagmorgen direkt zu ihr. Als ich sie sehe, kann ich kaum fassen, wie sie physisch fast schon wieder gut aussieht, während ihre Seele zerbrochen ist. Ihr Blick ist leer, und ich weiß genau, wie sie sich fühlt. Nur, dass sie sich nicht erinnern kann, Segen und Fluch zugleich. Was würde ich dafür geben, wenn es mir auch so ginge. Obwohl die Spuren der Vergewaltigung zwar äußerlich nicht sichtbar sind, kann ich die unsichtbaren Wunden spüren, die sie tief in sich trägt. Es ist, als ob ihre gesamte Existenz von Schmerz und Verzweiflung durchdrungen ist.

Ich versuche, ihr die ganze Woche so gut wie möglich Trost zu schenken, doch tief in meinem Inneren breitet sich eine Mischung aus Verzweiflung und Ratlosigkeit aus. Wie kann ich ihr nur helfen? Wie kann ich ihre Schmerzen lindern, wenn dieser so tief verankert ist? Die Antwort ist einfach, gar nicht!

Es fühlt sich an, als ob ich gegen eine unsichtbare Mauer kämpfe. Ich weiß, wie es ist, in der Dunkelheit gefangen zu sein, von Schmerz und Angst erfüllt zu sein. Es ist, als ob ich in Sofia einen Spiegel meiner selbst sehe. Ich kann ihre Schmerzen, ihre Ängste und ihre Verzweiflung so gut nachvollziehen. Es ist eine schmerzhafte Erinnerung daran, wie hilflos ich mich damals gefühlt habe.

Jetzt habe ich die Chance, für Sofia da zu sein und ihr zu zeigen, dass sie nicht allein ist. Aber gleichzeitig nagt die Hilflosigkeit an mir. So muss sich Rasmus das letzte Jahr gefühlt haben. Ich weiß, dass ihre Heilung ein langer Weg sein wird und dass ich sie diesen nicht allein gehen lassen kann. Es ist ein Balanceakt zwischen dem Wunsch, ihr zu helfen, und dem Bewusstsein, dass ich meine eigenen Grenzen habe. Dazu kommt auch noch die Tatsache, dass ich Vincents Nähe vermisse, was mir den Rest gibt. Seit ich ihn rausgeworfen hatte, habe ich nichts mehr von ihm gehört. Eve dagegen gibt wirklich alles, um für Sofia da zu sein. Es ist beeindruckend, wie intensiv sie sich um sie kümmert, aber ich merke auch, wie stark es sie selbst belastet. Uns alle. Ihre ganze Euphorie scheint wie weggewischt.

Und dann bin da noch ich, die sich wie ein Zombie durch den Campus bewegt. Innerlich fühle ich mich leer und ausgebrannt. Obwohl die Vorlesungen wieder stattfinden, liegt der Nebel des Schocks weiterhin über allem. Es fällt schwer, sich auf den Unterricht zu konzentrieren, wenn die Gedanken immer wieder zu Sofia und der schrecklichen Tat wandern. Die gesamte Campusgemeinschaft ist schockiert darüber, wie so etwas in unserer Nähe passieren konnte.

Um die innere Leere etwas zu füllen, habe ich eine neue Routine eingeführt. Jeden Morgen gehe ich mit einem der Bodyguards, die gerade Dienst haben joggen, bevor der Campus erwacht. Es ist meine Zeit, um den Gedanken freien Lauf zu lassen. Das Joggen ist wie ein Versuch, die Kontrolle über mein eigenes Leben zurückzugewinnen. Nebenbei suche ich auch wie früher Zuflucht im Kampfsport. Jeden zweiten Abend gehe ich mit Rasmus in den Fitnessraum und lasse meine Frustration und Verzweiflung beim Boxen heraus. Entweder schlage ich auf den Boxsack ein oder auf Rasmus, bis ich völlig erschöpft und müde ins Bett falle. Das Boxen ist ebenfalls eine Möglichkeit für mich, den Schmerz zumindest für kurze Zeit zu betäuben. Es fühlt sich an, als würde alles um mich herum auseinanderfallen, und ich habe das Gefühl, die Kontrolle zu verlieren. Also ziehe ich mich, wie ich es immer getan habe, hinter gut bewachte Mauern zurück. Rasmus' gut gemeinte Versuche, mich Tag für Tag aus der Reserve zu locken, scheiterten jeden Tag aufs Neue. Es zerreißt mir das Herz, ihn kämpfen zu sehen, in der Hoffnung, dass ich zu meiner besseren Version zurückkehre.

Seine Augen waren erfüllt von einer Mischung aus Verzweiflung. Er gibt nicht auf, selbst wenn es scheint, als würde er gegen eine unsichtbare Macht kämpfen.

Er lässt sich von meinen Zurückweisungen und meinem scheinbaren Desinteresse nicht entmutigen. Immer und immer wieder versucht er, mich aus meiner Hölle, die ich mir selbst geschaffen habe, herauszulocken, ohne überhaupt zu wissen, warum und von wem sie erschaffen wurde.

Bis er am Samstagabend, nachdem ich wieder eine an mich adressierte, kryptische Nachricht zu lesen bekam und mein Handy wütend auf mein Bett gepfeffert hatte. Langsam wird es lästig.

Schrecklich, was deiner Freundin passiert ist, nicht wahr?
- Unterdrückte Nummer

Platzt Rasmus endgültig der Kragen.

Als er ohne Vorwarnung mit schnellen Schritten in mein Schlafzimmer stürmt, funkeln seine blauen Augen vor Wut und Enttäuschung.

»Gib mir noch fünf Minuten, dann komm ich runter«, sage ich zu ihm und gehe auf meinen begehbaren Kleiderschrank zu.

»Teufelchen, ich sehe mir das keinen weiteren Tag mehr an!« Verwirrt drehe ich mich zu ihm um und schaue ihn fragend an. Er fixiert mich mit seinem Blick, als ob er direkt in meine Seele schauen könnte.

»Weißt du, ich habe mich wirklich bemüht, dich zu verstehen. Ich habe versucht, dich aufzumuntern und dich aus deinem Tief herauszuholen. Aber du gibst immer noch nichts preis, was in dir vorgeht und ignorierst meine Bemühungen einfach!« Sein Gesichtsausdruck ist eine Mischung aus Sorge und Frustration. Die Spannung die von ihm ausgeht ist förmlich spürbar, als er den Druck, der sich in ihm gesammelt hat, freilässt. Seine Worte sind wie ein aufgestauter Fluss, der endlich über die Ufer tritt.

»Du fällst in das gleiche Loch wie letztes Jahr, und das halte ich nicht noch einmal aus! Eve und Leon warten unten, und du wirst den Abend mit ihnen verbringen. Sie haben das genauso nötig wie du.« Es ist ein eindeutiger Befehl von ihm, und ich kann nicht anders, als meine Hände in die Hüften zu stemmen und ihn herausfordernd anzusehen. »Wenn du in 20 Minuten nicht unten bist und mit ihnen mitgehst, werde ich meinem Vater schildern, wie sich die Lage entwickelt hat, und das Studium hat sich für dich erledigt.« Seine harten Worte treffen mich wie ein eisiger Wind, der plötzlich durch mein Inneres fegt. Ein Hauch von Traurigkeit blitzt in seinen Augen auf, aber er meint es ernst. »Das wagst du nicht, Rasmus!« Meine Stimme zittert, aber meine Entschlossenheit ist spürbar. Ein bitterer Geschmack von Wut und Hilflosigkeit steigt in mir auf.

»Es tut mir leid, ich weiß nicht, wie ich dir sonst helfen soll.« Damit macht er auf dem Absatz kehrt und lässt mich alleine im Zimmer stehen, ich lasse hörbar die Luft aus meinen Lungen entweichen. Der Raum fühlt sich plötzlich enger an, als ob die Wände auf mich zukommen. Die Bilder von einem zerstörten Studium, von enttäuschten Erwartungen malen sich vor meinem inneren Auge ab.

Kurz darauf komme ich die Treppe herunter, nachdem ich meine bequeme Leggings gegen eine schwarze Jeans ausgetauscht habe. Mein schlichtes rotes Shirt behalte ich an, und meine Lederjacke hänge ich lässig über den Arm. Eve und Leon sitzen auf der Treppe und stehen auf, als sie meine Schritte hören. Eve strahlt mich an, und ein kleiner Teil meiner vertrauten Freundin kommt wieder zum Vorschein.

»Ich wusste doch, dass du uns nicht im Stich lässt!« Sie löst sich von Leon, der mich glücklich ansieht, um mich zu umarmen. Kaum hat sie mich losgelassen, kommt auch er auf mich zu und nimmt mich liebevoll in den Arm.

»Schön, dass du wieder bei uns bist, Freia.«

Ich schiele zur Küche, in der Rasmus mit verschränkten Armen an der Wand lehnt und uns beobachtet.

»Mir wurde ja keine Wahl gelassen«, brumme ich, mit einem Hauch von Zorn in meiner Stimme. Beide lachen, sie nehmen meine Aussage mehr sarkastisch als ernstgemeint auf. Sie wissen ja nichts von der charmanten Erpressung, die hinter meinem plötzlichen Sinneswandel steckt. Ich meine, wer braucht schon Verständnis, wenn man stattdessen mit Ultimaten und Drohungen arbeiten kann?

»Also, was habt ihr mit mir vor?« frage ich in die Runde. Eve sieht unsicher zu Leon. »Wir gehen rüber in die Bar, du weißt schon.«

Ich versteife mich, das soll wohl ein Scherz sein, oder? Mein Blick huscht zu Rasmus, der nur bestätigend nickt. Na toll, es sollte also kein harmloser Ausflug werden, sondern eine Art Schocktherapie. Genau das, was mein

Seelenfrieden braucht. »Kommt Sofia auch?« Eve schüttelt den Kopf. »Sie ist noch nicht so weit. Möchte aber, dass wir etwas Spaß haben.« Ich nicke zur Bestätigung, wenigstens sind sie schlau genug und lassen Sofia ihren Freiraum.

Ich schlucke meine aufkeimende Wut herunter. Eigentlich können sie nichts dafür. Woher sollen sie wissen, warum ich überhaupt so reagiere? Ich habe ihnen kein Wort von meiner Vergangenheit erzählt. Selbst Rasmus hatte es sich damals nur zusammenreimen können, und mein jetziges Verhalten bestätigte seine stille Vermutung wahrscheinlich um so mehr. Der Einzige, der es sonst weiß, ist Vincent, und seitdem hat er sich rar gemacht.

Dabei dachte ich, er wäre anders, dass unsere Verbindung mehr war als nur ein paar flüchtige Momente. Ein kleiner Teil von mir hofft sogar, er könne mir Absolution verschaffen und mich für immer vergessen lassen. Doch jetzt fühle ich mich wie eine gefallene Prinzessin, von der er den Blick abwendet. Der Schmerz, den sein plötzliches Verschwinden verursacht, ist wie ein brennender Dorn in meinem Herzen. Vielleicht kann er die Dunkelheit in mir nicht ertragen, oder vielleicht habe ich ihn einfach falsch eingeschätzt.

Und ehrlich gesagt, wem kann ich das verübeln? Welcher Mann möchte schon eine gefallene Prinzessin?

Ich nippe lustlos an meinem dritten Bier, als Eve freudig vorschlägt, dass wir uns einen Billardtisch sichern sollen. Lust habe ich wirklich nicht, aber es ist besser, als weiter hier zu sitzen und so zu tun, als wäre ich gerne hier – als müsste ich nicht daran denken, was das letzte Mal passiert ist, als wir hier waren. Nicht nur mit Sofia, sondern auch zwischen Vincent und mir.

Was hat er nur an sich, dass er sich wie ein tollwütiger Wolf in meinen Gedanken festbeißen konnte?

Diese Frage beschäftigt mich seit Tagen, mindestens genauso sehr wie die Frage, wer Sofia das angetan hat.

Ich sehe sein spöttisches Lächeln vor mir, wie er mir trotz seines rauen und gefährlichen Auftretens zärtlich über die Wange streicht. Seine fordernde Zunge, die sich verlangend Einlass in meinen Mund verschafft. Seine Härte, die er an mich presst. In diesen Momenten ist er nicht der Wolf, der in der Dunkelheit lauert, sondern der Verführer, den ich dringend brauche.

Es ist absurd, wie meine Gedanken zwischen der traumatischen Erinnerung an das, was geschehen ist, und der sehnsüchtigen Erinnerung an das, was hätte sein können, hin und her pendeln.

»Erde an Prinzessin Freia!« Eve rüttelt mich recht unsanft an der Schulter. Wie ertappt, sehe ich zu ihr hoch. »Kommst du? Der Tisch ist frei, wir wollen spielen.« Stimmt, da war ja was.

Ich stehe schweigend mit meinem Bier in der Hand auf und folge ihr zu dem Billardtisch, an dem Leon bereits wartet. Er hat die Kugeln schon zu dem passenden Dreieck angeordnet.

»Wenn du genauso gut Billard spielen kannst wie Dart, würde ich vorschlagen, Eve und ich bilden ein Team, und du spielst alleine?« In seiner Stimme liegt ein Hauch von Spott. Ich weiß, dass er meinen Ehrgeiz wecken will, und verdammt, er hat Erfolg, es liegt nicht in meiner Natur eine Herausforderung abzulehnen. Vielleicht wird dieser Abend doch noch angenehmer, wie angenommen.

»Ich kann zwar etwas spielen, aber bei weitem nicht so gut wie Dart. Aber es klingt trotzdem nach einer interessanten Herausforderung.« Ich tausche mein Bierglas gegen einen Queue um und beobachte aufmerksam, wie Leon mit dem ersten Stoß eine ganze und eine halbe Kugel versenkt.

»Freie Auswahl.« Eve klatscht fröhlich in die Hände.

»Dann nehmen wir die Ganzen«, entscheidet Leon nach einem prüfenden Blick. Mir ist jetzt schon klar, dass ich keine Chance haben werde. Leon kann Billard spielen, als täte er den ganzen Tag nichts anderes. Er versenkt eine Kugel nach der anderen, lässt sich nicht davon stören, dass Eve, wenn sie mal etwas trifft, meistens meine Kugeln versenkt. Als er bemerkt, wie frustriert ich werde, greift er plötzlich hinter mich und legt seine Hand auf meinen Arm. Seine Berührung ist überraschend warm, und ich spüre eine gewisse Vertrautheit in seiner Geste. Langsam führt er meine Hand zum Queue und umfasst sie sanft. Seine Finger fühlen sich stark und geschickt an, während er meine Hand in die richtige Position bringt.

Er zeigt mir, wie ich den Queue halten und wie ich meine Handbewegungen kontrollieren soll.

Die zweite Runde, nachdem ich die erste haushoch verloren habe, entwickelt sich zu einem heftigen Duell zwischen Leon und mir, an dem sich Eve ausklinkt und nur noch gespannt zusieht. Ich blende alles aus und habe nur das Ziel vor Augen: nicht noch einmal verlieren.

Das Verlieren liegt mir genauso wenig.

Leon legt eine beeindruckende Präzision an den Tag, während er die Kugeln elegant über den Tisch manövriert. Ich hingegen versuche verzweifelt, seine Technik nachzuahmen, während meine Kugeln eher zufällig ihr Ziel finden. Der Billardtisch wird zu einem Schlachtfeld meiner Eitelkeit, und mit jedem verpassten Loch werde ich frustrierter.

Doch er hat kein Erbarmen mit mir. Das war sicherlich die Rache, für das Dartspiel! Nach unzähligen Flüchen und einer kleinen Jagd später, ja, ich jage Leon lachend mindestens drei Runden um den Billardtisch, verliere ich auch das Spiel.

»Ich fordere nochmal eine Revanche! *Du* hast unfair gespielt und mich abgelenkt!« rufe ich angesäuert. Er lacht lauthals.

»Du weißt doch, im Krieg und in der Liebe ist alles erlaubt, Freia.« Ich schnaube und hole die Kugeln aus den Auffangnetzen. Als aus seinem Gesicht jeglicher Schalk verschwindet, und er umrundet langsam den Tisch, kommt auf mich zu.

»Freia..«

Ich gehe schnell einen Schritt zurück. Der Ausdruck in seinem Gesicht gefällt mir überhaupt nicht. Mein Blick sucht Eve, doch sie steht mit dem Rücken zu uns und vertieft sich in ein Gespräch mit einer Freundin aus ihrer Verbindung.

Als Leon mich schließlich erreicht und zaghaft eine Hand nach mir ausstreckt, hebe ich schnell abwehrend den Queue hoch. »Die Kugeln formatieren sich nicht von alleine, oder?« frage ich schnell. Sein Blick klärt sich wieder, und er lässt die Hand sinken.

»Noch eine Runde, und dann musst du deine Niederlage akzeptieren«, neckt er mich. Wieder ganz der Alte. *Was war das denn?*

Habe ich ihm während des Spiels falsche Signale gesendet? Falls ja, er ist doch mit Eve zusammen, warum geht er darauf ein? Langsam zweifle ich an mir selbst. Da war doch nichts! Mein Verstand hat die letzten Tage so sehr gelitten, dass ich mir nun schon Sachen einbilde.

Das dritte Spiel nimmt seinen Lauf, und die lockere Atmosphäre von zuvor ist wieder wie von alleine zurückgekehrt. Leon macht Scherze, und dieses Mal versuche ich, ihn so gut es geht zu sabotieren. Ich will die Kontrolle zurückgewinnen, auch wenn es nur beim Billardspiel ist. Doch Leon scheint meine Absichten zu durchschauen und kontert meine Versuche, ihn aus der Fassung zu bringen, geschickt.

Mitten im Spiel greifen Leons Hände wie so oft von hinten um mich herum, um meine Haltung und den Stoß zu verbessern. Doch dieses Mal fühlt es sich anders an. Ich hebe meinen Kopf und sehe, dass Leon neben unserem Tisch steht und einen Schluck Bier trinkt. Blitzschnell drehe ich mich um, den Queue erhoben, sodass er dem Grabscher direkt ins Gesicht fliegt. Doch dieser hat eine Reaktion, die einer Klapperschlange würdig ist. Er fängt ihn mühelos vor seinem Gesicht ab.

»Vorsicht, Prinzessin, du könntest jemanden damit ernsthaft verletzen«, sagt Vincent.

Ich öffne den Mund, um etwas zu erwidern, doch es kommen keine Worte heraus. Stattdessen bewegt sich mein Mund wie ein Fisch an Land, während mein Blick von Vincents Hand, die fest den Queue hält, zu seinen verführerischen Lippen zwischen denen eine Zigarette steckt, wandert. Schnell erlange ich meine Fassung wieder und ziehe so fest am Queue, dass er ihn loslässt und ich gegen den Billardtisch stolpere.

»Das war auch der Sinn dahinter. Dein Glück, dass wenigstens deine Reflexe nicht verkümmert sind«, erwidere ich - *im Gegensatz zu seinem Charakter* - und drehe mich wieder zum Billardtisch um.

Erneut greifen seine Hände um mich und führen den Queue, er stößt zielsicher zu und versenkt die Kugel.

»Deine Haltung, daran musst du noch arbeiten.« Ich schließe die Augen und kann nicht anders, als mich etwas gegen ihn zu lehnen. Er ist wie eine Sucht. Ich kann ihn noch so sehr verfluchen und verabscheuen, kaum umhüllt sein Duft mich, bin ich schwach und brauche ihn. Und genau dieses Gefühl muss ich beseitigen - die Wurzel, die schon so tief in mir verwachsen ist, herausreißen. Und das werde ich heute Abend tun!

Ich löse mich von ihm, ohne ihn auch nur anzusehen, und gehe zu unserem Tisch. »Leute, ich klinke mich für heute aus. Der Abend war wirklich schön, danke dafür.

Aber ich habe hier noch ein 2 Meter großes Problem zu beseitigen«, und nicke leicht zu Vincent, der lässig wie immer da steht, wo ich ihn zurückgelassen habe.

Eve tritt auf mich zu. »Ich bin kein Fan von ihm, das weißt du, aber schalte einfach dein Hirn mal ab, vögelt miteinander. Ich weiß genau, dass du es willst und es dir gut tun wird. Damit ich meine Freundin wieder habe!«, flüstert sie verschwörerisch und der Verdacht keimt in mir auf, dass sie ihre Finger im Spiel hatte. Leon scheint es nicht anders zu gehen; er sieht sie ungläubig an. „Hast du ihn etwa herbestellt?«

»Warum?« ertönt es aus Leon und meinem Mund gleichzeitig.

Ich kann nicht ignorieren, wie sehr es Leon widerstrebt, was Eve getan hat.

Hoffentlich bekommen sie sich deswegen nicht in die Haare. Sie zwinkert mir nur zu und zuckt mit den Schultern.

»Ich bin weder blind noch blöd. Ich sehe doch, wie er dir den Kopf verdreht hat und weiß auch, dass er nicht hier stehen würde, wenn es andersrum nicht auch der Fall wäre! Jetzt reiß' ihm mal ordentlich den Arsch auf und dann tobt euch aus!« Ich gebe ihr einen Kuss auf die Wange und schnappe entschlossen meine Jacke. Und wie ich ihm den Arsch aufreißen werde!

Kurz spiele ich sogar mit dem Gedanken, der ganzen Bar eine spektakuläre Show zu liefern, entscheide mich jedoch letztendlich dagegen. Ich habe Vincent bereits mehrmals öffentlich bloßgestellt, und ich bin mir nicht sicher, wie viel er davon noch hinnehmen würde. So gehe ich einfach an ihm vorbei, auf den Ausgang zu, wissend, dass er mir folgen wird, wie immer.

Mit festem Schritt steuere ich meine G-Klasse auf dem verlassenen Seitenstreifen an. Eve hatte darauf bestanden, getrennt zu fahren, und jetzt verstehe ich auch, warum. Eigentlich wollte ich mir nur eine neue Schachtel Zigaretten holen, aber es schadet nicht, wenn Vincent denkt, ich würde wegfahren wollen.

Mein Plan scheint jedoch gehörig nach hinten loszugehen. Bevor ich die Autotür auch nur erreichen kann, packt er mich grob am Oberarm und drückt mich gegen mein Auto. Ein Flackern der Angst durchzuckt mich für einen kleinen Moment, bis ich mich in Vincents blauen Augen verliere, die mich wütend anblitzen. Seine Ausstrahlung scheint beinahe erdrückend, und ich spüre, wie meine Entschlossenheit zu bröckeln beginnt. Ich brauche ihn.

Sein Griff verlagert sich auf meinen Hals, und er kommt mit seinem Gesicht bedrohlich nahe. Seine Haare kitzeln mein Ohr, während ein kalter Schauer meinen Rücken hinab läuft. Ein eigenartiges Gefühl von Angst und Verlangen durchströmt mich. Der Griff wird fester, schnürt mir die Luft ab und erzeugt eine Mischung aus ungewöhnlicher, kranker Erregung.

»Wenn du noch ein einziges Mal vor mir wegläufst«, flüstert er bedrohlich, »schwöre ich dir, dass du für eine lange Zeit nicht mehr laufen kannst!«

Seine Worte schicken einen elektrisierenden Impuls in meine Mitte, während sein Griff um meinen Hals immer stärker wird. Ich kann förmlich spüren, wie mein Puls unter seiner Hand schneller wird und mein Körper auf seine Dominanz reagiert.

Ich versuche, meine aufkeimende Erregung zu unterdrücken und hebe trotzig mein Kinn, so gut es in seinem eisernen Griff möglich ist. »Beantworte mir nur eine Frage, Vincent«, bringe ich mit zitternder Stimme hervor. »Warum? Warum bist du nach diesem Abend einfach abgetaucht?«

Der Kloß in meinem Hals macht es schwer, die Tränen hinunterzuschlucken, während gleichzeitig eine düstere Lust in mir aufkeimt. Meine Frage scheint ihn kurz aus der

Fassung zu bringen, sein Griff wird lockerer und er holt tief Luft.

Es klickt.

Ein einziges Geräusch, und wir beide erstarren, mit dem Wissen, was es bedeutet. Mein Herz rast, als ich sehe, dass eine Waffe auf Vincents Kopf gerichtet ist.

KAPITEL 17
FREIA

»So, nun nimmst du langsam deine Hand von dem Hals meiner Prinzessin und trittst zurück!« Die Stimme ist mir fremd, aber gehörte seinen Worten nach einem der neuen Bodyguards, die Rasmus zu Beginn der Woche extra eingestellt hatte. Vincent verzog keine Miene, seine Hand immer noch um meinen Hals und blickte nur tief in meine Augen. Ein tiefer Schmerz spiegelte sich darin, ausgelöst durch meine vorherigen Worte. Die Welt schien sich für einen Moment aus den Fugen zu bewegen, und ich konnte sie einfach nicht mehr verstehen.

Die Pistole drückte Vincents Kopf leicht zur Seite, was ihm nur ein wütendes Knurren entlockte.

»Es ist alles in Ordnung, packe deine Waffe weg! Ich bin nicht in Gefahr.« Ich sprach mit ruhiger und bestimmter Stimme, obwohl mein Herz wild in meiner Brust hämmerte. Doch den Atem hätte ich mir sparen können. Mit einer blitzschnellen Drehung entreißt er dem Bodyguard die Waffe, die Bewegungen flüssig und von einer gefährlichen Anmut durchzogen, als würde er nichts anderes machen. Mit nur einer Bewegung stellt er sich schützend mit dem Rücken vor mich, als ob er instinktiv jede Gefahr von mir fernhalten will. Dann holt er ohne zu zögern zu einem brutalen Schlag aus, schwingt die Pistole gegen die Schläfe des Bodyguards, der sichtlich verblüfft ist. Ein gurgelndes Geräusch durchdringt die Stille auf dem Parkplatz, begleitet von einem dumpfen Aufprall, als der Benommene zusammenbricht.

Mit einem gezielten geübten Griff, entnimmt er das Magazin der 99er und wirft es weg.

Und dann ist es auch schon vorbei.

Vincent steht nun da, die leere Pistole fest in der Hand, während er sich langsam zu mir umdreht, sein Rücken zittert leicht vor Anspannung. Ich fühle den Drang, ihn gleichzeitig zu ohrfeigen und zu küssen. Er hat diesen Mann brutal niedergeschlagen, und doch entging mir nicht, wie er jede Sekunde darauf bedacht war, mich abzuschirmen. Wir verharren für einige Minuten wie eingefroren, als würde die Zeit stillstehen, Vincent scheint einen Moment zu brauchen, um sich zu beruhigen

Dann, langsam, dreht er sich zu mir um. Sein ganzer Körper ist weiterhin angespannt, und seine Präsenz wirkt bedrohlich. Als ich den Kopf hebe um in seine Augen zu blicken, stockt mein Atem. In ihnen sehe ich nicht den Vincent, den ich kannte - den liebevollen Mann, der mich zärtlich in den Arm nahm und mich neckte. Nein, in diesen Augen sehe ich etwas Dunkleres, etwas Beunruhigendes. Ein Ausdruck von Hass und Mordlust, der mir für einen Moment das Blut in den Adern gefrieren lässt. Unwillkürlich weiche ich zurück, ein instinktiver Schritt, nur um gegen mein Auto zu stoßen.

»Vincent«, hauche ich, meine Knie werden weich, unsicher darüber, was ich tun soll. Eine kleine Stimme in meinem Kopf schreit förmlich, die Flucht zu ergreifen, und doch bin ich mir sicher, dass er mir nie weh tun würde.

Er bemerkt meine Angst, und sein Gesicht wird um einiges weicher. Beschwichtigend hebt er die Hände, als ob er sich ergeben würde, um mir zu signalisieren, dass er mir nichts tun wird. Geräuschvoll stoße ich die Luft aus, die ich unbewusst angehalten habe.

»Baby, es ist alles in Ordnung, dir wird nichts passieren, das verspreche ich dir«, sagt er mit sanfter Stimme, mit dem Versuch, meine Nerven zu beruhigen. Mein Blick wandert von ihm zu der leblosen Gestalt am Boden. Ist er tot? Ich schlucke schwer, während die Gedanken wild in meinem Kopf kreisen.

»Hey, sieh mich an! Ich komme jetzt langsam auf dich zu, ok? Lauf nicht wieder weg«, bittet er mich, seine Stimme sanft, aber bestimmt. Als ob ich mit so zitternden Knien überhaupt einen Meter weit kommen könnte!

Ich spüre, wie mein Herz gegen meine Rippen hämmert, und innerlich kämpfe ich gegen die Panik an, die mich zu überwältigen droht. Er macht einen Schritt in meine Richtung und wartet ab, wie ich reagiere. Mit zitternden Händen und einem klopfenden Herzen sammle ich sämtliche Kraft zusammen, die ich noch aufbringen kann. Dann stoße ich mich von meinem Auto ab und stolpere auf den Bodyguard zu.

»Fuck, was hast du getan? Atmet er überhaupt noch?« Die Worte entgleiten mir, als ich zu Boden falle, meine Hände zittern immer stärker, als sie den leblosen Körper berühren. Ich beobachte, wie sich langsam seine Brust hebt und senkt.

»Zum Glück«, flüstere ich leise und starre wie gebannt auf seine blutende Schläfe.

Ich versuche, mich aufzurappeln, und spüre Vincents Arme, die mich vorsichtig auf die Füße ziehen. Er drückt mich fest an seine Brust, und ich atme seinen vertrauten Duft tief ein. In diesem Moment scheint es, als würde sämtliche Angst und Spannung wie weggeblasen. Seine Nähe umhüllt mich wie ein schützender Mantel, und ich fühle mich geborgen. Da war nichts mehr brutales an ihm.

»Von der Leibwache der schwedischen Prinzessin hätte ich definitiv mehr erwartet.« Ich schiebe ihn etwas weg, dass ich in sein Gesicht sehen kann.

»Du verarscht mich gerade oder?« Als wäre nichts geschehen, zündet er sich eine Zigarette an, sieht mich mit einer steinernen Miene an.

»Immerhin hat er den Boden gründlich geprüft – sehr aufmerksam.«

Ich hebe eine Augenbraue, unschlüssig darüber, ob ich lachen oder ihm eine Ohrfeige verpassen sollte.

Wie kann er darüber Witze machen? »Zur Hölle Vincent, ich dachte er würde dich erschießen. Und dann.. dann... du, ich hatte eine unfassbare Angst vor dir.«

Vincent schnaubt leise. »Baby, ich habe dir bereits gesagt, dass ich dir niemals wehtun würde, jedenfalls nicht auf diese Art. Zudem denke ich, er hat sich etwas überschätzt. Aber sei beruhigt, Prinzessin, du hast zum Glück einen wesentlich erfahreneren Leibwächter«, sagt er und nickt hinter mich. Ich drehe mich um und sehe Rasmus mit erhobener Waffe auf uns zukommen. Damit ist das Chaos mehr als nur perfekt. »Darüber sprechen wir noch!« zischte ich leise. Und reagiere sofort, indem ich mich so gut es geht vor Vincent aufbaue. Trotz meiner zierlichen 1,60 Meter stehe ich entschlossen vor ihm, die Hände in die Hüften gestemmt. Wer hätte Gedacht, dass ich mich so schnell, von diesem, ich würde es als Schock bezeichnen, erhole.

Sofort lässt Rasmus seine Waffe sinken, kommt aber dennoch näher. Die Spannung in der Luft ist greifbar, und die Situation wirkt wie ein Pulverfass, bereit in die Luft zu fliegen.

»Rasmus, es ist nicht so, wie es aussieht.« Diese unbeholfenen Worte verlassen meine Lippen, und die Dämlichkeit wird mir erst bewusst, als sie bereits draußen sind. Ich spüre Vincents Brust hinter mir vibrieren, als sein rauchiges Lachen seiner Kehle entrinnt. Rasmus bleibt vor uns stehen und hebt eine Augenbraue, während er die Situation einschätzt.

»Teufelchen, dann erkläre mir doch bitte, was es ist, nachdem es nicht so aussieht?« Die Ruhe in Rasmus' Stimme beunruhigt mich. Es ist die Ruhe vor dem Sturm, und ich bin mir sicher, dass er sofort auf Vincent losgehen würde, wenn er die Gelegenheit bekäme. Ich stehe mitten zwischen den Fronten, meine Worte hängen wie ein fragiler Faden in der Luft, bereit, jeden Moment zu zerreißen.

Ich spüre den Blick von Rasmus, der wie glühende Kohlen auf mir ruht. Die Kälte seiner Augen durchbohrt meine Entschuldigung, und ich frage mich ernsthaft, wie ich es immer wieder schaffe, in solch beschissene Situationen zu geraten.

Rasmus' Stimme durchbricht erneut die Stille, diesmal schneidend wie ein Messer. »Ich höre.« Seine Worte sind knapp. Vincent räuspert sich hinter mir, seine Hand ruht beruhigend auf meiner Schulter.

»Baby, du kannst aufhören, dich wie ein Kätzchen mit aufgestelltem Fell vor mich zu stellen. Ich überrage dich um zwei Köpfe, wenn er mich erschießen wollen würde, könnte er das ohne, dass nur die Gefahr besteht, dich zu treffen.« Vincent schiebt mich sanft zur Seite, doch ich stelle mich sofort wieder vor ihn. Rasmus steckt seufzend seine Pistole in den hinteren Bund seiner Hose und streckt seine Hand nach mir aus. Ich schüttle wie ein trotziges Kind den Kopf.

»Keine Chance, ich weiß, wie das enden wird!«

»Es wird so enden, dass du deinen kleinen Prinzessinnenhintern in dein Auto bewegst, dort wartest und mich meine Arbeit machen lässt!« fährt Rasmus mich an. Ich zucke unter seiner Stimme zusammen; Tränen schießen mir in die Augen, so wütend habe ich ihn selten erlebt. Ein leises Stöhnen des ohnmächtigen Bodyguards, der immer noch zwischen uns liegt, erklingt. *Warum kümmert sich niemand um ihn?*

Vincents Stimme erklingt erneut hinter mir. »Du hast ihn gehört, sonst werfe ich dich eigenhändig auf den Fahrersitz und schließe dich ein!«

Ich strecke meine Schultern durch. Eben hat Rasmus noch mit einer Waffe auf ihn gezielt, und schon stehen sie auf einer Seite, gegen mich?

Arschlöcher, alle beide! »Fein! Ihr wollt einen Schwanzvergleich? Dann viel Spaß, ohne mich!« Ich reiße die Autotür auf und setze mich ins Innere.

»Ich sag euch aber eins! Wenn ich erfahre, dass einer von euch beiden verprügelt, erschossen, ertränkt oder sonst was wurde, bringe ich euch beide eigenhändig um! Ein blaues Auge! Ein verdammter abgebrochener Fingernagel, und ihr seid fällig. Und nun viel Spaß!« Ich knalle die Autotür zu, lege mit zitternder Hand den Gang ein und fahre mit quietschenden Reifen vom Parkplatz.

Ich habe so die Schnauze voll von diesen testosterongesteuerten Idioten! Wie kann ich nur immer wieder an solche Männer geraten?

Eine Prinzessin, die zwischen zwei Männern steht, die sich wie Gorillas um ihr Revier prügeln. Die Vorstellung, dass einer von ihnen verletzt werden könnte, lässt meine Aggressionen weiter kochen. Was denken sie denn? Dass ich ein Trophäenstück, ein Gegenstand in einem absurden Machtkampf bin?

Ich fahre mit viel zu hoher Geschwindigkeit durch die nächtlichen Straßen, mein Herz klopft wild, und die Tränen verschwimmen meine Sicht. Wenn jetzt ein Reh auf die Straße springt, bin ich geliefert. Was natürlich den Abend noch perfekt abrunden würde, immer her mit dem Drama, ich stehe darauf!

Ich biege gerade auf den etwas holprigen Waldweg ab, eine kleine Abkürzung, die ich beim Joggen entdeckt hatte und direkt zur Tiefgarage führt. Als ein Motorrad hinter mir aufheult, auf dem ein viel zu groß geratener Kerl in Lederjacke sitzt. Er rast an mir vorbei und hält quer vor mir an, sodass ich eine Vollbremsung hinlegen muss. Jetzt ist Schluss, ich bringe ihn eigenhändig um! Schnell schnalle ich mich ab und reiße die Tür auf. Vincent nimmt Seelenruhig seinen Helm ab – kein blaues Auge oder aufgeplatzte Lippe, noch nicht!

»Bist du komplett irre? Du lebst auch nach dem Motto: Wer früher stirbt, ist länger tot oder? Ich hätte dich verdammt nochmal überfahren können!« Ich bleibe vor der Motorhaube stehen, zittere im Scheinwerferlicht vor Wut. »Was sollte das? Habe ich nicht deutlich zu verstehen gegeben, dass ihr alle zur Hölle fahren sollt?« Vincent hängt in aller Ruhe seinen Helm an den Griff der Harley und kommt langsam auf mich zu. »Weißt du, mit dir wird es echt nicht langweilig.«

»Rüttel ruhig weiter am Ohrfeigenbaum!« fauche ich und weiche einen Schritt zurück, stoße dabei gegen mein Auto.

Er lacht laut auf. »Für so eine kleine Frau, hast du eine verdammt große Klappe, weißt du das? Es wird mir ein vergnügen sein, sie zu stopfen.«

»Was hast du mit Rasmus gemacht?« Als erwartete ich sein Auto, schaue ich hinter mich, doch da ist nichts außer Dunkelheit. Keine Kavallerie! Normalerweise würde er mich nicht unbewacht lassen.

»Was soll ich mit ihm gemacht haben? Wir haben uns etwas unterhalten und geeinigt, dass ich dir folge. Einer muss sich um diesen leblosen Idioten kümmern.« Verarscht er mich gerade? Warum sollte Rasmus ihm vertrauen?

»Warum?«

»Prinzessin, es gibt einiges, was du nicht weißt. Aber es ist nicht meine Aufgabe, es dir zu erklären, dass soll dein Wikinger übernehmen.« Er überbrückt die letzten Meter und drückt meinen Oberkörper schmerzhaft gegen die Motorhaube.

»Was meinst du damit?« stoße ich hervor, während meine Hände an der kalten Motorhaube festgekrallt sind. Ein kalter Wind weht über den Waldweg und lässt mich erschaudern. Vincent schaut mich intensiv an, und für einen Moment glaube ich, den Ausdruck von vorhin wieder in seinen Augen zu erkennen.

»Deine Welt ist nicht so, wie du denkst, Prinzessin.« Als seine Finger über meine Wange streichen, weiß ich, dass es kein Zurück mehr gibt. Seine Finger hinterlassen eine Spur von Verlangen, das meinen Puls beschleunigen lässt. Ohne ein Wort zu verlieren, presst er seine Lippen auf meine, roh und fordernd, während er mich mit der anderen Hand im Nacken fixiert.

Der Kuss ist intensiv, fast schon gewaltsam. Als wir uns schließlich voneinander lösen, bleibt die Spannung zwischen uns wie ein unsichtbares Band bestehen. Sein Blick durchbohrt mich, und in seinen Augen sehe ich die pure Lust. Ein finsteres Lächeln spielt um seine Lippen, als er die düstere Aura zwischen uns förmlich genießt.

»Steig in dein Auto und fahr zum Verbindungshaus. Ich folge dir. Mein Versprechen wird nun erfüllt«, knurrt er mit rauchiger Stimme. Ohne auf eine Antwort zu warten, wendet er sich ab und geht zurück zu seiner Harley. »Steig. In. Dein. Verdammtes. Auto!« Er setzt sich den Helm auf, und das Dröhnen seiner Harley durchbricht die Stille der Nacht. Meine Beine folgen seinem Befehl wie von selbst. Ich stütze mich am Auto ab, um sicherzugehen, dass sie nicht nachgeben, und lasse mich auf den Sitz fallen.

In der Tiefgarage stelle ich meinen Geländewagen ab und ziehe den Schlüssel ab. Direkt hinter mir ertönt das Donnern der Harley und verstummt. Immer noch im Auto sitzend, beobachte ich, wie er absteigt und den Helm achtlos auf dem Lenkrad hängen lässt. Langsam steige ich aus und setze mich in Bewegung in Richtung Tür, die in mein Haus führt. Dabei lasse ich Vincent nicht aus den Augen, wie ein Raubtier, das seine Beute verfolgt, heftet er sich an meine Fersen. Mein Herz pocht, wenn das so weitergeht, werde ich das nächste Semester nicht mehr erleben; vorher erleide ich einen Herzinfarkt! Das wäre doch eine interessante Schlagzeile.

“Prinzessin, an Herzinfarkt verendet, weil sie einem Irren nicht widerstehen konnte!”

Schweigend gehe ich durch das viel zu große Haus, gefolgt von dem großen bösen Wolf. Bis ich es nicht mehr aushalte.

»Vincent, ich...« Mit einem kräftigen Ruck werde ich gewaltsam gegen die Wand gedrückt, eine Hand fixiert meinen Nacken, während die andere meine Hände über den Kopf festpinnt. Für einen kurzen Moment hält er inne und betrachtet mich, das Bild, das ich abgebe. Ihm völlig ausgeliefert, was ihn alleine sichtlich erregt. Mein Atem beschleunigt sich, als er sein Knie zwischen meine Beine schiebt. Sofort beginne ich mich leicht daran zu reiben, Schluss mit diesen Spielchen, ich brauche ihn!

»Baby, ich werde heute nicht zärtlich sein können.«

Er beugt sich näher, seine Lippen streichen über die meinen und wandern an meiner Wange entlang. Kurz hält er an meinem Ohr an und knabbert daran. »Ich weiß, du bist es gewohnt, dir zu nehmen, was du willst, Prinzessin. Aber wenn ich dich nehme, gehörst du mir. Ich mache mit dir, was ich will, ich nehme mir, was ich will, und ich gebe dir, was ich will. Verstanden?« Er beißt mir schmerzhaft in die Schulter, was mir einen kleinen Aufschrei entlockt.

»Antworte!«

»Ja«, es ist mehr ein Keuchen als eine Antwort. Zufrieden gibt er mir einen Kuss und tritt einen Schritt zurück.

»Gut, da das jetzt geklärt ist.« Er öffnet seinen Gürtel und zieht ihn aus den Schlaufen, ohne mich aus den

Augen zu lassen, wickelt er ihn um seine Hand. „Hände nach vorne.«

Ich sehe ihn mit großen Augen an, er wird doch nicht? »Du hast die Wahl: Entweder ich fessle dich damit, oder er wird deinen süßen Arsch hier auf der Stelle rot färben.« Sofort strecke ich ihm die Hände entgegen. »Braves Mädchen!« Geübt bindet er mir mit dem Gürtel die Hände zusammen. Ich stehe immer noch mit dem Rücken zur Wand und starre ihn an, wie viele Facetten hat dieser Mann?

Er zieht mich mit Schwung an seine Brust, greift nach meinem Kinn, drückt meinen Kopf in einem schmerzhaften Winkel nach oben und küsst mich. Seine Hände wandern an meinem Körper entlang, streichen über meine Brüste. Leicht beugt er sich vor und greift grob nach meinen Oberschenkeln, hebt mich hoch und schlingt sie um seine Mitte.

Instinktiv lege ich meine Arme um seinen Nacken. Wie ein Affe an ihm hängend trägt er mich die Treppen nach oben. »Wo?« Ein einziges Wort, das er knurrt und mit dem Kopf in den langen Flur nickt. »Das letzte Zimmer«, antworte ich schwer atmend.

Seine schweren Schritte hallen den Flur entlang, ein Knall, als er die Tür aufstößt, und ein Knall, als er sie mit einem Tritt schließt. Er löst meine Arme von seinem Nacken und stellt mich vor meinem Bett auf die Füße. Mein Herz pocht wild in meiner Brust, als er mich mit seinen intensiven Augen fixiert, und ich spüre, wie sich meine Muskeln verkrampfen. Doch zugleich pulsiert ein

Verlangen in mir, während ich seinen Blick erwidere und meine Lippen sich zu einem verführerischen Lächeln kräuseln. Und dann brachte mich der Dämon in Wolfsgestalt in meine eigene Hölle, mein Fegefeuer.

Ein weiterer Schauer der Erregung durchläuft mich, als er mit seiner tiefen Stimme zu mir spricht, eine Warnung vermischt mit einem Versprechen von Verlockung und Gefahr. »Ich weiß, dass dich gewisse Sachen triggern. Wenn ich deine Grenzen überschreite, nenn meinen Nachnamen. Das ist dein Safeword, verstanden? Ich werde mich vielleicht nicht zurückhalten können!«, haucht er mit einem rauen Unterton, der meine Haut zum Kribbeln bringt.

Ein leises Keuchen entrinnt meinen Lippen, es ist als hätte ich keinen eigenen Willen mehr.

»Ich vertraue dir!«, flüstere ich, meine Stimme kaum mehr als ein leises Hauchen. Meine Hände zittern vor Aufregung, als ich spüre, wie er näher kommt. Seine Augen beginnen gefährlich aufzuleuchten, sämtliche Härchen auf meinem Körper stellen sich auf. Doch anstatt mich unwohl zu fühlen oder Angst zu bekommen, erregt mich dieser Anblick. Allein die Tatsache, dass ich es bin, die ihn so um den Verstand bringt, macht mich an. Diese Dominanz, die er ausstrahlt und mich sonst so wahnsinnig macht, ist jetzt genau das was ich brauche. Jemand, der die komplette Kontrolle über mich übernimmt, mir jegliche Entscheidung abnimmt.

Bestimmt drückt er mich mit einer Hand auf den Boden, bis ich vor ihm knieend zu ihm hochschaue.

»Scheiße, Prinzessin, ich wette, diese Haltung hast du noch vor keinem Mann eingenommen?«

Mein Kopf wirbelt vor Verlangen, als ich ihn beobachte, wie er den Reißverschluss seiner Hose öffnet und sein steifes Glied langsam hervorzieht.

Ein verführerisches Grinsen huscht über meine Lippen, während sich alles in mir zusammenzieht und mein Atem schwerer wird. Der Raum ist erfüllt von Erwartung, als er seine Hand entlang seines Schafts gleiten lässt, und ich kann es kaum erwarten, ihn endlich zu schmecken. »Warum habe ich das Gefühl, dass du denn Sinn, einer Strafe noch nicht begriffen hast? Keine Sorge, dass wird sich gleich ändern. Und nun öffne deinen Mund!«

Er lächelt gefährlich, und in seinem Blick erkenne ich eine aufkeimende Dunkelheit, die mir nicht gefällt.

Dennoch öffne ich brav meinen Mund und lasse meine Zunge langsam über ihn gleiten. Ein unkontrollierbares Verlangen durchströmt mich und vertreibt das ungute Gefühl. Doch bevor ich reagieren kann, greift er schmerzhaft in mein Haar und dringt mit einem ruckartigen Stoß tief in meine Kehle ein. Ein leises Wimmern entweicht meiner Kehle, was ihn nur noch mehr zu erregen scheint. Tränen sammeln sich in meinen Augen, als er viel zu tief in meinen Rachen stößt, und ich spüre, wie sich meine Kehle um ihn zusammenzieht, um ihn aufzunehmen. Er benutzt mich, wie er es braucht – schnell, brutal und mit einer Dominanz, die mich selbst immer feuchter werden lässt. Meine gefesselten Hände klammern sich verzweifelt an seinem muskulösen Oberschenkel fest, um das Gleichgewicht zu halten, während ich mich dem Rhythmus seines Verlangens hingebe. Die ersten Tränen bahnen sich ihren Weg über meine Wange, während ich verzweifelt versuche, dem Würgereflex zu widerstehen. Doch paradoxerweise entlockt mir genau diese brutale Geste gleichzeitig ein gedämpftes Stöhnen. Es dauert nicht lange, bis sein Glied anfängt zu zucken und er mit einem rauen Stöhnen seinen Samen in meinen Rachen ergießt. Die salzige Flüssigkeit rinnt meine Kehle hinunter, und ich spüre, wie sich ein bittersüßes Vergnügen in meinem Inneren ausbreitet.

Während ich noch heftig nach Luft ringe, packt er mich grob am Nacken und zieht mich gewaltsam auf die Füße. »Denk an dein Safeword«, haucht er mir ins Ohr, während er mich mit geschmeidiger Kraft auf das Bett zieht.

In seinen Augen funkelt immer noch dieser gefährliche Glanz, als er mich auf den Bauch dreht. Er hebt meinen Kopf an und streicht mit seinem Daumen über meine Unterlippe.

»Liegen bleiben, Baby! « Seine Anweisung lässt mich erzittern, als er mein Blickfeld verlässt. Schwer atmend lasse ich meinen Kopf auf die Matratze sinken. Ein kleiner Zweifel keimt in mir auf:

Ist Vincent doch gefährlicher als ich dachte? Würde er überhaupt aufhören, wenn ich das Safeword ausspreche? Plötzlich zieht er kräftig an meinen Handgelenken, und ich hebe schockiert den Kopf. Er hat den Gürtel am Kopfteil meines Bettes eingehakt, und mir wird bewusst, dass ich ihm vollkommen ausgeliefert bin. »Vincent, bitte, ich fühle mich unwohl. Löse den Gürtel! « Seine düsteren Augen bringen mich zum Schweigen. »Du weißt, was du sagen musst, dann hört es sofort auf. «

Er bleibt neben dem Bett stehen und wartet darauf, wie ich mich entscheide. Es wäre klug, dem Ganzen ein Ende zu setzen, ihn hinauszuwerfen und die Resler einfach aus meinen Gedanken zu streichen. Doch will ich das wirklich? Will ich den Mann vertreiben, dessen Berührungen keinen seelischen Schmerz verursachen, dafür aber einen körperlichen Schmerz, der mich gegen meinen Verstand unfassbar erregt? Devot senke ich meine Augen, und ein raues Lachen entrinnt seiner Kehle, als er sanft über meinen Kopf streichelt.

»Gute Entscheidung, Baby. Glaub mir, es wird dir gefallen.« Er beugt sich zu mir und greift unter mich, um mit einem schnellen Handgriff meine Jeans zu öffnen und sie mir vom Leib zu reißen. Damit verschwindet er aus meinem Blickfeld, hinter mir höre ich, wie seine Kleidung raschelt, dann gibt die Matratze nach. Seine Hand streicht langsam entlang meines nackten Oberschenkels, seine Berührung jagt mir einen wohligen Schauer über den gesamten Körper. Seine Finger finden meinen Slip, haken sich ein. Ein erschrockenes Keuchen entrinnt mir, als der Stoff mit einem heftigen Ruck verschwindet und eine brennende Spur auf meiner Haut hinterlässt.

»So rein und unbefleckt«, schnurrt er. Mir wird übel. Unbefleckt? Ich winde mich unter ihm, das kann ich nicht! Doch er unterbindet mein Zappeln augenblicklich und greift fest in meinen Nacken, um mich zu fixieren. Ich öffne den Mund, bereit, es zu beenden, als mich ein scharfer Schmerz aufschreien lässt. Der Schlag trifft mich unerwartet, Tränen schießen mir in die Augen.

Der zweite Schlag löst eine Welle der Lust aus, die mich beschämt erröten lässt. Wie kaputt muss ich sein, dass mir das gefällt? Ich habe aufgehört zu zählen, wie viele Schläge mein brennender Hintern ertragen musste.

Nach dem letzten Schlag beginnt er, meine pochende Perle zu massieren, und eine derartige Welle der Lust durchströmt mich, dass ich mir sicher bin, dass das Bett von meiner Lust durchtränkt sein muss. Mit jeder Bewegung treibt er mich an den Rand des Verlangens, nur um dann wieder aufzuhören, bis meine Lust etwas abgeklungen ist. Wimmernd bewege ich meine Hüfte.

Wie lange will er mich noch bestrafen? Ich weiß nicht, wie lange ich das noch aushalten kann, und bin kurz davor, seinen Namen laut auszurufen. Er spürt es. Grob führt er seine Finger in mich ein, und ein lautes Stöhnen entrinnt mir. Doch seine Finger sind unbarmherzig, er rammt sie gekrümmt immer schneller und tiefer in mich, sein Daumen massiert grob meine pochende Perle. »Lass dich fallen, meine Prinzessin«, brummt er hinter mir.

Keine Sekunde später spüre ich, wie ich stöhnend dem Höhepunkt entgegenfalle und meinen Kopf in die Matratze vergrabe. Ich bemerke nur am Rande, wie er den Gürtel von meinen Handgelenken löst, und mich durchströmt ein angenehmes Kribbeln, als das Blut wieder normal zirkulieren kann. Langsam zieht er mich auf seinen Schoß, setzt mich auf meinen brennenden und pochenden Hintern. Die Wildheit ist aus seinen Augen gewichen, meine von ihm auferlegte Strafe ist abgebüßt.

»Weißt du, wie perfekt du für mich bist? « haucht er, seine Stimme verführerisch, das Düstere ist vollkommen verschwunden. Mein Shirt und BH gleiten sanft von meinem Körper, als seine Hände meine Brüste erkunden. Jeder sanfte Druck, jedes Zucken meines Hinterns entfacht eine heiße Welle der Erregung in mir. Seine Finger spielen mit meinen erregten Brustwarzen, während seine Lippen meinen Hals erkunden und kleine elektrisierende Küsse hinterlassen. Ich unterdrücke kaum ein Stöhnen, als sein Atem gegen meine Haut streicht und seine Berührungen mich in einen Strudel der Lust ziehen.

»Du darfst mich ruhig anfassen, Prinzessin«, flüstert er verführerisch. Mit bebenden Fingern fahre ich über seine harten Brustmuskeln, und nehme mir einen Moment Zeit, um seine muskulöse Brust zu bewundern. Ein Augenblick der Stille folgt, während ich ihn mustere. Kein Gramm Fett ziert seinen Körper, dafür eine Unmenge an Farbe. Seine Tattoos beginnen am Hals mit einer großen Rose und wandern über seinen gesamten Oberkörper. Ein großer schwarzer Wolf thront auf seiner Brust, und ich kann nicht anders, als zu lächeln.

Doch seine Geduld neigt sich langsam dem Ende zu, als er mich von sich schiebt und auf den Rücken legt, seine Augen funkeln vor Verlangen. Seine Lippen prallen hart auf meine, er küsst mich so heftig, dass es mir den Atem raubt und mich noch tiefer in die Dunkelheit seiner Begierde zieht. Jeder Kuss hinterlässt ein brennendes Verlangen auf meinen Lippen. Er stürzt seine Arme links und rechts neben mir ab, und seine Hüften bewegen sich verführerisch gegen meine Mitte. »Bereit? « Seine raue Stimme haucht die Frage in mein Ohr, während seine Augen mich durchdringend ansehen. Ich nicke kaum merklich, verkneife mir ein Kommentar und drücke ihm meine Hüfte verzweifelt entgegen. Mit einem tiefen Stoß versenkt er sich in mir, und ein erregtes Stöhnen entweicht meinen Lippen. Er füllt mich mit seiner Größe vollständig aus, gibt mir keine Gelegenheit mich an seine Größe zu gewöhnen. Mit jedem seiner kräftigen Stöße, dreht er mich fast schon schmerzhaft bis aufs Äußere. Seine Zähne graben sich in mein Fleisch und hinterlassen brennende Spuren auf meiner Haut, während seine Hand meinen Hals sanft umschließt und den perfekten

Druck ausübt. Es ist unglaublich intensiv, ihm die volle Kontrolle über meinen Körper zu überlassen und mich einfach fallen zu lassen. Mit einem zufriedenen Brummen entfernt Vincent seine Hand von meinem Hals und schiebt sie stattdessen unter meinen Hintern, um noch tiefer in mich einzudringen. Stöhnend graben sich meine Nägel in seinen breiten Rücken und hinterlassen tiefe Spuren auf seiner Haut. Je fester Vincent mich nimmt, desto mehr gebe ich mich meiner puren Lust hin.

Das unangenehme Gefühl von vorhin ist komplett verschwunden, übrig bleibt nur das berauschende Verlangen, das mich um den Verstand bringt. Er begleitet mich damit zum ersehnten Höhepunkt. Zeitgleich mit ihm. Als wir gemeinsam vor Lust erzittern, spüre ich, wie unsere Körper im Rhythmus pulsieren, und jede Faser meines Seins erbebt. Es ist, als wären wir auf sexueller Ebene füreinander geschaffen. Keuchend rollt er sich von mir herunter, und ich spüre, wie ein Schauer der Befriedigung meinen Körper durchläuft. Seine Hände umfassen mich fest und ziehen mich an seine warme, kräftige Brust, wo ich seinen wilden Herzschlag fühlen kann.

Die Erkenntnis trifft mich nach einigen Minuten: Er, ein fast Fremder, durfte mich berühren, und seine Nähe fühlt sich… so gut an. Er lässt mich vergessen. Warum gerade er, mit seinen zwei Gesichtern, kann ich mir nicht erklären. Aber ich weiß, dass ich mehr davon brauche. Langsam richte ich mich auf, meine Haut prickelt vor

Erregung, als ich mich über ihn beuge und seinen Blick mit meinem verführerischen Lächeln einfange.

Ohne Zeit zu verschwenden, gleite ich geschmeidig auf sein erigiertes Glied hinab, spüre, wie es mich gierig aufnimmt und erfüllt. Ein leises Stöhnen entweicht seinen Lippen, während ich mich rhythmisch bewege, meine Hüften im Einklang mit seinen sanften Stößen schwingen. Die Hitze zwischen uns steigt unaufhaltsam an, jede Bewegung intensiviert das Verlangen, das uns wie ein unstillbares Feuer durchströmt.

Seine Hände umfassen meine Hüften, führen und unterstützen meine Bewegungen, während ich mich auf ihm auf und ab bewege, unsere Körper in einem sinnlichen Rausch verschmelzen.

Kannst du, kleine Nutte, nicht einmal machen, was man dir sagt?

Wie eine verwöhnte Göre musst du dich allem widersetzen, nur ihm nicht! Während dein Wikinger und das tätowierte Hündchen diesen Versager foltern, um Antworten zu bekommen, plane ich ihren Untergang. Diese Nichtsnutze, mit denen werde ich mit Leichtigkeit fertig. Sie werden dich nicht mehr anfassen.

Widerlich, der Gedanke.

Also sei eine brave kleine Prinzessin, mache es dir nicht unnötig schwer! Ich weiß doch, dass du nichts mehr möchtest, als mich wieder in dir zu spüren. Stattdessen sehe ich, wie sich diese beiden Ratten an dich geheftet haben wie ein triebgesteuertes Rudel von Hündchen, das dich auf Schritt und Tritt verfolgt!

Als müssten sie dich vor jemandem beschützen. Schwachsinn! Warum denkst du, bin ich hier? Ich werde dich beschützen, schließlich muss man doch gut auf sein Eigentum achtgeben.

Ich werde dich schon erziehen, du wirst sehen, was ich dir alles beibringen kann. Mein kleines dummes Mädchen. Kannst du die Zukunft schon sehen?

Wir zwei. Ich spüre es. Wir gehören zusammen. Ich werde dich säubern, wenn du mir gehörst!

Du hast keine Ahnung, wie wütend mich das macht, Babygirl. Es war gar nicht so leicht, ihn als einen deiner Bodyguards einzuschleusen, ohne dass der räudige Wikinger es mitbekommt und Verdacht schöpft. Er kennt seine Leute!

Und doch hat dieser wertlose Bastard versagt. Sein Auftrag war einfach: Dich in sein Auto zu locken. Als deine Leibwache ist es seine Pflicht, dich nach Hause zu bringen, nachdem du so aufgelöst warst.

Das Betäubungsmittel stand bereit, ich hatte alles für deine lang ersehnte Ankunft vorbereitet. Oh, du hast keine Vorstellung, wie rasend mich das macht.

Doch du bist nicht hier, um meine Wut aufzufangen, denn ich konnte dir nicht folgen, ohne Aufmerksamkeit zu erregen. Aber ich bin nicht hier, um die Dinge einfach geschehen zu lassen.

Nein, ich werde alles tun, um sicherzustellen, dass du bald wieder bei mir bist.

KAPITEL 18
FREIA

Ein schmerzhaftes Zucken durchfährt meinen geschundenen Körper, als ich mich ausstrecke und gähne. Ich fühle mich verdammt wund und doch hervorragend. Die Erlebnisse der vergangenen Nacht drängen sich in meine Gedanken, und ich spüre, wie eine verräterische Röte in meine Wangen schießt. Die Nacht fand noch lange kein Ende, irgendwann habe ich aufgehört, unsere Orgasmen zu zählen und ein Stoßgebet in den Himmel geschickt, dass ich trotz alledem genug Kondome da hatte, die ich jetzt dringend auffüllen muss.

Ein leises Brummen an meinem Ohr holt mich in die Gegenwart. Ich liege auf Vincents muskulöser Brust, von seiner Wärme umhüllt. Andächtig fahre ich mit dem Zeigefinger über eines seiner Tattoos. Mein Herzschlag verlangsamt sich, als meine Fingerspitzen die verschiedenen Muster erkunden. Das verworrene Design beginnt an seiner Brust, schlängelt sich über seinen Bauch und verschwindet schließlich unter der Decke. Gestern hatte ich keine Gelegenheit, es weiter unten genauer zu betrachten.

Es kommt mir vor, als sei sein Oberkörper eine Leinwand, auf der verschiedene Elemente miteinander verschmelzen: Symbole, Kreuze, Tiere und Schriftzüge.

Am Hals beginnend, ziehen sie sich über die gesamten Arme und seine Brust bis zu seiner Scham. Die Kunst auf seiner Haut scheint lebendig eine Verlängerung seiner Persönlichkeit.

Ich widerstehe der Versuchung, die Decke hochzuhalten, um zu sehen, wie weit die Tattoos hinunterreichen. Ein flüchtiger Blick gestern auf seine Oberschenkel zeigte mir, dass sie das Gesamtbild vollenden.

Vincents ruhiger Atem verrät, dass er noch immer schläft und meine Berührungen ihn nicht stören. Vorsichtig winde ich mich aus seiner Umarmung und begebe mich in das angrenzende Badezimmer. Dort springe ich unter die Dusche, schlüpfte in frische Unterwäsche und wickele mich in meinen schwarzen Morgenmantel. Leise öffne ich die Tür und werfe einen Blick auf das Bett. Vincent ist wach, einen Arm unter den Kopf gestützt, starrt er nachdenklich die Decke an.

»Guten Morgen, Prinzessin«, gähnt er, während er sich langsam aufrichtet. Seine Maske sitzt wieder perfekt, was mir sofort einen Stich versetzt, als würde er indirekt versuchen, mich auf Abstand zu halten. War alles doch nur ein Spiel für ihn? Eine Art kranke Jagd? Schwachsinn! Ich weiß, dass er mir in der Vergangenheit deutlich gezeigt hat, dass er sich nicht von mir fernhalten kann, aber trotzdem zögert mein Verstand, diesen Gedanken zu akzeptieren.

Warum kann ich nicht einfach wie früher sein? Warum ist alles so kompliziert geworden? Ein kleiner Schauer durchfährt meinen Körper, und sämtliche Härchen stellen sich auf. Früher, als ich gerne heimlich mit Rasmus feiern ging, als Berührungen mir noch nicht seelisch zusetzten. Es scheint mir, als wäre diese Zeit Jahrzehnte her.

Selbst die Nähe zu Rasmus macht mir manchmal noch etwas zu schaffen, und dann kommt Vincent mit seinen merkwürdigen Freunden, und in ihrer Nähe scheint es, als wäre alles wie früher. Alle Bilder und Erinnerungen sind wie ausgelöscht, ich kann wieder ich selbst sein. Doch wenn Vincent mit seinen aufdringlichen Freunden auftaucht, fühle ich mich auf seltsame Weise wieder lebendig, als würden sie all die dunklen Gedanken vertreiben und mir die Freiheit schenken, wieder ich selbst zu sein. Es ist wie ein Licht in der Dunkelheit, das mir den Weg weist und mich daran erinnert, dass es noch Hoffnung gibt.

Er betrachtet mich aufmerksam, als würde er versuchen, die Gedanken in meinem Kopf zu lesen.

»Ist alles in Ordnung?«

»Alles bestens, Danke.« er sieht mich fragend an, als würde er auf eine weitere Reaktion warten. Da kann er aber lange warten, meine Maske sitzt ebenfalls wieder perfekt!

Schließlich wirft er die Bettdecke zur Seite und steht auf, und das, wie Gott ihn schuf, die Muskeln spielen unter seiner Haut, als er sich streckt. Ein leises Seufzen entweicht meinen Lippen, während mein Blick über seinen Körper wandert und an seinem besten Stück hängen bleibt. Sofort spüre ich ein Pochen in meinem Unterleib; wäre ich nicht so wund... »Da hat wohl jemand noch nicht genug?«, kommentiert er, und mir schießt erneut die Röte ins Gesicht. Peinlich, als wäre ich eine verdammte Nonne, die noch nie einen nackten Kerl gesehen hat.

Mein Blick wandert über seine Beine, die wesentlich weniger Tinte tragen als der Rest seines Körpers. Ich schlucke schwer, als ich ihm in die Augen sehe – voller Verlangen. Noch eine Runde würde ich nicht überleben.

»Du hast freie Badezimmerauswahl, falls du Bedarf hast. Ich brauche einen Kaffee.« Wie ein Blitz sause ich aus dem

Zimmer und jeder Schritt verdeutlicht mir, was er mit mir in der letzten Nacht getan hat. Der Gang fühlt sich länger an als sonst, und die Erinnerungen an das, was er mich ausgerechnet in dieser Nacht fühlen ließ, überrollen mich. Ist er meine langersehnte Heilung?

Die Kaffeemaschine brummt leise vor sich hin, und ich lehne mich erschöpft gegen die Theke. Der Tag verspricht wundervoll warm zu werden. Ob Vincent wohl ein Frühstücksmensch ist? Den Kühlschrank öffnend, stelle ich fest, dass Rasmus sich wirklich gewissenhaft um dessen Füllung gekümmert hatte. Kurze Zeit später brutzeln Eier und Bacon in der Pfanne, während ich frische Pancakes mache, Obst schneide und den Tisch auf der Terrasse decke. Zufrieden betrachte ich mein Werk und nicke, bevor mir auffällt, dass der Kaffee noch fehlt.

Als ich wieder ins Innere gehe, steht Vincent oben ohne und mit nassen Haaren vor mir.

»Frühstück?« Ich hole die Kaffeekanne und reiche sie Vincent, während ich ihm ein breites Lächeln schenke. »Ich wusste nicht genau, was du magst, also habe ich eine kleine Auswahl zubereitet«, sage ich und deute auf den reich gedeckten Tisch auf der Terrasse.

Sein Blick wandert über den Tisch, und ein leichtes Schmunzeln huscht über sein Gesicht.

»Du, nackt auf dem Küchentisch, hättest mir als Frühstück vollkommen gereicht. Aber an eine Prinzessin, die mir Frühstück macht, könnte ich mich auch gewöhnen.«, raunt er im Gehen, gibt mir einen zärtlichen Kuss auf die Stirn und setzt sich auf einen der Stühle. Fuck, wie kann ein einzelner Mann, so widersprüchlich sein? Gestern hatte er so eine brutale und dominante Art an sich gehabt.

Während ich mit roten Wangen versuche, die aufkommenden Bilder zu verscheuchen, setze ich mich neben ihn. Er schenkt uns beiden eine Tasse Kaffee ein und lehnt sich entspannt zurück.

»Was für eine Bedeutung haben die Symbole auf deiner Rippe?«, fragt Vincent, die Stille unterbrechend. Verwundert sehe ich ihn über meine Tasse hinweg an. Eben deutet er an, er möchte mich zum Frühstück und jetzt fragt er nach meinen Tattoos? Eleganter Themenwechsel.

»Da bist du, Bro! Wir suchen dich schon die ganze Zeit, und du frühstückst hier mit unserer Füchsin?« Isaac und Logan stehen am Zaun, der unsere Gärten trennt. Er öffnet ein kleines Gartentor, das mir bisher nicht einmal aufgefallen war, und tritt ein.

»Da scheint jemand, eine interessante Nacht gehabt zu haben?«

Isaac setzt sich ganz selbstverständlich auf den anderen Stuhl neben mich, nimmt mir meine Kaffeetasse aus der Hand und trinkt einen Schluck aus ihr.

Logan kommt wie aus dem nichts mit zwei Tassen in der Hand an den Tisch und setzt sich gegenüber von uns.

Wann ist er denn in meinem Haus gewesen? Verdammt, die Jungs sind wie ein beschissener Sack Flöhe, man kann keinen aus den Augen lassen!

»Dir auch einen guten Morgen, Isaac. Ich kann mich nicht erinnern, euch eingeladen zu haben.«

Seine Augen treffen meine, und ich kann eine Spur von amüsierter Neugier in ihnen erkennen.

»Aber wenn ihr schon hier seid, sagt mir eins: Wie zur Hölle kommt es, dass ihr, wenn Vincent die ganze Woche einfach verschwindet, ebenfalls untertaucht? Und kaum ist er wieder hier, steht ihr schon parat, um mir den Morgen zu vermiesen?« Ich reiße Isaac meine Tasse wütend aus der Hand.

»Her damit!« und knalle sie auf den Tisch, wodurch der Inhalt überschwappt. Schulter zuckend nimmt er eine neue Tasse von Logan entgegen und gießt sich frischen Kaffee ein, Logan tut es ihm gleich.

»Nicht aufregen Kleines.« Logan hebt beschwichtigend die Hände.

Hilfesuchend sehe ich zu Vincent, der nur belustigt grinst und sich mit den Armen hinter dem Kopf verschränkt zurücklehnt. Da ist er wieder, der Vincent, der mich zur Raserei treibt, samt seinem Gefolge von Idioten.

»Das liegt daran, dass sie ein paar Sachen zu erledigen hatten, um die ich sie gebeten habe.«

Isaac nickt zustimmend, greift über mich und nimmt sich die Schüssel mit dem Obst.

»Weißt du, kleiner Fuchs, uns gibt es nur im Gesamtpaket, also gewöhne dich lieber daran.«

Dabei streicht er bewusst langsam über meinen Oberarm. Ich spüre, wie mein Herz schneller schlägt und ein warmer Schauer meinen Körper durchzieht. Genervt seufze ich auf und gebe mich geschlagen. Wenn ich Vincent um mich haben möchte, muss ich diese notgeilen Esel wohl tolerieren.

Ich rücke den Stuhl nach hinten und mache Anstalten aufzustehen, doch Vincent drückt mich bestimmt an der Schulter wieder nach unten.

»Wohin, meine Schöne? Wir sind noch nicht fertig.« Seine raue Stimme bringt meine Wangen zum Glühen und ich schaue ihm kurz in die Augen. Er denkt wohl, ich würde wieder flüchten, doch über den Punkt sind wir längst hinaus. Nach dieser Nacht, weiß ich, dass eine Flucht keinen Sinn macht.

»Ich hole den zwei Vögeln Teller und Besteck.« Vincent nickt etwas erleichtert, steht auf und geht hinein, um die Sachen zu holen.

»Weißt du, wir haben auch kein Problem zu teilen, kleiner Fuchs.« Isaac streichelt mir zur Verdeutlichung über meinen nackten Oberschenkel, was mir eine viel zu angenehmere Gänsehaut beschert als ich zugeben möchte.

»Ich glaube, dafür ist sie noch nicht bereit«, wirft Logan desinteressiert von der anderen Seite des Tisches ein und schiebt sich genüsslich einen Baconstreifen in den Mund.

Wofür soll ich bitte nicht bereit sein? Bevor ich diese Frage laut aussprechen kann, kommt Vincent auch schon wieder zu uns und wirft mir mein Handy in den Schoß.

»Es hat mehrfach geklingelt, ich war so frei und habe Eve von ihrer Neugierde erlöst, bevor sie hier noch auftaucht. Ich habe noch einiges mit dir vor, ungestört.«

Er hat was? Schnell entsperre ich mein Handy. Zum Teufel, woher kennt er überhaupt den PIN? Der Bildschirm leuchtet auf, und ich sehe, dass Vincent nicht gelogen hat. Anrufe und Nachrichten von Eve kommen mir entgegen.

Die Aktion gestern hat mir noch ordentlich Stress mit Leon eingebracht, er hasst Vincent wohl mehr, als ich dachte.
Ich hoffe, es hat sich wenigstens für dich gelohnt.
Hattet ihr Sex? 😉
- Eve

Wow, was hat sie denn für Drogen genommen, dass sie so direkt ist?

Doch der Chatverlauf geht zu meinem Leitwesen weiter, denn „ich" habe darauf geantwortet.

Ich kann es kaum in Worte fassen, aber ich versuche es mal: Wir hatten nicht nur Sex, Vincent hat mich in eine andere Dimension katapultiert. Sein Können ist göttlich, er ist so verdammt gut gebaut, dass selbst die antiken Bildhauer vor Neid erblassen würden. Sein Stehvermögen gleicht dem eines Stiers in der Arena – einfach beeindruckend!
Wenn ich könnte, würde ich ihn sofort an mein Bett ketten und die Schlüssel in den tiefsten Ozean werfen, damit er nie wieder gehen kann! 👄 🍆 💦
Ich glaube, ich bin eindeutig verliebt. ♥

Es wird still um mich herum und ich sehe mit knallrotem Kopf auf; eine Welle der Scham durchzieht mich. Alle drei beobachten mich aufmerksam.

»Du bist so was von tot, Slater!« Wütend hebe ich das Handy in die Höhe, unschlüssig, ob ich ihm damit direkt, in sein hämisch grinsendes Gesicht schlagen soll.

Doch Isaac reißt mir das Handy vorher aus der Hand und liest die Nachricht.

Dann bricht er in schallendes Gelächter aus.

»Vinc, das hast du nicht geschrieben, oder? Wie poetisch!« Er reicht mein Handy an Logan weiter, der sich ebenfalls vor Lachen kaum halten kann. In diesem Moment klingelt das verdammte Ding in seiner Hand, und ohne zu zögern nimmt er den Anruf entgegen und stellt ihn auf laut.

»Freia? Hat er dich irgendwie unter Drogen gesetzt? Ich meine, ich habe ja bereits einiges gehört, wie er und die restlichen Resler im Bett sein sollen. Aber.. Brauchst du irgendwie Hilfe? Ist Rasmus in der Nähe?«

Logan antwortet an meiner Stelle ganz gelassen. »Guten Morgen, Genevieve. Wie schön, dass du dich so für unser Stehvermögen interessiert. Freia geht es ausgezeichnet!«

»Im Übrigen würde ich behaupten, dass mein gutes Stück um einiges größer ist als Vincents! Nur fürs Protokoll.« wirft Isaac lachend ein.

Es wird totenstill an der anderen Leitung. »Ihr seid doch solche Arschlöcher!« sage ich und beuge mich über den Tisch, um Logan mein Handy aus der Hand zu reißen, was mir einen leichten Schlag auf den Hintern von Isaac einbringt. Jetzt fängt er sich eine! Vincent knurrt warnend, bevor ich die Hand richtig erheben kann. Schnell lasse ich mich auf den Stuhl zurücksinken und mache den Lautsprecher, beide böse anfunkelnd, aus.

»Eve, ich melde mich später. Mir geht es wirklich gut, keine Sorge. Aber diese drei Arschgeigen, werde ich jetzt hier an Ort und Stelle eigenhändig umlegen«, brumme ich und lege schnell auf, während ich alle der Reihe nach mit finsterem Blick fixiere. Ich fühle mich, als wäre ich in einer absurden Komödie gelandet.

»So, ihr Vollpfosten, was soll der Kindergarten? Habt ihr schon einmal etwas von Privatsphäre gehört?« Alle drei sehen unschuldig von ihren Tellern auf. Wieder klingelt ein Handy, doch zum Glück ist es dieses Mal nicht meins. Vincent nimmt das Gespräch an und entfernt sich ein paar Schritte. Ich beobachte das Muskelspiel seiner nackten Brust und sehe, wie sein Gesicht plötzlich ernst wird. »Und das war es mit dem angenehmen Morgen zu viert«, kommentiert Isaac gelassen und bestreicht sich in aller Ruhe ein Toast. Vincent kommt wieder zurück, und es ist offensichtlich, dass etwas nicht stimmt. Fragend sehe ich zu ihm hoch.

»Baby, ich muss los. Familienangelegenheiten. Lass die beiden am Leben, ja?« Er beugt sich zu mir runter und gibt mir einen schnellen und rauen Kuss. »Macht keinen Scheiß!«, sagt er zu den anderen beiden und stürmt förmlich davon. Ich sehe ihm hilflos hinterher.

»Ok, was zum Teufel war das? Wer hat ihn angerufen?«, frage ich in die Runde. Isaac zuckt nur mit den Schultern und beschäftigt sich wieder mit seinem Toast, während Logan sich ohne aufzusehen eine Mandarine schält.

»Habt ihr euch die Zunge verbrannt oder warum bekomme ich keine Antwort?« Stille legt sich über den Tisch. Frustriert greife ich nach meiner Tasse. Was geht hier vor sich?

Nachdem ich von Vincents Präsenz befreit wurde, setzt sich mein Kopf sofort wieder in Gang, und ich frage mich, was um alles in der Welt ich hier eigentlich mache. Ein One-Night-Stand wäre ja kein Problem gewesen. Aber das hier? Das ist doch verrückt. Ist das wirklich die Art und Weise, wie man sich danach verhält? Oder sieht er mehr in uns? Und was soll ich jetzt mit diesen beiden Typen anfangen, die ich kaum kenne, die sich hier aber pudelwohl fühlen?

Vielleicht hat Vincent mir ja doch heimlich Drogen untergejubelt? Wieder wird mir schmerzhaft bewusst, wie sehr mir Rasmus fehlt. Warum in alles in der Welt hat er mich einfach alleine gelassen, was war so wichtig?

Aber spielt das überhaupt eine Rolle? Ich würde ihn nur unnötig verletzen, wenn ich ihm von alledem erzähle.

»So, und was unternehmen wir nun Schönes?«, holt Isaac mich aus meinen Gedanken und schnappt sich eine meiner losen Haarsträhnen.

»Wie wäre es, wenn du uns dein Zimmer zeigst?«, fährt er fort. Ich schlage seine Hand wütend weg. Einatmen, ausatmen, die Backpfeifen-Erna nicht von der Leine lassen, dem aufgeblasenen Arschloch nicht den heißen Kaffee in den Schritt kippen!

»Mein lieber Isaac *wir* unternehmen gar nichts. *Ihr* könnt es euch ja gegenseitig besorgen, es gibt genug freie Zimmer. *Ich* gehe jetzt rüber zu Eve und Sofia, schließt die Türe richtig hinter euch, wenn ihr gedenkt abzuhauen.« Bevor ich mein Mantra vergesse und doch noch gebrochene Nasen verteile, stehe ich schließlich vom Tisch auf und lasse die beiden einfach auf meiner Terrasse zurück.

»Meinst du wirklich, du bist wieder bereit, an den Vorlesungen teilzunehmen?« fragt Eve an Sofia gewandt. Wir sitzen zu dritt in der Küche der *Amicitia-Sororum-Verbindung* und trinken einen Kaffee. Die Vorlesungen beginnen in einer guten Stunde und wir sitzen bereits mindestens genauso lange in der Küche, unschlüssig darüber, was wir tun sollten. Sofia möchte schon nach so kurzer Zeit wieder am normalen Uni-Leben teilnehmen, was wirklich mutig ist.

Der ganze Campus hatte schließlich mitbekommen, was mit ihr passiert war, wodurch sie zum Hauptthema wurde. Zwar bezweifle ich, dass auch nur ein Schüler so taktlos wäre, es in ihrer Gegenwart anzusprechen, aber die Blicke der Leute könnten ausreichen, dass sie wieder in das Loch fällt, aus dem sie sich so hart viel zu schnell heraus gekämpft hat. Ich ergreife Sofias Hand.

»Ich weiß zu gut, wie du dich fühlst. Es ist keine Schande, wenn du noch nicht bereit bist.« Sie sieht mich schockiert an, ihre Augen weiten sich, als sie kapiert hat, was ich ihr eben gestanden habe. Ich erwarte, dass sie die eine Frage ausspricht, doch sie schweigt, nickt mir dann schließlich dankbar zu und drückt meine Hand. Zum Glück hat Eve es nicht mitbekommen.

Die Stimmung in der Küche ist trotz des Kaffees und der vertrauten Umgebung angespannt. Eve und ich sind uns einig, dass Sofia mehr Zeit für ihre Genesung braucht. Das Trauma sitzt tief, und es ist wichtig, behutsam damit umzugehen.

Mein Besuch bei ihr gestern nahm einen komplett anderen Verlauf als geplant. Ursprünglich wollte ich lediglich den Reslern entkommen, die sich ungefragt an meinem Frühstückstisch ausgebreitet hatten, bevor sie sich noch über mich als Nachspeise hermachten.

Also zogen wir uns kurzerhand mit zwei Flaschen Wein und Keksen in Eves Zimmer zurück und haben einfach geredet, wie gute Freundinnen es eben tun - über Gott und die Welt. Als das Gespräch schließlich auf Männer kam, erzählte ich, ohne in die Details zu gehen, von dem Drama auf dem Parkplatz. Überraschenderweise zauberte dies sogar Sofia ein Lächeln auf die Lippen. Vielleicht lag es daran, dass Vincent eine Knarre an den Kopf gehalten bekommen hatte, vielleicht freut sie sich auch einfach für mich. Bereits leicht angetrunken, platzte es schließlich aus ihr heraus: Sie wollte wieder die Vorlesungen besuchen.

Sofia erwies sich zweifellos als starke Person und schien die Vergewaltigung besser zu verkraften, als ich es mir vorstellen konnte. Doch der schmale Grat zwischen Verdrängen und Heilen war gefährlich dünn. Ein falscher Schritt konnte bedeuten, wieder in die Dunkelheit abzurutschen.

Der Morgen danach war natürlich alles andere als angenehm. Der Alkohol steckte uns noch in den Knochen und das Bett war voller zerdrückter Kekse. Mit einem theatralischen Seufzen blicke ich auf mein Handy – keine Nachricht von Vincent. Seit seinem überstürzten Abgang nach dem Frühstück hat er kein Lebenszeichen von sich gegeben.

»Schreib ihm doch einfach eine Nachricht. Ihr seid doch laut deiner Erzählung irgendwie auf eine inoffizielle Art zusammen, oder?« schlägt meine Freundin vor, während sie nachdenklich auf ihren Lippen kaut. Zusammen? Ich bezweifle es, eine göttliche Nacht und der Morgen danach, machten aus uns kein Paar.

Aber recht hat sie – ich würde sicher keinen Nobelpreis verlieren, wenn ich ihm eine kurze Nachricht schreibe.

Hey, ich vermisse dich. Sehen wir uns später?

Schnell lösche ich die Nachricht wieder. Das klingt zu anhänglich.

Ich habe bei Eve übernachtet…

Fuck nein!

Guten Morgen! Alles in Ordnung bei deiner Familie?

Das ist besser! Nicht zu anhänglich, aber es zeigt Interesse und enthält eine Frage, auf die er antworten kann.

Resigniert lege ich das Handy auf den Tisch. Nun heißt es warten. Sofia steht selbstsicher auf. »Wir sollten langsam los, oder?«

Doch es kommt keine Antwort von ihm, und ich mache mir langsam Sorgen.

Sofia hält die erste Hälfte des Tages tapfer durch und ignoriert die erwartungsvollen Blicke unserer Mitschüler. Das liegt auch daran, dass Eve und ich sie überall hin begleiten – sie muss keinen Schritt allein gehen, selbst vor der Toilettentüre halten wir die Stellung.

Ich selbst habe kein Problem damit, die anderen mit meinen Blicken zu vernichten, ganz im Prinzessinnenstil. Einige suchen sogar mit gesenkten Köpfen das Weite. So muss sich also Rasmus fühlen! Eve versucht Sofia die ganze Zeit abzulenken und plant irgendwelche Urlaube, an denen ich ebenfalls teilnehmen sollte. Ein Angebot, das ich nur zu gerne annehmen würde, wenn ich nicht in den Semesterferien am Hofe erwartet werden würde – was leider auch Teil des Deals ist!

Als es Mittag wird, eskortieren wir Sofia in unserer Mitte in die Mensa und setzen uns abseits an einen freien Platz, an dem Leon bereits auf uns wartet. Mein Blick schweift durch die Menge auf der Suche nach Vincent, aber wie zuvor ist keine Spur weder von ihm noch zu meinem Glück von den anderen zu sehen. Lustlos stochere ich in meinem Salat herum und höre am Rande Leons Erzählungen von einer bevorstehenden Party zu.

»Lass den Kopf nicht hängen. Auch wenn Vincent das größte Arschloch neben den restlichen Reslern ist, und vom Playboy-Verhalten Isaac Konkurrenz macht, bin ich mir sicher, dass zwischen euch mehr ist! Es ist offensichtlich, dass er dich wirklich mag.« Wow, sehr aufbauende Worte von ihr!

»Ich habe unsere Namen gehört?« Isaac lässt sich, gefolgt von Logan, neben mir auf einen Stuhl sinken.

»Ich schätze, hier ist noch frei?«

»Oh nein, ihr zwei sucht euch einen anderen Platz. Eure Gesellschaft hat mir gestern beim Frühstück schon gereicht! Für die nächsten Wochen oder besser, für die nächsten Jahre!« Ich zeige bedrohlich mit der Gabel auf der eine Nudel gespießt ist, in seine Richtung, aber er lässt sich davon nicht beeindrucken. Er grinst mich mit diesem unverschämten Lächeln an, das mir sofort die Zornesröte ins Gesicht treibt. Langsam beugt er sich vor, und nimmt dann die Gabel, die in meiner Hand zu zittern begonnen hat, in den Mund. Genüsslich kauend lehnt er sich in seinen Stuhl zurück. Meine Freunde sehen mich an, als hätten sie einen Geist gesehen.

Meine Freunde schauen mich mit einem Mix aus Amüsiertheit und Verwunderung an, als hätten sie gerade einen zweiköpfigen Hund gesehen. Es ist absurd. Wie gerne würde ich sie ihm einfach in sein Bein rammen!

»Das Frühstück war viel zu schnell vorbei, findest du nicht auch, Logan?« Isaac lacht mit einem amüsierten Funkeln in den Augen. Sein Körper neigt sich leicht vor, während er seinen Satz beendet.

»Vor allem hat der Nachtisch gefehlt!« Logan grinst frech und lehnt sich entspannt auf seinem Stuhl zurück. Sein Gesicht strahlt Genugtuung aus, begleitet von einem selbstbewussten Schulterzucken. Eve starrt mit offenem Mund zwischen den beiden Vollidioten hin und her. Leon rutscht etwas näher an sie heran und beugt sich über sie, um etwas zu flüstern, sodass nur wir es hören können.

»Bitte sag mir nicht, dass du mit einem von denen, mit allen...?« Leon lässt den Satz offen, doch sein Blick drückt die Frage aus, ob ich neben Vincent auch etwas mit ihnen laufen habe.

Selbst Sofia hebt nun interessiert eine Braue und wartet auf meine Reaktion.

Eve schiebt Leon zärtlich von sich und legt ihm eine Hand auf die Brust, wohl wissend, dass er besser den Mund halten sollte. »Schatz, das geht uns doch gar nichts an! Wenn Freia sich ausleben möchte, warum denn nicht, oder?« Unsicher wirft sie mir einen fragenden Blick zu. Will sie mich eigentlich verarschen? Was denkt sie denn von mir?

»So, Kleines, du willst dich also ausleben? Sag das doch gleich, da sind wir dir sehr gerne behilflich.« Logan beugt sich interessiert nach vorne, seine geröteten Augen fixieren mich.

»Siehst du, Log, ich wusste, dass ihr Vinc nicht ausreichen würde! Die kleine Füchsin hat Lust auf mehr. Wer einmal von einem von uns gekostet hat, möchte alle probieren, nicht wahr?« Meine Nasenflügel blähen sich zornig auf, als Isaac erneut seine Hand auf meinen Oberschenkel legt und so fest zudrückt, dass ich mir ein Zucken nicht verkneifen konnte. Das Fass läuft über. Ich springe wütend auf, mein Stuhl knallt nach hinten und seine Hand wird mit Schwung weggeschleudert.

Ich stemme mich so bedrohlich wie möglich mit den Armen am Tisch ab und sehe Isaac in die Augen. Doch sein Blick, wandert sofort eine Etage tiefer und bleibt in meinem Ausschnitt hängen.

»Wenn dir etwas an deinem angeblich großen Schwanz liegt, solltest du ab sofort deine Finger von mir lassen, sonst schneide ich ihn dir persönlich ab!« zische ich und spüre, wie mein ganzer Körper vor Wut vibriert.

»Da hat Vincent wohl keine gute Arbeit geleistet. Die ist so zickig, die muss wohl nochmal ordentlich flachgelegt werden«, sagt Isaac und lacht provokativ. Ein leichtes Grinsen zuckt über Logans Gesicht, als er die Szene still beobachtet.

»FICK. DICH! Fickt euch!« Ohne auch nur einen Blick zu verschwenden, verlasse ich die viel zu leise gewordene Mensa. Meine Schritte sind fest und entschlossen, aber in meinem Inneren tobt ein Sturm. Dieser Tag kann ja nur besser werden.

Kochend vor Zorn eile ich zum nächsten Vorlesungssaal. Bis zum Vorlesungsbeginn verbleibt noch fast eine halbe Stunde – ausreichend Zeit, um meine aufgestaute Wut abzubauen. Doch meine Pläne werden jäh durchkreuzt, als Logan auftaucht. Er kommt schweigend auf mich zu, und packt fest meine Hand um mich unmissverständlich an seine Brust zu ziehen. Normalerweise würde ich mich mit Händen und Füßen dagegen wehren. Mich nicht auf diese Nähe einlassen.

Schließlich hat er eben noch Isaac bestätigt. Dadurch ist er kein Deut besser als dieser. Aber als sein beruhigender, rauchiger Zimtduft mich einhüllt, kann ich nicht anders als mich in seinen Armen zu entspannen. Und vergrabe mein Gesicht an seiner harten Brust.

»Beruhig dich, Kleines. Er hat es nicht so gemeint«, versucht er beschwichtigend auf mich einzureden während er sein Gesicht in meinen Haaren vergräbt. Für einen Moment erstarre ich, lasse es aber widerwillig zu. Sein Arm umschließt mich fester, während seine Hand tröstend über meinen Rücken streicht.

»Weißt du, er ist frustriert, das sollte man nicht zu persönlich nehmen.«

»Wegen was ist *er* bitte frustriert? Hat sein Daddy sich geweigert, ihm den neusten Ferrari zu kaufen?« grummle ich in sein Pullover. Seine Brustmuskeln vibrieren an meinem Gesicht, als er auflacht, und ich kann das dumpfe Dröhnen seines Lachens spüren.

»Du unterschätzt ihn, meine Kleine«, beginnt er, während er seine Nase tief in meinen Haaren vergräbt. »Abgesehen davon, dass sein Vater eines der größten Arschlöcher ist, die auf dieser Erde wandeln, bist *du* sein Problem. Dir ist gar nicht bewusst, wie sehr du ihn frustrierst. Er ist es nicht gewohnt, dass eine Frau ihn abblitzen lassen kann. Das reizt ihn nur noch mehr und löst beinahe ein besessenes Verhalten in ihm aus, dich in sein Bett zu bekommen. Wir sind Jäger, und je anspruchsvoller die Beute, desto mehr Spaß macht es, sie zu erlegen. Und dann kommt noch hinzu, dass Vincent dich zu gerne ganz alleine für sich beanspruchen würde. Dieses gestörte Verhalten ist genauso untypisch für ihn wie für Isaac.« Seine Worte hallen in meinem Kopf wider, während ich versuche, sie zu verarbeiten.

Vielleicht bin ich nicht nur eine hilflose Beute in ihrem Spiel, sondern habe auch mehr Kontrolle über die Situation, als ich dachte.

»Wenn Vincent und Isaac glauben, dass sie mich einfach beanspruchen können, haben sie sich geschnitten. Ich bin kein verdammtes Spielzeug!«

»Glaub mir, du bist so viel mehr.« flüstert er.

»Wo ist er?«, murmele ich immer noch an seine Brust gepresst.

»Ich glaube, er bekommt immer noch ordentlich den Rost von deinen Freunden runtergemacht!« Als ob mich das Schicksal von Isaac auch nur im Geringsten interessieren würde.

»Nein, ich meine nicht diesen elendigen Kackbratzen. Sondern Vincent!« Seine Schultern zucken leicht, und ich spüre förmlich, wie er breit grinst.

Ich presse meine Lippen zusammen und spüre, wie meine Handflächen leicht schwitzen. Ein unkontrolliertes Zucken meiner Augenbrauen verrät meine innere Anspannung, dass fühlt sich alles so falsch an.

Die Tür hinter mir schließt sich mit einem lauten Knall.

»Da seid ihr ja! Mann, Genevieve kann ganz schön ihre Krallen ausfahren.«

Ich löse mich wie ertappt aus Logans Umarmung und begebe mich mit einem bösen Lächeln Richtung Isaac.

Mit einem verführerischen Lächeln bleibe ich vor ihm stehen und sehe ihm unschuldig unter meinen langen Wimpern in die Augen. Wie zu erwarten, springt er direkt darauf an und legt lächelnd eine Hand um meine Hüfte.

»Kleiner Fuchs...«, beginnt er mit diesem bescheuerten Spitznamen. Doch bevor er den Satz beenden kann, kracht meine Faust in sein Gesicht und unterbricht ihn abrupt. Hätte er nicht schnell genug reagiert und seinen Kopf zur Seite geneigt, wäre seine viel zu gerade Nase jetzt wohl Geschichte. Schnell mache ich einen Satz nach hinten, um etwas Abstand zwischen uns zu bekommen.

»Verdammt, Isaac, das hast du definitiv verdient. Kleine, du hast einen ordentlichen Haken drauf!«, kommentiert er, während sich Isaac das Blut von der Unterlippe wischt und mich zornig anfunkelt. Langsam beugt er sich vor und leckt sich das restliche Blut von den Lippen.

»Ich hoffe, du kannst genauso gut einstecken, wie du austeilen kannst! Sei froh, dass mir bewusst ist, dass du auf dem ganzen Campus beobachtet wirst«, zischt er, kommt mir bedrohlich nahe und flüstert mir ins Ohr:

»Sonst würde ich dir zeigen, wie gut ich austeilen kann. Wetten, dein kleiner Arsch ist wie gemacht, für meinen Gürtel?«

Erschrocken weiche ich einen Schritt zurück und pralle gegen Logans warmen Körper, der seine Arme sanft um meinen Bauch schlingt.

Isaacs kalte, lustvolle Augen bohren sich in meine, und unwillkürlich überkommt mich der Gedanke, wie es wäre, wenn er mich genau hier und jetzt dafür bestrafen würde. Ein erregendes Kribbeln durchzieht meinen Körper, während mein Verstand mit dem sinnlichen Szenario ringt. Allein der Gedanke lässt mich erschaudern, unwillkürlich presse ich meine Beine zusammen und werde an die Erlebnisse von vorletzter Nacht mit Vincent erinnert.

»Warum lässt mich das Gefühl nicht los, dass sie genau das möchte?« erklingt Logans Stimme hinter mir. Er legt sein Kinn auf meine Schulter und beginnt, an meinem Hals zu knabbern.

»Finden wir es heraus!« Isaac reduziert den restlichen Abstand zwischen uns und ich spüre, wie mein Puls schneller wird. Eingeklemmt zwischen Isaacs Brust vor mir und Logans Körper hinter mir wage ich es kaum zu atmen. Mein Inneres pulsiert vor Erwartung, gespannt darauf, was als Nächstes passiert. Logans Hand gleitet unter meinen Pullover, erkundet die Wärme meines Bauches und erreicht schließlich meine Brüste. Sein Griff wird fester, und er beginnt, sie genüsslich durch den BH zu kneten. Gleichzeitig spüre ich, wie Isaacs Hand mein Kinn packt und mich an seine Lippen zieht.

Ein verzweifeltes Stöhnen entfährt mir, als Logans Berührungen meine Sinne erregen und Isaac die Gelegenheit nutzt, sich Zugang in meinen Mund zu verschaffen.

»Meine Herren und Dame! Dies hier ist ein Saal für Vorlesungen, nicht zum Vergnügen. Das gilt für einen Thompson genauso wie für alle anderen Studierenden hier auf dem Campus«, ruft die strenge Stimme unseres Professors für Politik und holt mich wie ein kalter Eimer voll Wasser zurück in die Realität.

KAPITEL 19
FREIA

Wie auch schon in den letzten Tagen verstecke ich mich erneut in der Bibliothek hinter meinem Laptop nicht nur, um dem erstickenden Gefühl der Hauswände zu entkommen, sondern auch, um etwas Ruhe vor Isaac und Logan zu finden.

Wenn sie mir an einen Ort nicht folgen würden, dann in die Bibliothek. Vincent scheint immer noch wie vom Erdboden verschluckt, eine für ihn nicht ungewöhnliche Angelegenheit, wie mir Logan bei einem Mittagessen berichtete. Frustriert klappe ich meinen Laptop zu, begleitet von einem wütenden Seufzer. Nach unserer gemeinsamen Nacht hatte ich zumindest erwartet, dass er auf meine Nachricht antworten würde. Doch Fehlanzeige! Absolute Funkstille! Das Ganze nennt man wohl Ghosting vom Feinsten.

Ein schmerzhaftes Stechen durchzieht wie so oft in den letzten Tagen mein Herz. Ich kann nicht leugnen, was Vincent mir bedeutet, und mir wird bewusst, welch großen Fehler ich gemacht habe, mich überhaupt auf ihn einzulassen. *Herzlichen Dank, Liebesleben, du hast mal wieder ganze Arbeit geleistet.* Nun ja, meine Lage hat sich seit dem Vorfall im Hörsaal mit den beiden Reslern nicht gerade verbessert. Die beiden tauchen plötzlich überall auf, als wären sie meine Schatten. Auf dem Campus scheint es, als hätte das Universum beschlossen, mir eine besondere Lektion in Sachen zwischenmenschlicher Beziehungen zu erteilen. Egal, wo ich hingehe; Isaac und Logan sind mir auf den Fersen. Als wäre ich die Hauptdarstellerin in einem absurden Liebesdrama. Als wäre es nicht schon schlimm genug, dass Rasmus nicht an meiner Seite ist und was Vincent mit mir anstellt!

Manchmal steht Logan einfach aus dem nichts an meiner Seite wie ein Schatten, der zugegebenermaßen das kleinere Übel ist. Bei ihm fühle ich mich mittlerweile wirklich wohl, er lässt mich allein durch seine Anwesenheit entspannen. Seine gelassene Art verursacht keinerlei sexuelle Spannung, als wäre das im Hörsaal ein Ausrutscher gewesen, und ich kann einfach ich selbst sein. Fast so, als wäre er mein persönlicher Ausflug aus dem Chaos meiner Beziehungen. Wie ein kleiner billiger Rasmus Ersatz.

Aber wenn Isaac seinen Platz einnimmt, ist es das verdammte Gegenteil. Er besteht förmlich aus Zweideutigkeiten, anzüglichen Bemerkungen und Körperkontakt.

Er sucht ständig meine Nähe, als wären wir das verliebteste Paar der Welt. Am liebsten spielt er mit meinen Haaren, eine Geste, die für ihn mittlerweile so selbstverständlich geworden ist, dass er es selbst kaum noch merkt. Es ist fast schon wie ein unausgesprochenes Spiel, bei dem er testet, wie nah er mir kommen kann, ohne dass ich ihn zurückweise.

Und mir gefällt das viel zu sehr, genau dieses Gefühl bringt mich jedes Mal aufs Neue aus der Fassung. Ihm ist das durchaus bewusst, und es gefällt ihm, reizt ihn nur noch mehr.

Doch die Kirsche auf der Sahnetorte ist, dass Rasmus seit der Eskalation auf dem Parkplatz den Campus für einige Tage verlassen musste, angeblich wichtige "Leibwächter-Angelegenheiten".

Pah, dass ich nicht lache. Ich kann nur spekulieren, was er wirklich tut. Gibt er persönlich Bericht an seinen Vater am Hof? Sucht er nach neuem, besser ausgebildetem Personal? Oder hat er einfach gehörig die Schnauze voll von mir?

Die Fragen überschlagen sich in meinem Kopf, aber von ihm werde ich wohl kaum eine Antwort erhalten. Früher war er anders; war unsere Beziehung anders. Es gab keine Geheimnisse, er war immer an meiner Seite, egal was kam. Es hatte damit angefangen, dass ich ihm nicht erzählen konnte, was an diesem Abend wirklich passiert ist. Ungewollte Tränen steigen in mir auf, ich brauche ihn gerade wirklich dringend an meiner Seite. Solange Rasmus nicht zurück an der Universität ist, kann ich die Wogen zwischen uns nicht glätten. Wir sind zwar ständig per Nachrichten in Kontakt, aber das reicht nicht. Ich muss ihn persönlich darauf ansprechen. So wie einfach *alles* gerade läuft, werde ich auf langer Sicht noch wahnsinnig!

Wenn er nicht greifbar ist, werde ich heute eben mit Vincent Nägel mit Köpfen machen, jawohl! Eve hatte mir gestern erzählt, dass sie schwören könnte, ihn auf dem Campus gesehen zu haben.

Und ich muss wenigstens wissen, woran ich bei ihm bin; es aus seinem eigenen Mund hören, warum er sich so verhält. Wenn er mich nicht mehr will, wird es mich ein Stück mehr zerstören, aber dann weiß ich wenigstens, woran ich bin! Weder mein Herz, noch mein ruheloser Kopf halten diese Show noch länger aus. Sonst kann man mich bald wirklich einweisen! Entschlossen packe ich meine Sachen in meine Tasche und mache mich auf den Weg.

Ich drücke die Zigarette aus und reiße die Haustür der *Res-Obscura-Verbindung* auf. Höflichkeit? Ja klar, die lasse ich einfach platzen. Schließlich betreten die beiden mein Haus täglich ohne jeglichen Anstand. Mittlerweile haben sie vermutlich einen Schlüssel, und wenn nicht, nehmen sie eben den Weg durch das Poolhaus oder die Tiefgarage, die unsere Häuser miteinander verbinden. Das Ganze hat sich in den letzten Tagen zu einer merkwürdigen, angenehmen Routine entwickelt.

Oft komme ich von Vorlesungen, der Bibliothek oder Treffen mit Eve, Sofia und Leon zurück, und die beiden sitzen wie festgewachsen in meinem Salon, als würden sie dort wohnen. Manchmal spielen sie einfach Karten, lassen sich von meiner Ankunft nicht im Geringsten stören, als würden sie sich einbilden, dass sie die neuen Bewohner des Anwesens seien. Mein Zuhause wurde ein Treffpunkt für die *"Res Obscura Runde"*. Ein neuer Trend, den ich nicht bestellt habe, aber mich immer wieder aufs Neue überrascht. Noch überraschter bin ich darüber, dass ich mich mittlerweile sogar darüber freue sie zu sehen.

Als ich die Jungs gestern mit der Begründung, dass ich in Ruhe für eine wichtige Klausur lernen möchte, versuchte rauszuwerfen und mich ins Kaminzimmer verzog, kam Isaac kurzerhand zu mir und half mir.

Währenddessen entzündete Logan den Kamin und genehmigte sich danach gemütlich einen Joint auf dem Sofa. Erstaunlicherweise schaffte es Isaac, mit mir zu lernen, ohne mir groß zu nahe zu kommen. Er war der perfekte Mentor und konnte mir alles mit Ruhe und Ausdauer erklären. Doch kaum war er sich sicher, dass ich mein

Lernpensum erfüllt habe, war er wieder ganz der Alte und reizte mich wie gewohnt.

Es ist verrückt, aber mittlerweile genieße ich einfach alles, was mit den beiden Chaoten zusammenhing. Es gefällt mir, wie sie mich einfach von meinem inneren Chaos ablenken und gleichzeitig ein neues wesentlich angenehmeres heraufbeschwören.

Natürlich sind da auch noch die anderen, doch Sofia kämpft sich immer noch durch jeden einzelnen Tag, was natürlich verständlich ist. Und zwischen Eve und Leon begann es zu kriseln, immer seltener saßen sie beieinander. Eve erzählte mir, dass Leon sogar ziemlich abweisend war, was sie verzweifeln ließ. Sie mochte ihn wirklich! Ich setze auf meine To-Do-Liste, ihn mir mal vorzuknöpfen. Vielleicht steckt auch mehr dahinter und er ist schließlich genauso mein Freund, wie Eve meine Freundin. Aber erst ist Vincent an der Reihe!

»Vincent!« rufe ich wütend durch die Eingangshalle. »Verdammt, ich weiß, dass du wieder zurück bist. Komm sofort her, ich habe keine Lust mehr auf diese Scheiße, wir müssen reden!« Stille.

Dann ertönt ein Poltern im oberen Stockwerk und Logan steht am Treppenabsatz. Mit einem Handtuch um seine Schultern und nur einer grauen Jogginghose bekleidet, sieht er mich an.

»Was machst du für einen Lärm, Vinc ist nicht da!« Ich starre auf seine nackte Brust, die ein großer Vogel ziert, ich wusste nicht, dass er auch tätowiert ist. Neugierig betrachte ich ihn. Ich weiß, dass er gut gebaut ist, aber so sieht er wirklich heiß aus!

Gott, Isaac färbt langsam auf mich ab! Solche Gedanken darf ich nicht zulassen. Selbst wenn er der Sexgott persönlich wäre, bin ich schon von genug verrückten Männern umgeben, die mich wahnsinnig machen. Da muss er sich als einzig Normaler nicht auch noch einreihen. Die Männer in meinem Leben sind definitiv nicht förderlich für meine geistige Gesundheit. Vielleicht sollte ich mir einen Goldfisch zulegen, zumindest würde er keine unangemessenen Gedanken in meinem Kopf platzieren.

Ich beiße mir auf die Unterlippe, spüre die aufsteigende Wut in mir. Mein Körper versteift sich, und meine Fäuste ballen sich automatisch.

Die Unklarheit und Unsicherheit lassen mich innerlich brodeln. »Wo zum Teufel ist er? Er geht mir schon seit Tagen aus dem Weg. Er ist mir verflucht nochmal eine Antwort schuldig!«

»Ganz schön viele Flüche, Kleines. Er geht dir nicht aus dem Weg. Er ist nach unserem gemeinsamen Frühstück weggefahren und seitdem nicht wieder aufgetaucht.« Seine Worte verursachen einen Stich in meiner Magengegend. Kurz bekomme ich ein schlechtes Gewissen. Was, wenn etwas passiert ist? »Und warum kann er mir dann nicht einfach eine Nachricht schicken oder anrufen? Er kann doch nicht einfach immer wieder verschwinden!« Mein Blick fixiert Logans Vogel auf der Brust, er kommt mir so bekannt vor, während meine Hände nervös miteinander ringen. Warum habe ich das Gefühl, dass mir etwas verschwiegen wird?

Logan zuckt mit den Schultern, als wäre es ihm egal.

»Wenn es um seine Familie geht, ist er ein Buch mit sieben Siegeln. Früher oder später taucht er hier wieder auf, als wäre nie etwas gewesen.« Mein Blick verengt sich.

»Früher oder später? Das beruhigt mich wirklich, Logan.« Er kommt die Treppenstufen hinunter, sein nasses Haar glänzt im Licht.

»Das Thema hatten wir diese Woche doch schon mehrfach, oder? Du bist es nicht gewohnt, dass dich jemand einfach ignoriert. Aber bei Vincent kannst du dich gleich mal daran gewöhnen.« Ein Seufzen entweicht meinen Lippen, Sofias Warnung schwirrt in meinem Kopf. Wenn sie recht hatte? Hat er mich durch seine Art direkt in den Bann gezogen und mich wie abhängig gemacht? Und jetzt? Lässt er mich fallen? Fickt er mein Herz und meinen Verstand gleichzeitig? Ich fühle mich langsam aber sicher wie ein Junkie, der sein Koks vermisst!

»Außerdem dachte ich, wir zwei halten dich genug auf Trab?« Logan geht zwinkernd an mir vorbei und lässt mich vor der Treppe stehen, auf die ich mich verzweifelt sinken lasse. Ein Klirren aus der Küche ertönt, und er taucht wieder auf, zwei Bierflaschen in der Hand; eine davon reicht er mir mit einem verschmitzten Lächeln.

»Du siehst aus, als könntest du etwas Ablenkung gebrauchen.« In diesem Moment könnte ich ihm fast dankbar sein. Ein großzügiger Schluck Bier fließt meine Kehle hinunter. Logan hat eine seltsam niedliche Art an sich.

Er wirkt so durchsichtig und desinteressiert, fast schon verpeilt, was wahrscheinlich auch an seinem Hanfkonsum liegen könnte. Und doch ist er so aufmerksam, ihm entgeht nichts, er weiß die ganze Zeit, wie ich mich fühle. »Ich habe das Gefühl, dass ich langsam den Verstand verliere und das gefällt mir überhaupt nicht!«, murmele ich mehr zu mir selbst. Er reicht mir seine Hand und hilft mir von der Treppenstufe hoch. »Ich habe den Kamin angezündet. Das Sofa ist um einiges bequemer als die Treppe.« Stumm folge ich Logan und lasse mich auf das Sofa fallen, meine Knie eng an die Brust gedrückt. Die mühsam aufrechterhaltene Fassade bröckelt weiter, und ich fühle mich einfach nur dämlich. Vincent war mir in kurzer Zeit so vertraut geworden und doch weiß ich überhaupt nichts über ihn. Wie kann er überhaupt so eine Wirkung auf mich haben? Logan stochert gedankenversunken im Kamin herum und beobachtet die tanzenden Flammen, während sich meine eigenen Gedanken selbstständig machen.

»Das hast du nicht verdient.« Es war mehr ein leises Flüstern, sodass ich mir nicht einmal sicher war, ob er es wirklich ausgesprochen hat. Plötzlich richtet er sich auf und nimmt neben mir auf dem Sofa Platz. Die Stille zwischen uns fühlt sich merkwürdig an, beinahe gespannt.

»Erzähl mir etwas über dich«, fordere ich ihn heraus und hebe meine Bierflasche. Die Schatten des Feuers tanzen über seine markanten Gesichtszüge, und seine Wimpern werfen lange Schatten auf seine Wangen. Ein amüsiertes Lächeln spielt um seine Lippen, als er den Kopf zu mir dreht. Seine Hand greift nach meinen Beinen, um sie über seinen Schoß zu legen, und gleichzeitig dreht er mich in eine mehr liegende Position. Diese Geste ist merkwürdig vertraut, viel zu intim, und doch gibt sie mir ein seltsames Gefühl der Geborgenheit.

»Was möchtest du denn über mich wissen, Kleines?« Er stellt sein Bier auf meinem Oberschenkel ab, und ich überlege kurz. Es gibt so viele Dinge, die ich über ihn erfahren möchte. »Etwas ganz, ganz Simples«, sage ich und lasse meinen Blick über seinen Körper gleiten.

»Warum hast du einen Phönix auf deiner Brust tätowiert?« Er verschluckt sich an seinem Bier, und ein Anflug von Bewunderung zeigt sich in seinem Blick.

»Das möchtest du wissen? Der Phönix ist ein Wesen der chinesischen Mythologie und steht für Glück und...« Ich versuche, mich aufzurichten und ihm meine Beine zu entziehen, aber er hält sie an Ort und Stelle.

»Logan, verarsch mich nicht. Ich weiß, wofür der Fenghuang steht, aber was bedeutet er für dich?«

»Langsam verstehe ich, was Isaac und Vincent an dir so faszinierend finden. Nun, da steckt nicht viel dahinter. Der Fenghuang soll mich einfach daran erinnern, welches Glück ich bisher im Leben hatte.« Ich sehe ihn nur fragend an, als er seufzend weiterredet. »Diese ganzen Snobs hier jammern immer auf hohem Niveau, haben Probleme, die keine sind! Wie vielen Menschen auf unserem Planeten geht es verdammt schlecht, wie viele haben nicht genug zu essen? Viel zu viele! Wir sind die kleine Oberschicht, und unser größtes Problem ist, dass uns das neue iPhone nicht vor dem offiziellen Termin zugeschickt wird? Das ist lächerlich. Die meisten, die hier studieren, dich eingeschlossen, haben nichts für ihren Wohlstand getan. Sie hatten nur das Glück in die richtige Schicht geboren worden zu sein.

Das sollten wir nicht vergessen.«

»Danke.« Ein sanftes Lächeln breitet sich auf meinem Gesicht aus. Es ist faszinierend, wie viel Tiefe hinter Logan steckt, mehr, als ich auf den ersten Blick erahnen konnte. »Wofür?«

»Für deine Ehrlichkeit. Bei dir habe ich nie das Gefühl, dass du mich anlügst. Du bist einfach du, im Gegensatz zu den anderen.«

Ein warmer Ausdruck zeichnet sich auf seinem Gesicht ab, und seine Augen wirken durchdringend. Er kneift mir spielerisch in den Oberschenkel. »Wenn das so ist, dann beantworte du mir als Gegenleistung auch eine Frage.« Ich nicke zustimmend, stelle mein leeres Bier neben mich auf den Beistelltisch und sehe ihn erwartungsvoll an.

»Willst du mich?« Seine Worte hallen in meinem Kopf wieder und mein Herzschlag beschleunigt sich.

»Wie meinst du das?« Die Unsicherheit in meiner Stimme ist nicht zu überhören. Er lehnt sich zurück und fixiert mich intensiv. »Du weißt genau, wie ich das meine. Willst du mich? Ich bin nicht Vincent oder Isaac, ich spiele keine Spiele. Ich verschwinde nicht einfach ohne ein Lebenszeichen nach dem Sex. Ich frage, wenn ich etwas möchte, und nehme es mir nicht einfach. Verstehe mich nicht falsch, ich liebe Vincent und Isaac, aber das heißt nicht, dass ich alles gutheiße, was sie machen.«

Meine Wangen erröten sich leicht, und ich schlucke schwer. »Das bedeutet nicht, dass ich eine bessere Partie bin als sie. Wir alle haben unsere eigenen Schatten, gegen die wir täglich ankämpfen müssen«, erkläre ich ruhig. »Egal was passiert, Kleines, ich würde dich niemals verletzen, auch wenn ich manchmal... etwas ungehalten werden kann.« Was meint er mit 'ungehalten'?

Bevor ich näher darauf eingehen kann, wandert seine Hand meinen Oberschenkel hinauf, und ein erregendes Prickeln breitet sich auf meiner Haut aus.

»Ich möchte, dass du einfach etwas abschalten kannst, dein Kopf läuft Non-Stop auf Höchstleistung; bald brennen dir noch die Sicherungen durch.« Wie recht er hat. Ich konnte die Tatsache, dass die Anziehungskraft zwischen uns, uns allen real und intensiv war, nicht länger ignorieren. Auch wenn mir Isaacs Art gerne auf den Geist geht, war ich mir unsicher, wie lange ich noch ankämpfen kann und will. Sie sehen unglaublich gut aus, sind auf ihre unterschiedliche Art einfach anziehend. Was spricht gegen unverbindlichen Sex, mit den Männern vor deren Berührung ich mich nicht fürchte? Was mich erneut an diesen Punkt bringt, ist die Frage: Warum reagiere ich so auf sie? Ihre Berührungen fühlen sich unglaublich gut an, selbst die von Isaac, die mir anfangs so widerlich vorkamen. Wenn ich bedenke, dass ich selbst Rasmus nicht immer ertragen konnte.

»Süße, ich sehe förmlich wie sich deine Zahnräder drehen, ich werde dich zu nichts drängen. Ein einziges Wort und ich hole uns einfach ein neues Bier, und wir unterhalten uns weiter, oder ich lasse dich für eine Zeit vergessen!« Seine Worte hallen in der Luft, und ich spüre die Versuchung, die sie mit sich bringen. Seine Hand gleitet weiter über meinen Bauch, zärtlich über die Stelle, die mein hochgerutschtes Top freigibt. Für einen Moment schließe ich die Augen und suche einen Funken der Angst, doch da war rein gar nichts.

»Ja.« Das Wort entweicht meinen Lippen, und er lächelt zufrieden. Er richtet sich auf, sodass meine Beine auf dem Sofa liegen und gleitet über mich. Jede seiner Bewegungen haucht Leben in den Phönix auf seiner Brust, bis er direkt über mir zum Stehen kommt. »Das wollte ich hören, Kleines!«

Logans Hand fährt beinahe andächtig über meinen Hals, seine Berührung elektrisiert meine Haut, während sie sanft zu meinen Brüsten gleitet. Ein Seufzen entweicht mir, als seine Finger über meine empfindliche Haut streichen. Seine Hände wandern weiter nach unten, bis sie den Saum meines Tops erreichen, und mit geschickten Fingern beginnt er, es langsam nach oben zu schieben, enthüllt Stück für Stück mehr von meiner Haut.

»Es tut mir leid, Kleines, aber dein Anblick macht mich einfach zu geil für ausgedehntes Vorspiel«, flüstert er verführerisch in mein Ohr, seine warme Stimme schickt Schauer der Erregung über meinen Rücken. Gott, dieser Mann bringt mich alleine mit seinen Worten um den Verstand!

Und dann, als hätte jemand in ihm einen Schalter umgelegt, verdunkeln sich seine Augen zunehmend, und er beginnt in Windeseile, uns der Kleidung zu entledigen, alles andere als vorsichtig. Seine Hände sind gierig, seine Bewegungen hastig. Es dauert keine Minute, und wir sind beide vollkommen nackt. Es ist das totale Gegenteil, wie mit Vincent. Die Kleidung liegt wild verteilt um uns herum, und Logan mit seinem Gewicht auf mir, seine Zunge tief in meinem Hals. Jeder Kuss fühlt sich an wie ein elektrisierender Funke, der durch meinen Körper zuckt und meine Haut zum Glühen bringt.

Ich höre das vertraute Geräusch der Kondompackung, die aufgerissen wird, und spüre ihn an meinem Eingang, ohne dass er den Kuss auch nur unterbricht. Langsam und viel zu vorsichtig, dringt er Stück für Stück in mich ein. Er dehnt mich bis aufs Äußerste, lässt mir dabei die nötige Zeit, um mich an seine beachtliche Größe zu gewöhnen, als hätte er Angst, ich könnte unter ihm zerbrechen.

Ein leises Stöhnen entweicht meinen Lippen, als ich seinen vollen Umfang spüre, der mich einnimmt und meinen Körper zum Beben bringt. Jeder Zentimeter seines Schwanzes sendet Wellen der Lust durch meinen Körper, und ich drücke ihm mein Becken entgegen, um ihn noch tiefer in mich aufzunehmen.

Logans Bewegungen werden zunehmend kraftvoller und bestimmter, während ich ihm meine Nägel in seinen breiten Rücken grabe. Jeder seiner Stöße drängt mich näher an den anbahnenden Höhepunkt.

In dem Moment, als sein Atem schneller wird und seine Bewegungen sich intensivieren, spüre ich, wie sein Glied in mir pulsiert und zuckt. Seine Muskeln spannen sich an, und er stöhnt laut auf, während sein Körper von einem gewaltigen Orgasmus geschüttelt wird.

Dumme, naive Hure. Benimmst dich wie…

Ich kann es nicht begreifen. Wenn ich auch nur einen Tag länger mit ansehen muss, wie diese elenden Schwachköpfe dich berühren, meinen Besitz anfassen, explodiere ich!

Ich habe mich nur für dich zurückgehalten, aber das wird sich von nun an ändern. Bald, sehr bald… Doch ich darf meinen Plan nicht gefährden, Baby!

Aber habe keine Sorge, sie werden noch dafür leiden, du wirst dafür leiden. Ihre Schmerzen werden meine Befriedigung sein, und ich werde sicherstellen, dass sie es auf die härteste Art und Weise bereuen.

Niemand darf sich an das wagen, was mir gehört. Niemand. Du hast nichts gelernt, als wir uns das letzte Mal sahen? Traurig.

Aber warte ab, der Unterricht wird bald weitergehen.

KAPITEL 20
FREIA

Logan zieht sich das Kondom von seinem langsam erschlaffenden Penis und wickelt es in ein Taschentuch, das er vom Tisch nimmt, dabei reicht er mir auch eines.

»Wie immer das perfekte Timing, Vinc. Hättest du nicht fünf Minuten später kommen können?« stöhnt Logan.

Vincent? Bei seinem Namen zucke ich zusammen und rappel mich etwas auf. Ich lugte schüchtern über die Sofalehne, und da steht er, sichtlich angepisst mit zusammengebissenen Zähnen. Ein Bluterguss ziert seine untere Wange, seine Finger, die er gerade zu einer festen Faust schließt, sind übel aufgeschürft.

So sehen also Familienangelegenheiten bei ihm aus? Diese Familie möchte ich nicht so schnell kennenlernen.

»Wenn du nicht einer meiner besten Freunde wärst, Logan, wärst du bereits tot, das ist dir hoffentlich klar, oder?« knurrt Vincent. Sein Blick ist finster, und seine Worte tragen eine bedrohliche Schwere, dass es kein Scherz ist.

Logan zeigt sich jedoch wenig beeindruckt von Vincents Drohungen. Gelassen zieht er sich seine Jogginghose an und sammelt dabei meine Kleider ein, um sie mir ruhig zu geben. »Lass deinen inneren Psychopathen nicht so raushängen, Joker! Du siehst doch, was sie gebraucht hat, weil du sie verletzt hast.« Logan deutet mit einem Kopfnicken zu mir, als ich gerade aufstehe, um hektisch in meine Jeans zu schlüpfen. Ich spüre, wie mein Herz schneller schlägt, während ich zwischen den beiden hin und her blicke. Was zum Teufel ist hier los?

»Gib's zu, Mann, sie ist es nicht, die noch nicht bereit dazu ist, sondern du, oder? Denn das ist sie definitiv, so wie sie sich mir bereitwillig hingegeben hat«, fügt Logan gelassen hinzu, als wollte er die Spannung zwischen uns noch weiter anheizen. Ich erstarrte. Was für ein beschissener Film spielt hier? Wofür war ich bereit?

»Wir drei haben ausgiebig darüber gesprochen! Du rührst sie nicht alleine an, was war daran nicht zu verstehen? Was ist, wenn es außer Kontrolle geraten wäre?« Vincent ringt sich sichtlich die Worte ab.

»Mann, du siehst nicht, dass es ein Haufen Scheiße war, oder? Am Ende hätten wir es direkt so machen sollen! Das hätte ihr definitiv einiges erspart und uns mehr Lust beschert! Du warst die letzten Tage nicht hier, sie war nicht weit davon entfernt, wieder in ihren kleinen Fuchsbau zu fallen! Und zur Hölle nochmal, ich habe mich in ihrer Nähe besser im Griff denn je!«

»Du weißt, warum ich nicht hier war!« Vincent wirkt verzweifelt, während er sich durch die Haare fährt. Seine Worte klingen beinahe wie ein Flehen um Verständnis. Ich dachte wirklich, dass *ich* den Verstand verliere, aber tatsächlich sind sie die Verrückten, einer schlimmer als der andere.

Was für einen Scheiß faseln sie da? Logan ist netter und zärtlicher, wie Vincent und Logan zusammen!

»Erstens, wärt ihr bitte so freundlich und sprecht nicht so, als wäre ich gar nicht anwesend? Ich bin hier, ich höre alles! Und zweitens, worüber streitet ihr euch überhaupt? Warum sollte hier irgendetwas außer Kontrolle geraten?« Sie ignorieren mich und Vincent macht einen bedrohlichen Schritt auf Logan zu, der sich zu vollen Größe aufrichtet.

Ich unterbreche die Stille.

»Und was geht es dich an, Vincent, was ich mache? Was geht dich an, mit wem ich schlafe? *Du* hast mit deiner Abwesenheit deutlich zu verstehen gegeben, dass es dir nichts bedeutet hat! Ich schulde dir nichts.«, setze ich noch einen drauf, in der Hoffnung, endlich eine Reaktion zu erhalten. Die ich auch bekomme, Vincent unterbricht sein Blickduell mit Logan, und wendet sich mir zu.

»Ganz einfach, du bist Logan genau so wenig egal wie Isaac oder mir, nicht wahr? Sie haben bisher beide nur nicht die Eier, es laut auszusprechen! Stattdessen spielt *er* hier den freundlichen und verständnisvollen vor, macht einen auf Good Guy, um dich ins Bett zu kriegen«, zischt Vincent in meine Richtung. Doch dann wird sein Gesicht weicher, und er sieht mich liebevoll an. »Du hast keine Ahnung, wie riskant diese Situation gerade für dich war! Baby, das ist alles kompl..«

Und dann passiert alles viel zu schnell. Logan nutzt den Moment, als Vincent abgelenkt ist. Mit einem blitzschnellen Griff packt er Vincent an seiner Lederjacke und schleudert ihn mit brachialer Gewalt gegen die Wand. Ein lauter Knall hallt durch den Raum, als Vincents Kopf mit Wucht gegen das harte Mauerwerk prallt. Ein normaler Mensch wäre wohl sofort außer Gefecht gesetzt, doch Vincent scheint die Wucht des Aufpralls fast unbeeindruckt zu überstehen. Sein Gesichtsausdruck wechselt von Überraschung zu Wut, als er sich Logan gegenüber wieder aufrichtet. »Fuck, ich würde sie nie verletzen, kapiere das endlich! Sag ihr endlich was Sache ist! Sonst mache ich es!« Mein Herzschlag beschleunigt sich, und ich zögere einen Moment, bevor ich einen Schritt nach vorne mache. Sollte ich eingreifen? Ich habe beide noch nie so wütend erlebt. Besonders Logan, von dem ich immer dachte, er würde nicht einmal einer Fliege etwas zuleide tun können. Doch plötzlich verwandelt er sich förmlich wie der Hulk und stürzt sich mit einer unbändigen Wut auf Vincent, als wäre in ihm ein Schalter umgelegt worden.

Bevor ich noch einen Schritt machen kann, werde ich fest am Arm gepackt und von hinten an einen warmen Körper gezogen. Allein schon der Geruch verrät mir, dass es Isaac ist, der die Szene aufmerksam beobachtet. »Bleib lieber aus der Schusslinie, das könnte hässlich werden.«

»Was zum.. wo kommst du denn plötzlich her?« Meine Stimme klingt heiser vor Aufregung. Seine Augen funkeln gefährlich.

»Ach, ich beobachte euch schon eine Weile, einer muss ja die Kontrolle behalten. Es war eine interessante Show, ich bin allein schon vom Zusehen fast gekommen.« Er zwinkert mir zu; er hatte uns beim Sex beobachtet!

Wenn ich jetzt einmal zusammenfasse: ich hatte Sex mit Vincent, der danach wie vom Erdboden verschluckt war. Nur um sich jetzt mit Logan zu prügeln, mit dem ich gerade eben unverbindlich schönen Sex hatte. Der aber laut Vincents Aussage wohl doch nicht so unverbindlich war? Isaac, der Mistkerl, hatte alles beobachtet und macht nicht einmal ein Geheimnis daraus, dass er ein verfluchter Spanner ist.

Ich kann einfach nicht anders und muss laut loslachen. Was für ein krankes Spiel spielen die drei hier eigentlich? Vincent, der gerade Logan am Kragen hochhält und schüttelt, und Logan selbst halten inne und drehen sich zu mir um. Alle drei starren mich nun an, als ob ich komplett durchdrehe.

Ja! Das könnte definitiv der Fall sein.

»Ihr macht mich verrückt, wisst ihr das? Und das meine ich wortwörtlich, ihr raubt mir den letzten Funken Verstand.« Ich schiebe Isaac grob von mir weg und bahne mir einen Weg an den anderen zwei Idioten vorbei zur Haupthalle. Doch Vincent, der Logan losgelassen hat, stellt sich mir in den Weg.

»Du weißt doch was ich davon halte, wenn du versuchst wegzulaufen?« Seine Stimme klingt drohend.

Langsam lasse ich meinen Blick über seinen Oberkörper gleiten und lecke mir über die Lippen. »Niemand hat gesagt, dass ich weglaufe, oder? Eigentlich wollte ich mir etwas zu trinken holen, bevor ich euch allen den Arsch aufreiße!« Ich hole tief Luft.

»Ich kann das einfach nicht mehr, *das hier.*« Ich hebe meine Arme und lasse sie kurz durch die Luft kreisen.

»Das ist einfach krank. Diese ganze Situation mit euch ist krank! Lasst mich das jetzt einmal für alle Beteiligten zusammenfassen. Vincent, du verfolgst mich gefühlt seit Tag eins hier auf dem Campus, suchst meine Nähe, haust dann wieder ab. Nur um mich bei der nächsten Gelegenheit in einer dunklen Ecke zu vernaschen, mit Isaac! Dann verschwindest du wieder, kommst zurück, vögelst mir den Verstand aus dem Leib, machst so etwas wie ein Zuneigungsgeständnis, nur um wieder abzuhauen. Und dann tauchst du wieder auf, mit Verletzungen, die definitiv auf eine Prügelei hinweisen, und machst was? Du versuchst, Logan zu töten, weil wir Sex hatten? Mich zu verurteilen? Mich auf deine kranke Art und Weise, vor was auch immer, zu beschützen?« Ich zähle das Gesagte an meinen Fingern ab und sehe ihm dabei wütend in die Augen.

Er streckt die Hände nach mir aus. »Prinzessin...«

Ich hebe den Zeigefinger zwischen uns auf Augenhöhe. »Steck dir dein Prinzessin sonst wohin! Ich bin noch nicht fertig!« Meine Stimme bebt vor Wut und Entschlossenheit.

Dann wende ich mich Isaac zu, der mit den Händen in den Taschen an das Sofa gelehnt steht und wie immer alles mit einem grinsen beobachtet.

»Und du! Bist genauso ein kranker Idiot! Du tänzelst immer um mich herum, mit deinen Andeutungen und Berührungen. Du verhältst dich, als würden wir uns seit Jahren kennen und schon X-mal im Bett gewesen sein, dabei weiß ich so gut wie nichts über dich! Warum sagst du nicht einfach klar und deutlich, was du möchtest? Einen Porno vor deiner Nase, selbst Sex oder einfach eine auf die Fresse?«

Schließlich drehe ich mich zu Logan um, dessen Augen belustigt funkeln. »Und zu guter Letzt, was sollte das eben? Was für einen Schwachsinn hast du da gerade erzählt, dass ich nicht bereit für etwas sei? Woher willst du wissen, in welches emotionale Loch ich falle und in welches nicht? Verdammt, ihr kennt mich doch nicht einmal richtig! Und verhaltet euch, als gehöre ich euch!«

Als ich die Stille um mich herum wahrnehme, wird mir bewusst, dass meine Worte wie eine Bombe eingeschlagen sind.

Vincent, Isaac und Logan schweigen, aber ihre Gesichtsausdrücke sprechen Bände. Vincent wirkt ernst und nachdenklich, während Isaac mit seinem leicht spöttischen Grinsen da steht, als ob er die ganze Situation amüsant findet. Logan hingegen scheint meine Worte zu analysieren, sein Blick ist intensiv und durchdringend. Mein Herz hämmert wild in meiner Brust, und ein Gefühl der Leere breitet sich in mir aus. Was machen diese Typen nur mit mir?

»Wisst ihr, ich habe genug von diesen Lügen und Spielereien, davon musste ich die letzten Jahrzehnte genug zuhause ertragen, das schaffe ich hier nicht auch noch. Ich spiele da nicht mit, und glaubt mir, das ist auch besser für euch, denn ich beherrsche das wesentlich besser als ihr alle zusammen. Sonst hätte ich das alles nicht überlebt!« Meine Stimme bebt und ich schließe für einen Moment die Augen, während ich versuche, meine Emotionen in den Griff zu bekommen. Was kläglich scheitert, die erste Träne bahnt sich einen Weg über mein Gesicht.

Vincent und Logan tauschen einen kurzen Blick aus und Vincent senkt langsam seinen Kopf, als würde er über meine Worte nachdenken.

»Was genau wollt ihr wirklich von mir? Was bedeute ich euch? Ich muss wissen, ob das für euch alle nur ein Spiel ist, bevor das bisschen, was von meinem Herz noch übrig ist, auch noch gebrochen wird« flüstere ich mehr zu mir selbst als zu ihnen. Ich fühle mich, als wäre ich in einem Strudel aus Verwirrung gefangen, und doch sehne ich mich nach Klarheit. Mir wird erst bewusst, was ich gesagt habe, als alle drei mich mit riesigen Augen ansehen.

»Kleines, wir spielen nicht mit dir, wir wollten die ganze Zeit nur dich, jeder auf seine eigene Art. Selbst Isaac hast du den Kopf verdreht, auch wenn er es nicht zugibt.« Logans Stimme klingt ruhig und bestimmt, und ich spüre, wie sich ein Knoten in meinem Magen löst.

»Warum ihr? Warum ich?« Die Frage kommt unweigerlich über meine Lippen, während ich immer noch versuche, die Bedeutung hinter seinen Worten zu verstehen.

Vincent tritt wieder einen Schritt auf mich zu und ich kann die Intensität seines Blickes förmlich spüren.

»Baby, hast du immer noch nicht verstanden, dass du so verdammt besonders bist? Und damit meine ich nicht deinen Status, darauf scheiß ich, wir! Sondern du, deine Person. Du strahlst es mit jeder Pore deines Körpers aus, mit jedem Lächeln, mit jedem trotzigen Blick!«

Er streicht zärtlich über meine Wange, wischt die Tränen weg. Seine Worte treffen mich wie ein Blitz, und ich spüre eine Mischung aus Verlegenheit und Stolz in mir aufsteigen.

Isaac tritt neben Vincent und legt sanft seine Hand auf meine Schulter. »Kleine Füchsin, ist dir überhaupt bewusst, wie verdammt heiß du bist, wenn du wütend wirst? Dein Temperament, wie du uns allen die Stirn bietest? Ich war bereits verloren, als ich dich geküsst hatte. Hätten wir mit deinem Wikinger nicht dafür gesorgt, würden die Männer hier bei dir Schlange stehen und dich nicht mehr in Ruhe lassen! Das haben alle kapiert bis auf Butcher, der sowieso lebensmüde ist!«

Ein warmes Gefühl der Anerkennung durchflutet mich, und ich spüre, wie meine Wangen sich leicht röten. Haben mir gerade tatsächlich alle drei gestanden, dass ich ihnen mehr bedeute, als ich dachte?

Bevor ich zu einer Antwort ansetzen kann, tritt Logan näher, sein Blick ist nachdenklich. »Wir haben alle drei das gleiche Ziel, aber auf dem falschen Weg versucht, es zu erreichen.« Sein Blick trifft meinen, und ich kann darin eine Mischung aus Sehnsucht und Verlangen erkennen.

Diese unerwartete Ehrlichkeit trifft mich wie ein Schlag. Alle meine Gedanken wirbeln durcheinander, und ich versuche, die Bedeutung hinter ihren Aussagen genau zu erfassen. Bin ich wirklich so besonders? Habe ich unbewusst so eine Wirkung auf sie alle? Ein seltsames Gefühl der Erregung durchströmt mich, als ich ihre Nähe bewusst spüre. Es ist, als ob die Luft zwischen uns elektrisch aufgeladen ist. Die Intensität ihres Blickes lässt mein Herz schneller schlagen, und ich fühle mich gleichzeitig verwirrt und erregt. Mein Gehirn rattert mindestens so schnell wie mein wild pochendes Herz. Ich kann es noch nicht ganz glauben. Haben mir gerade alle von ihnen auf ihre eigene verdrehte Art ihre Gefühle gestanden?

Ich öffne den Mund, um etwas zu sagen, schließe ihn jedoch wieder und lasse meinen Blick nachdenklich zum Kaminfeuer hinter ihnen schweifen. Was sagt man dazu, es kommt nicht oft vor, dass ich sprachlos bin.

»Verdammt, ich habe doch gesagt, dass sie momentan nicht in der Verfassung für so einen Scheiß ist. Jetzt brennen ihr alle Sicherungen durch«, faucht Vincent Logan an. Ich habe keine Ahnung, aus welcher Ecke meines kranken Hirns plötzlich dieser Gedanke, dieses Gefühl kommt, aber ich will sie, sie alle.

»Vincent?« Er dreht sich sofort wieder zu mir.

»Ja, Prinzessin?«

Sein Blick ist so weich, dass ich drohe, mich darin zu verlieren. »Bring mich in dein Schlafzimmer!« flehe ich leise. Das lässt er sich nicht zweimal sagen. Er nimmt mich auf den Arm, will mich sofort aus der Situation bringen und trägt mich zur Tür. Die Blicke von Logan und Isaac brennen förmlich auf meinem Rücken, als ich mich abwende. Die Situation ist surreal, wie aus einem verrückten Film entsprungen. Doch jetzt gibt es kein Zurück mehr.

»Was ist mit euch? Braucht ihr eine Sondereinladung?«, rufe ich Logan und Isaac über meine Schulter zu.

Vincents Arme verspannen sich, und er senkt den Blick, unsicher, ob das, was wir tun, richtig ist. Ich lächle ihn an, ja, ich will es!

Als Vincent die Tür seines Schlafzimmers öffnet, bin ich überrascht von der schlichten Eleganz des Raums.

Das Bett ist groß und einladend, die Vorhänge halb zugezogen. Bevor ich mich genauer umsehen kann, setzt er mich sanft auf meine Füße, und ich spüre, wie sich meine weichen Knie leicht beugen. Vincent tritt näher, sein Blick ist intensiv, voller Verlangen und zugleich voller Sorge. »Bist du sicher, dass du das willst?«, flüstert er, seine Stimme rauchig und voller Emotionen.

Ich nicke und ein Hauch von Entschlossenheit mischt sich in meine Antwort. »Ist das ein Problem für dich?« Mein Herzschlag hämmert laut in meinen Ohren, als er sich mir nähert und meine Lippen mit den seinen verschmelzen. Es ist ein Kuss voller Sehnsucht, Verlangen und der Hoffnung auf Erlösung von all dem Chaos, das uns umgibt.

In diesem Moment vergesse ich alles um mich herum, jede Sorge, jeden Zweifel.

»Du weißt, was du sagen musst, wenn du es nicht mehr aushältst!«

KAPITEL 21
LOGAN

Oh Kleines.

An diesem Abend habe ich vieles erwartet, aber sicher nicht diese Wendung.

Du hast mit deiner Ansage genau ins schwarze getroffen, Isaac und ich schwirren in den letzten Tagen wie Bienen um den Honig um dich herum - weil Vincent es verlangt hat.

Unsere Aufgabe ist es, dich wie die vorherigen Tage auch schon von der Abwesenheit von Vincent und Rasmus abzulenken und zu beschützen, damit sie sich in aller Ruhe um *das* Problem kümmern können. Zugegebenermaßen war ich anfangs nicht erfreut darüber, Babysitter für eine sture Prinzessin zu spielen. Doch wir beide wissen, wie notwendig unser Schutz ist.

Wenn Vincent diesen Sicherheitstyp in spe nicht ausgeschaltet hätte, wer weiß, was mit dir geschehen wäre.

Die vorherige Drohung könnte man noch als schwache Aktion abtun, aber dieser falsche Wachmann? Der was tun sollte? Dich misshandeln, entführen oder töten? *Er* meint es ernst, *er* will dich. Und ich dachte, Vincent und ich wären gefährlich für dich. Doch du steckst voller Überraschungen.

Ich kann nur hoffen, dass wir diesen Psychopathen bald finden und qualvoll töten, bevor du etwas davon merkst. Dein Wikinger ist mehr als geschickt darin, Spuren zu beseitigen und alles von dir abzuschirmen.

Doch du bist ein kluges Mädchen, und es wird nicht lange dauern, bis du es herausfindest und dafür die Hölle über uns hereinbrechen lässt. Da bin ich mir sicher!

Ja, meine Kleine, was soll ich dazu noch sagen?

Vincent wusste ganz genau, dass ich dadurch wieder an diesem einen kleinen, aber entscheidenden Punkt angelangt bin, an dem die Schatten drohen, mich zu verschlingen, als ich erfahren habe, in was für einer Gefahr du schwebst. Sie kratzen gefährlich nahe an der Oberfläche, bereit, durchzubrechen, und in diesem Zustand sollte ich auf keinen Fall alleine mit dir sein, geschweige denn Sex mit dir haben.

Zumindest dachte ich das, bis jetzt. Mit jedem Tag, den ich in deiner Nähe verbringe, beginne ich zu erkennen, wie du unwissentlich mit deinem Licht die Schatten zurückdrängst, tiefer in die Dunkelheit hinein.

Du bist anders als die anderen Frauen hier auf dem Campus, und ich kann nun verstehen, wie du Vincent so schnell um den Finger gewickelt hast. Wer hätte gedacht, dass die kleine rothaarige Prinzessin wie ein Defibrillator auf sein totes schwarzes Herz wirken würde? Wer hätte gedacht, dass unser Isaac seit diesem Kuss, keinen Blick mehr für Helena oder eine andere Bitch übrig hat und die Finger nicht mehr von dir lassen kann? Wer hätte gedacht, dass du wie ein Leuchtturm in meinem Inneren fungierst und das alles, ohne auch nur den geringsten Schimmer davon zu haben!

Niemand!

Isaac war natürlich sofort von der Idee begeistert; eine willkommene Abwechslung für ihn. Dazu konnte er noch mehr in deiner Nähe sein und jede Gelegenheit nutzen, um dich zu reizen und aus der Reserve zu locken. Das ist sein eigenes krankes Spiel, in dem er versucht, Frauen den Kopf zu verdrehen. Normalerweise braucht er keine zehn Minuten, und die Frau ist ihm bereits auf diese Art verfallen. Und sinkt auf die Knie. Helena ist das beste Beispiel, nur dass sie sich wie eine kleine, widerliche Zecke versucht hat, an ihm fest zu saugen, was sein Interesse nach ein paar gemeinsamen Nächten schnell abtötete.

Wir binden uns nicht, wir nehmen, was wir wollen, gefragt oder ungefragt. Wir teilen unsere Beute untereinander, spucken sie unverdaut wieder aus, du wurdest doch schon vor uns gewarnt. Das sind wir! Jeder von uns auf seine eigene Art krank, verdorben und hungrig. Zusammen das perfekte Raubtier. Aber du, Freia, bist anders. Mit dir ist es anders. Das alles macht dir keine Angst, es gefällt dir. Du lässt dir nichts gefallen. Im Gegenteil, du drehst den Spieß einfach um, ohne es zu wissen. Du hältst gegen uns an, bist so stark und selbstbewusst, kennst deinen eigenen Wert. Das macht uns auf eine andere, unbekannte Art rasend.

Und doch trägst du in deinen Augen immer einen kleinen Teil der Unsicherheit, etwas Unscheinbares. Wie ein kleines Kind, das in deinem Inneren gefangen gehalten wird.

Was uns zu diesem Punkt bringt, an dem wir jetzt sind. Ich will dieses kleine Kind kennenlernen, deine echten Sorgen und Ängste, die du so gut verbirgst.

Und in diesem Moment fiel mir nichts anderes ein, als dich so zärtlich zu vögeln, wie es mir möglich ist, während ich gleichzeitig meinen Platz in dir festigte.

Es auszunutzen, dass du in mir auf einer anderen Ebene mehr siehst als in Vincent und Isaac. Es ist wie ein Spiel für mich selbst, das ich auf meine eigene psychopathische Weise genoss. Und natürlich muss genau in diesem Moment dein schwarzer Ritter erscheinen, um dich nun heldenhaft aus der Gefahrenzone zu tragen. Du hast keine Ahnung, wie sehr du uns bereits in deinen Bann gezogen hast, Kleines! Ich kann nur beten, dass uns genau das nicht zum Verhängnis wird.

»Was ist mit euch? Braucht ihr eine Sondereinladung?«, erklingt deine Stimme laut, als du an seiner breiten Brust vorbei zu uns schielst.

Was zur Hölle? Ich schaue zu Isaac rüber und sehe in seinem Gesichtsausdruck, dass auch er nicht ganz sicher ist, was er von der Situation halten soll. Doch dann verzieht sich sein Mund zu einem Grinsen. »Worauf warten wir noch, McAllister? Sie hat deutlich gemacht, was sie möchte!

Sag mir, Baby. Wen soll ich zuerst töten?

KAPITEL 22
ISAAC

Als ich Vincents Zimmer betrete, fällt mein Blick auf Logan, der bereits an einer Kommode lehnt. Seine Augen glänzen gefährlich, als er beobachtet, wie Vincent sie zärtlich küsst und rückwärts gegen sein Bett drückt. Bereitwillig krabbelt sie in die Mitte des Bettes und sieht jedem von uns für einen Moment in die Augen. Ihre Blicke durchdringen mich, und ich frage mich, ob sie Vincents Dunkelheit und Logans Schatten, die Gefahr in ihren Augen erkennt. Wenn ja, ist sie wirklich so naiv? Jede normale Frau wäre längst geflohen, aber sie nicht.

Vincent wird ihr niemals wehtun, das weiß ich. Er liebt sie, von der ersten Begegnung an. Vorher stürzt er sich von der nächsten Klippe, bevor er ihr ernsthaften Schaden zufügt.

Aber Logan? Ich traue seinen grausamen Schatten nicht. Sie spiegeln sich förmlich in seinen unschuldig wirkenden hellbraunen Augen. Heute muss ich mehr denn je aufpassen, dass sie nicht überhand über ihn gewinnen.

Wie auf Kommando nähern Logan und ich uns dem Bett. Freia sitzt mittlerweile auf den Knien und sieht so verdammt verführerisch unter ihren langen Wimpern zu uns hoch.

Vincent ist der erste, der zu ihr aufs Bett steigt und sie gierig küsst. Es ist nicht zu übersehen, dass er ihr mit diesem Kuss jeglichen Rest Zweifel nimmt und ihr gleichzeitig ein stummes Versprechen der Sicherheit gibt.

Wir setzen uns in Bewegung und nehmen unseren Platz ein, während ihr Blick zwischen uns hin und her huscht. Für einen Moment spüre ich die kläglichen Reste der Verunsicherung in ihren feinen Gesichtszügen, doch sie verschwindet so schnell, wie sie gekommen sind, als Vincent sie am Hals packt und sie bestimmt in die Matratze drückt.

Vielen Frauen, macht diese Geste schon eine heiden Angst, doch Freia schließt mit roten Wangen die Augen, bereit für alles, was kommt. Es ist faszinierend zu beobachten, wie diese feurige Frau auf seine Dominanz reagiert, wie sie danach lechzt, die Kontrolle abzugeben. Und wir sind mehr als bereit, ihr diesen Wunsch zu erfüllen.

Aus meiner Hosentasche zaubere ich ein schwarzes Tuch hervor, das ich nach einem kurzen Abstecher aus meinem Zimmer geholt habe, bevor ich ihnen gefolgt bin. Ein verlockendes Lächeln schleicht sich auf meine Lippen, als ich ihr das Tuch präsentiere. »Das wird dir helfen, das, was wir mit dir vorhaben, mehr zu genießen«, flüstere ich und setze mich behutsam hinter sie.

Als ich ihr die Augen verbinde, spüre ich eine leichte Anspannung von ihr ausgehen. Doch ich weiß, dass sie es genießen wird. Sie wird sich mehr auf das konzentrieren, was wir mit ihr tun, ihre Erregung wird steigen, wenn sie nicht weiß, wer sie berührt. Eine Form von völliger Kontrolle.

Wir verstehen uns ohne viele Worte. Ich richte sie etwas auf, damit Logan ihr erneut ihr Top und ihren BH ausziehen kann, während Vincent behutsam ihre Jeans samt Slip abstreift. Die Stille, die sich zwischen uns ausbreitet, ist gespannt, geladen von Erwartung. Wir betrachten unser Mädchen, wie sie völlig nackt und uns ausgeliefert auf dem

Bett liegt, bereit, alles zu nehmen, was wir ihr geben wollen. Ihre perfekten Brüste heben und senken sich mit ihrer schweren Atmung, während sie erwartungsvoll anfängt zu zappeln.

Vincent ist der erste, der es nicht aushält und sich aus seiner Jacke schält, die er samt Sweater in die Ecke wirft. Mit einer bestimmten Bewegung spreizt er ihre Beine weit, was ihr ein erschrockenes Keuchen entlockt, und versenkt sich zwischen ihren Beinen. »Gott, Baby, wir haben noch nicht einmal angefangen, und du bist schon so feucht«, raunt er zwischen ihren Schenkeln. Logan widmet sich genüsslich ihren Brüsten, wechselt zwischen beiden immer wieder ab, saugt an ihnen und zwirbelt sie heftig mit den Fingern. Ein leises Stöhnen entfährt ihr, als sich der Schmerz mit der Lust vermischt.

Ich fange ihre Hände ein, die sich in Vincents Haare gekrallt haben, um seinen Kopf noch fester in ihre Mitte zu drücken. Nachdem ich sie mit einer Hand über den Kopf festgepinnt habe, packe ich sie grob am Hals und drehe ihren Kopf zu mir. Es ist eindeutig, wie sehr sie darauf steht. Mein Fall ist es nicht, aber bevor Logan auf die Idee kommt und ihr vielleicht einen sichtbaren Schaden zufügt, übernehme ich lieber diesen Part.

Dann senke ich mich auf ihre Lippen und fange jedes noch so kleine Stöhnen mit meinem Mund gierig auf. Sie schmeckt einfach zu perfekt, ich kann es kaum erwarten sie komplett zu kosten!

Die Hitze zwischen uns steigt, während sie unter uns drei wild zu beben und zu zittern beginnt. Ein dünner Schweißfilm bildet sich auf ihrer Haut, als sie den ersten

Orgasmus erlebt, und ich kann nicht anders, als von ihrem Anblick gefesselt zu sein.

Vincent hebt den Kopf und nickt uns stumm zu, ein dunkler Ausdruck liegt in seinen Augen, der mich unter anderen Umständen, in Alarmbereitschaft versetzen würde. Mit einer raubtierhaften Anmut packt er sie an den Beinen und dreht sie mit einem kräftigen Schwung auf den Bauch. Ein keuchender Laut entweicht ihr, als sie die unerwartete Bewegung spürt. Ein Flackern der Erregung huscht über ihre Züge, während ich ihren Oberkörper bestimmt in die Laken drücke, um ihr keinen Spielraum zu lassen.

Logan rutsch etwas tiefer und hält sie fest an den Hüften, ihren Arsch verlockend in die Höhe gereckt.

Ein unkontrolliertes Zucken durchfährt ihre Muskeln, als Vincent ihren Hintern versohlt und sich ihre Haut rot färbt. Ich verstehe nicht, wie das Versohlen ihm so gefällt. Zwar ist der Anblick, wie sich ihr Hintern langsam rötet, definitiv erregend, aber die Mischung aus Schmerz und Lust erscheint mir schwer nachvollziehbar. Sie stöhnt laut auf, ein erregtes Aufbäumen ihres Körpers, der diese Lust und den Schmerz gleichermaßen empfindet, als er sich mit einem kraftvollen Stoß in sie versenkt. Ich halte sie fest auf dem Bett, während Logan behutsam seine Hand zwischen ihre Schenkel gleiten lässt, um ihre Erregung noch weiter zu steigern.

Als Vincent kurz davor ist, seinen Höhepunkt zu erreichen, werden seine Bewegungen wilder und fordernder. Er dringt mit ungezügelter Leidenschaft in sie ein, bis beide ihren Höhepunkt erreichen.

Als ihr gemeinsamer Orgasmus verblasst, löse ich mich von ihr und entkleide mich rasch. Ich trete hinter sie, mein Atem heiß an ihrem Ohr, und kann nicht widerstehen, ihren wunden Hintern fest zu kneten. Sie empfängt es mit einem verzweifelten Keuchen, das den Raum erfüllt und die Lust in der Luft vibrieren lässt.

Ein leises Stöhnen entweicht mir, als ich sie fühle, warm und verlockend, während meine Erregung in ihr noch weiter anschwillt.

Erst als ich tief in ihr bin, platziert sich Logan vor ihrem Mund und rammt ihr seinen Schwanz immer wieder tief in den Rachen. Während Vincent sie mit einer Hand stützt und in der anderen lässig eine Zigarette raucht.

Der Raum ist erfüllt von einem betörenden Gemisch aus Rauch, Liebe und Verlangen, das förmlich in der Luft liegt, als ob es die Wände durchdrungen hätte.

Schließlich kommen Logan und ich gleichzeitig in ihr, und sie wird von einem weiteren Orgasmus erfasst, der sie wie eine Welle der Ekstase überrollt. Für einen Moment ziehen wir uns zurück, um sie nicht zu überreizen, doch sie wackelt verführerisch mit den Hüften, ein leises Flehen um mehr. »Ich hoffe, ihr habt nicht schon euer komplettes Pulver verschossen?« flüstert sie mit einem schelmischen Grinsen. Wir scheinen ein kleines unersättliches Monster geschaffen zu haben.

Ich entferne ihr die Augenbinde und streiche sanft die verschwitzten Haare aus ihrer Stirn. Sie blinzelt gegen das Licht an und sieht zu mir hoch. »Dieses Mal sollst du sehen, wer dich zum Höhepunkt bringt«, flüstere ich, meine Worte lösen sofort einen Schauer über ihren Körper aus. Gott, sie war perfekt für uns.

Während ich mir vorstelle, ob sie schon für zwei von uns gleichzeitig bereit ist, streiche ich ihr über den Hintern und fahre mit den Fingern durch die hintere Spalte, was zu einer leichten Verkrampfung ihrerseits führt. Es wäre wohl ihr erstes Mal. Ein Blick zu den anderen und Vincent schüttelt den Kopf, während er seine Zigarette ausdrückt. Dann wohl heute nicht.

Vincent dreht sie behutsam, beinahe zärtlich, auf den Rücken. Ich rücke zur Seite, um ihm Platz zu machen, und entsorge das volle Kondom, bevor ich zurückkehre, um das Geschehen weiter zu beobachten.

Logan packt sie gerade mit einem schnellen Ruck an den Hüften und zieht sie an die Bettkante, ihre Beine geschickt um seinen Nacken geschlungen. Ein Stöhnen entfährt ihr, als er sich mit seiner Zunge in sie versenkt, und sie wirft den Kopf in den Nacken, die Augen vor Lust geschlossen.

Vincent positioniert sich hinter ihr und spielt mit ihren steifen Nippeln, während ich sie im Nacken packe.

»Der Sinn, dass wir dir die Augenbinde abgenommen haben, war, dass du uns siehst. Also öffne deine Augen!«, flüstere ich ihr ins Ohr und beiße ihr zur Verdeutlichung in den Hals.

Das war zu viel für die kleine Füchsin, denn ein weiterer Orgasmus überrollt sie, und ich kann ihn in ihren Augen sehen.

Logan erhebt sich zwischen ihren Beinen und streicht sich über den Mund, konnte es sich nicht nehmen lassen, ihr einen Kuss zu geben. Sie richtet sich zittrig auf dem Bett auf, ein leises Zittern noch in ihren Gliedern. Vincent steht auf und zieht ein Shirt aus dem Schrank, das er ihr über den Kopf zieht. »Noch ein Orgasmus und wir haben sie ins Nirvana gefickt«, das war Vincents Sprache dafür, dass wir die Finger von ihr lassen sollten. Doch ob sie das überhaupt möchte? Mit einem bösen Lächeln rutsche ich zu ihr und ziehe sie auf meinen Schoß. Ein kleiner Check zwischen ihren Beinen entlockt ihr ein weiteres Stöhnen. »Ich glaube, wir haben hier keine Füchsin, sondern eine kleine Raupe Nimmersatt.«

KAPITEL 23
FREIA

»Ich hoffe, ihr ist klar, dass es kein Zurück mehr für sie gibt.« Isaacs Stimme klingt so verdammt düster.

»Sie gehört zu uns, und jeder, der sie anrührt, egal auf welche Art, bringe ich eigenhändig um«, stimmt ihm Logan auf eine bedrohliche Art zu.

Diese Worte hallen in meinem Kopf wieder, verfolgen mich bis in meine Träume.

Das unangenehme Gefühl der Hitze durchströmt meinen Körper und reißt mich aus meinem tiefen Schlaf. Noch im Halbschlaf kämpfe ich gegen die Decke, die sich wie ein Kokon aus schwerem Stoff um mich wickelt, an. Erfolglos. Müde öffne ich die Augen und nehme meine Umgebung wahr. Es riecht nach einer Mischung aus Rauch, Sex und einem Hauch von Parfüm. Nicht der vertraute Duft meines Zimmers. Verwirrt versuche ich mich unter der Decke zu bewegen, stoße jedoch auf Widerstand. Mein Blick wandert nach unten, und ich erkenne, dass ich zwischen zwei warmen Körpern eingeklemmt bin. Mein Kopf ruht nicht auf einem weichen Kopfkissen, sondern liegt auf einer harten mit Tattoos bedeckten Brust, auf der mich ein Wolf mit gefletschten Zähnen anstarrt.

Mein Herzklopfen wird lauter, und meine Wangen färben sich rosarot vor Verlegenheit.

»Gut geschlafen, Prinzessin?«, murmelt Vincent leise, während er sich unter mir leicht aufrichtet. Seine Haare sind zerzaust, und er lächelt mich verschmitzt an, sein Kopf ruht auf einem seiner Arme, während er sich mit der anderen Hand eine Zigarette anzündet.

Der Körper hinter mir regt sich ebenfalls langsam, und ich drehe mich mit einem müden Gähnen auf den Rücken. Mein Blick trifft auf ein paar hellbraune, verschlafene Augen, die mich anblicken. Es ist Logan, der mich mit einem verwirrten, aber dennoch liebevollen Blick ansieht. Das kann doch nur ein Traum sein.

»Guten Morgen«, flüstert Logan leise und streicht mir sanft eine Strähne meines Haares aus dem Gesicht. Seine Berührung ist sanft wie eine Feder, die über meine Haut gleitet, und ich spüre wie sich eine angenehme Gänsehaut ausbreitet.

Vincent lässt langsam eine Hand über mein Tattoo wandern, was mir einen Schauer über den Rücken jagt. Ich drücke mich an ihn, genieße die Wärme seines Körpers, während ich meinen Kopf auf Logans nackte Brust bette.

»Wie geht es dir?«, raunt Vincent von hinten in mein Ohr.

»Wie soll es ihr gehen, nachdem sie den besten Sex ihres Lebens hatte«, kommt es vom anderen Ende des Bettes, an dem Isaac, nur mit einem Handtuch um den Hüften bekleidet, steht. Sein Blick ist amüsiert, und ein selbstgefälliges Grinsen ziert seine Lippen, als er uns betrachtet. Die Räder in meinem noch müden Hirn rattern, während ich versuche, meine Erinnerungen an die Nacht zu ordnen. Und dann treffen mich seine Worte wie ein Blitz. Das war sicher kein Traum!

»Du, Logan. Ich, wir, zusammen.« Meine Worte klingen undeutlich, während ich mich verlegen unter der Decke verkrieche, als könne sie meine Unsicherheit vor der Situation verbergen. Gestern Nacht hatten wir alle... zusammen geschlafen.

Isaacs helles Lachen durchbricht die Stille.

»Füchsin, nach einer solchen Nacht gibt es keinen Grund mehr, vor uns zu erröten!« Die Decke wird langsam herunter gezogen, und ich finde mich nackt bis auf das Shirt, das Vincent mir vor dem Einschlafen über den Kopf gezogen hatte, vor ihnen liegen.

Die Blicke der Männer brennen auf mir, und ich kann das Knistern der aufgeladenen Energie förmlich spüren. Mein Körper fühlt sich an wie ausgebrannt, als wäre ich stundenlang gejoggt. Jeder Muskel scheint zu zittern und mein Herz schlägt schneller, als könnte es die Anspannung der vergangenen Nacht nicht verarbeiten. Mit immer noch roten Wangen drehe ich mich einfach auf den Bauch und vergrabe mein Gesicht in der Matratze. Die Stille im Raum wird nur von meinem unregelmäßigen Atem durchbrochen, während ich versuche, meine Scham zu bekämpfen. Doch die Bilder der vergangenen Nacht wirbeln in meinem Kopf herum, und ich kann das Gefühl der Überwältigung nicht abschütteln. Plötzlich gibt die Matratze unter mir nach, und ich spüre, wie sie unter einem weiteren Gewicht einsinkt. Eine Hand gleitet sanft über meinen Oberschenkel, und ich merke, wie sich mein Unterleib fordernd zusammenzieht, als ich mich überrascht aufrichte. Doch bevor ich etwas sagen kann, landet die Hand, die mich eben noch streichelte, hart auf meinem Hintern, und ein scharfer Schmerz durchzuckt meinen Körper.

»Hey!«, entfährt es mir, und ich fahre mit dem Kopf hoch, um Isaac böse anzufunkeln.

Ein Blick in die Augen der Männer offenbart ihre unterschiedlichen Reaktionen, und doch steht ihnen allen die selbe Lust in den Augen.

Isaacs Blick ist voller Belustigung. Sein Grinsen ist breit wie das der Cheshire-Katze, die ihre Streiche plant. Es ist offensichtlich, dass er die Situation genießt und sich darüber amüsiert, wie ich mich fühle.

»Nach allem, was ich gestern gesehen habe, scheint es dir doch zu gefallen!« Seine Worte lassen mich erröten, und ich wünsche mir, dass sich ein Loch vor mir auftut, in das ich verschwinden kann.

»So gerne ich das von gestern alles wiederholen würde. Aber vielleicht sollten wir ihr ein paar Stunden Ruhe gönnen, bevor sie komplett außer Gefecht gesetzt ist, oder?« Logan erhebt sich träge vom Bett und streckt sich aus, als hätte er soeben eine Entscheidung getroffen, die unser aller Wohlbefinden berücksichtigt.

Seine Worte versetzen mir einen Stich der Erleichterung. Ich nicke langsam, ein Hauch von Dankbarkeit mischt sich in meine Gedanken. Er hat recht. Noch eine Runde und ich werde wohl kaum mehr beweglich sein. Mein Körper fühlt sich bereits jetzt an, als würde er jeden Muskel in mir protestieren hören. Vielleicht soll ich das Fitnessstudio gegen täglichen Sex mit ihnen eintauschen? Vincent neben mir drückt seine Zigarette aus und reckt sich, wodurch er noch größer als sonst wirkt, während ich mich im Vergleich zu ihm klein und verletzlich fühle.

Isaacs Blick streift mich, und ein schelmisches Lächeln spielt um seine Lippen, als er seine Hand von meinem

Hintern nimmt. »Okay, okay«, gibt er schließlich nach und lehnt sich zurück. Während ich immer noch auf dem Bauch liege und alle drei Männer betrachte, spüre ich, wie mein Herz bei jedem einzelnen von ihnen einen kleinen Satz macht. Es ist verrückt, dass eine Nacht so viel verändern kann!

Vincent, mit seinem markanten Profil und seiner düsteren Ausstrahlung, die ich inzwischen so gut kenne, scheint eine Mischung aus Sorge und Verlangen in seinen Augen zu tragen. Es ist, als ob er ständig darüber nachdenkt, wie er mich vor der ganzen Welt beschützen könnte. Er liegt immer noch neben mir und hat mich keinen Moment aus den Augen gelassen, als ob er befürchtet, dass ich wieder die Flucht ergreifen würde.

Logan hingegen, dessen Blick liebevoll ist, gibt mir alleine durch seine Anwesenheit das Gefühl, dass alles in Ordnung ist. Es ist, als könnte er meine Gedanken lesen und die Unsicherheit in mir spüren. Und dann ist da noch Isaac, der einfach Isaac ist. Sein breites Grinsen bringt mich sofort zum Lächeln.

Trotz der für mich ungewöhnlichen Situation strahlt er eine Gelassenheit aus, die ansteckend ist. Es ist, als ob er uns alle daran erinnern möchte, dass wir das Leben nicht zu ernst nehmen sollen. »Das könnte zur Gewohnheit werden«, bemerkt Logan gelassen, während er sich mit einem selbstzufriedenen Lächeln zur Tür begibt. Isaac erhebt sich ebenfalls. »Vielleicht sollten wir ernsthaft über die Anschaffung eines größeren Bettes nachdenken«, schlägt er vor, während er Logan aus dem Raum folgt.

»Ja, wer hat gesagt, dass wir das wiederholen?«, rufe ich ihnen noch hinterher, als sie den Raum verlassen. Doch als die Tür ins Schloss fällt, kehrt plötzlich Stille ein, und ich finde mich allein mit Vincent in seinem Zimmer wieder.

»Wie viel Uhr haben wir eigentlich?«, gähne ich und lege meinen Kopf auf seinen Oberarm um mich näher an ihn zu schmiegen.

»Es ist kurz nach acht Uhr«, antwortet Vincent ruhig.

Mit plötzlich aufgerissenen Augen springe ich filmreif vom Bett auf, meinen müden Beinen zum Trotz. »Verdammt, um zehn Uhr muss ich eine Hausarbeit abgeben, Vincent! Warum habt ihr mich nicht geweckt?«

»Immer mit der Ruhe, du schaffst das schon rechtzeitig. Jetzt nimm eine warme Dusche, und dann gehen wir zusammen los«, beruhigt er mich mit einem sanften Lächeln. Seine Worte bringen mich wieder zur Besinnung, und ich nicke, während ich auf wackligen Beinen zum Badezimmer torkle. Er hat recht, so kann ich nicht über den Campus gehen, ich sehe nicht nur nach Sex aus, ich rieche auch danach.

Im Badezimmer drehe ich den Hahn auf und lasse das heiße Wasser über meinen Körper strömen, während meine Gedanken wild umherwirbeln.

Als ich fertig bin, hülle ich mich nur in ein Handtuch und kehre ins Schlafzimmer zurück. Auf dem Bett liegen frische Kleider, wohl von einem der Jungs für mich bereitgelegt. Ich bin unschlüssig, ob ich diese Geste als nett oder als ein Eindringen in meine Privatsphäre betrachten soll. Normalerweise, finde ich es nicht so berauschend, wenn jemand in meinem Kleiderschrank wildert.

»Du solltest hier ein paar Klamotten lagern, findest du nicht?«, erklingt Vincents Stimme, als er gerade vom

Balkon hereintritt. »Außer du möchtest, dass Isaac jedesmal deinen Kleiderschrank durchwühlt. Was ihm persönlich sicher zu viel Freude bereiten würde!« Vor Schreck lasse ich meinen BH fallen und blicke zu ihm auf. Schnell drehe ich ihm den Rücken zu, hebe ihn auf und spüre dabei, wie sich meine Wangen vor Verlegenheit röten. »Kannst du dich vielleicht umdrehen?«, bitte ich ihn, doch seine Antwort ist knapp und unerbittlich. »Sicher nicht, wenn du noch einen Kaffee trinken möchtest, solltest du dich beeilen!«, erwidert er und bleibt mit verschränkten Armen an Ort und Stelle stehen, während er mich betrachtet. Ein leichtes Zucken durchfährt mich, und ich schlüpfe so schnell wie möglich in meine Kleidung, bevor ich die Hände in die Hüften stemme und ihn mit zusammengekniffenen Augen ansehe. »Arschloch!«, murmle ich leise, bevor ich mich an ihm vorbei zur Tür begebe. »Wo ist eigentlich mein Handy?«

»Unten. Und jetzt komm«, antwortet Vincent knapp und deutet mit einer Handbewegung an, dass ich weitergehen soll.

Ich folge ihm in die Küche, wo Logan bereits wartet und mir eine Tasse dampfenden Kaffee in die Hand drückt. Er steht in einer frischen Jogginghose und einer Schürze da, die ihn wie einen gestrandeten Koch aus einem Cartoon aussehen lassen, während er gerade Pancakes wendet.

»Frühstück?«, fragt er mit einem breiten Grinsen und zeigt mit dem Pfannenwender auf einen fertigen Stapel, der auf einem Teller neben ihm liegt. Ein Anflug von Euphorie überkommt mich, und ich breche in ein schallendes Gelächter aus, als das Bild endlich in meinem Gehirn ankommt. Die Szene ist so absurd und gleichzeitig so vertraut, dass ich einfach nicht anders kann. »Das Outfit steht dir!«

»Prinzessin, wir sollten langsam los, wenn du rechtzeitig abgeben möchtest!« Vincent's Stimme hallt genervt aus der Eingangshalle wieder, und ein schneller Blick auf die Uhr bestätigt meinen drohenden Zeitdruck.

Mit einem seufzenden Lächeln stehe ich auf und wende mich Logan zu, obwohl ich eigentlich überhaupt nicht gehen will. Das Frühstück hat mir so viele Einblicke in Logans Leben vor der Uni gegeben.

Logan berichtet, dass er die meiste Zeit seines Lebens in Newport Beach verbracht hatte. Surfen war seine absolute Leidenschaft, und er nahm sogar an verschiedenen Surfwettbewerben teil. Er sprach voller Begeisterung über die Momente, in denen er auf den Wellen ritt, und wie das Meer ihm ein Gefühl von Freiheit und Lebendigkeit gab und wie sehr er es vermisst.

Die Verbindung zwischen Isaac und ihm geht sogar noch weiter zurück, wie ich annahm. Ihre Familien sind eng miteinander befreundet, und so wuchsen sie praktisch wie Brüder auf. Ihre Kindheit am Strand, ihre gemeinsamen Abenteuer und die enge Freundschaft, die sie verband, klingen wie die Handlung aus einem sommerlichen Jugendfilm. Genau so ein Leben hatte ich mir immer gewünscht.

Isaac selbst kann nicht viel beitragen, da er mit seinem Vater ein wichtiges Gespräch per Videoanruf führt. Was wirklich schade ist, da ich einige Geschichten sehr gerne aus seiner Sicht gehört hätte, um herauszufinden, ob sie sich wirklich so zugetragen hatten, wie Logan es mir weismachen möchte. Vincent hingegen bleibt während des Frühstücks meist schweigsam am Tisch sitzen.

Als ich Vincent mit ein paar Fragen über sein Leben löchere, scheint er plötzlich wie vom Erdboden verschluckt zu sein. Keine Ahnung, ob ich ihm die falschen Fragen gestellt habe. Vielleicht hat er ja ein Doppelleben als Geheimagent, eventuell ist er heimlich ein Alien, das vom Mars kam. Zumindest würde das seine Größe erklären. Ein normaler Mensch mit normalen Problemen wäre ja schließlich viel zu langweilig, oder?

Bei seinen Launen weiß man nie, woran man ist, sein Abgang ist plötzlich, und ich bleibe mit einem leeren Stuhl und einem Haufen unbeantworteter Fragen zurück. Doch Logan lenkt meine Aufmerksamkeit geschickt wieder auf sich, indem er munter weiter plappert. Als er von dem Mal erzählt, als er Isaac bei einer Party am Strand verlor, vergesse ich, dass Vincent nicht mehr bei uns ist. Logan schildert detailreich, wie er inmitten der Menschenmenge panische Angst bekam, seinen Freund tot im Meer zu finden, und wie er verzweifelt den gesamten Strand absuchte.

Die Erleichterung, als er ihn schließlich mit einem Mädchen schlafend unter dem Rettungsschwimmerturm vorfand, war unbeschreiblich. Die Geschichte bringt uns beide zum Lachen, und Logan strahlt dabei vor Lebensfreude und Abenteuerlust.

»Prinzessin!« ruft Vincent erneut. Schnell gebe ich Logan einen flüchtigen Kuss auf die Wange, was ihn schmunzeln lässt, bevor ich zur Tür husche. Vincent hält mir meine Tasche vor die Nase, und ich kann nicht umhin, einen Moment lang zu lächeln. Wenigstens hat Isaac daran gedacht, während er sicherlich voller Leidenschaft in meiner Unterwäsche herum wühlte. Bevor ich danach greifen kann, hängt Vincent sie sich jedoch lässig über die Schulter und setzt seine Sonnenbrille auf, als wir nach draußen gehen. »Bereit?«

»Bereit für was?«, frage ich, während ich seinem Tempo mit schnellen Schritten folge.

»Bereit, das neue Gesprächsthema des Campus zu werden«, erklärt er mit einem selbstgefälligen Lächeln, während er lässig seinen Arm um meine Schulter legt. Wir schreiten gemeinsam über den Campus, und ich kann nicht anders, als zu bemerken, wie sich die Blicke aller um uns herum auf uns richten.

Vincent setzt damit ein Statement, dass ich nun zu ihm gehöre. Er ist nicht gerade dafür bekannt, seine romantischen Eroberungen öffentlich zur Schau zu stellen. Das macht unsere plötzliche Präsenz auf dem Campus umso bemerkenswerter. Ich kann förmlich spüren, wie Gerüchte und Spekulationen über uns entfachen, wie ein Lauffeuer, das sich unaufhaltsam ausbreitet. Ich muss innerlich über diese Tatsache lachen, während ich in meinen Prinzessinnenmodus wechsle und die Mauer um mich herum hochziehe. Sollen sie doch glotzen, wie sie wollen, das ist nichts Neues für mich!

Als wir an Helena, Beverly und ihren Anhängern vorbeigehen, die uns giftige Blicke zuwerfen, ignoriert Vincent sie konsequent. Ich hingegen kann mir ein selbstgefälliges Grinsen nicht verkneifen, als ich bemerke, wie sie mich mit ihren Blicken erdolchen. Wenn sie nur wüssten, dass nicht nur Vincent Gefallen an mir gefunden hat.

Es dauert nicht lange, da vibriert auch schon mein Handy; unsere Mädelsgruppe, die mittlerweile in *"Die glorreichen drei!"* umbenannt wurde, leuchtet auf.

Dirty-Talk-Time!! Die Campus Rauchzeichen berichten von unserem neuesten Campus DreamTeam?
Hast du ihm vorher wenigstens ordentlich den Marsch geblasen?
- Eve

Ich glaube, sie hat ihm eher etwas anderes geblasen, oder?
- Sofia

LEUTE!
- Ich

Selbst Schuld. Es wäre weniger auffällig gewesen, wenn du nackt über den Campus gerannt wärst!
- Sofia

Du vergisst, dass die Snobs nichts Besseres zu tun haben!
- Eve

Wir wollen Details. ALLE!
- Eve

Er hat seine Abreibung aber bekommen, oder müssen wir ihn uns vorknöpfen?
- Sofia

Oh und wie er die bekommen hat!
- Ich

Und zwar auf eine andere Art und Weise, als er es eigentlich verdient hätte.

»Was ist so lustig?« Vincent starrt auf mein Handy, das ich schnell wieder in meiner Tasche verstaue.

»Nichts Ernstes«, antworte ich und schüttele den Kopf. »Nur ein paar Nachrichten von Eve und Sofia. Die Buschtrommeln sind hier schneller als ich dachte.«

Vincent nickt langsam, scheint aber immer noch nicht ganz zu verstehen. "Buschtrommeln?«, wiederholt er nachdenklich. Ich lächle amüsiert.

Wir erreichen den Saal gerade rechtzeitig. Ein kurzer Moment der Unsicherheit überkommt mich. Sollte ich Vincent einen Abschiedskuss geben? Aber sind wir überhaupt zusammen; sein Statement ist schließlich eindeutig? Und was ist mit Logan und Isaac? Doch bevor ich mir noch weiter den Kopf zerbrechen kann, entscheide ich mich spontan.

Ich stelle mich auf die Zehenspitzen und gebe ihm einen schnellen Kuss auf die Lippen.

»Danke fürs Begleiten«, sage ich, als ich meine Tasche von seiner Schulter nehme und in den Saal eile. Der Professor nimmt meine Hausarbeit mit einem Lächeln entgegen, und ich fühle mich erleichtert, dass ich es rechtzeitig geschafft habe. Diese Arbeit hat mich durch das ganze Chaos außergewöhnlich gefordert. »Wo sitzen wir?« fragt Vincent, der mich durch sein plötzliches Auftauchen neben mir erschreckt und den Blick über die Reihen schweifen lässt.

»Wir? Du bist überhaupt nicht in diesem Kurs! Ich sitze da hinten.« Ich zeige auf eine der hinteren Reihen, die leer sind. Die meisten Studenten bevorzugen es, vorne zu sitzen, aber ich habe ungern andere Leute im Rücken. Daher suche ich mir grundsätzlich einen Platz in den hinteren Reihen. Vincent folgt mir ohne zu zögern und setzt sich neben mich, als ob er dort schon immer hingehört hätte. »Jetzt bin ich es!«

»Geht das denn so einfach?«, flüstere ich, als der Professor die letzten Hausarbeiten verstaut.

»Für mich schon!« lächelt Vincent selbstbewusst. Tatsächlich scheint niemand etwas dagegen zu haben, dass er hier war. Die Vorlesung verläuft ganz normal, auch wenn er, wie mir die neugierigen Blicke meiner Mitstudenten verraten, nicht zu übersehen war.

Zum Glück ist mein Freitag von den Kursen her ziemlich entspannt, ein voller Tag wäre nach dieser Nacht einfach zu viel gewesen. Die Doppelvorlesung in Politik vergeht wie im Flug, und zu meiner Überraschung scheint Vincent äußerst interessiert zu sein und macht sich emsig Notizen. Dabei wirkt er beinahe wie ein strebsamer Student, der tatsächlich etwas aus der Vorlesung mitnehmen möchte. Es ist eine seltsame, aber angenehme Abwechslung, ihn so zu sehen.

Während er sich mit dem Stoff auseinandersetzt, kann ich mich natürlich kaum konzentrieren. Mein Blick huscht unaufhörlich zu ihm, und ich betrachte sein Profil, nutzte jede Gelegenheit, wenn er gerade so vertieft ist, dass er meine Blicke nicht bemerkt.

Seine lockigen, schwarzen Haare sind heute anders als sonst. Statt wie so oft akkurat nach hinten gekämmt, fallen sie ihm wild über die Stirn und verleihen ihm einen lässigen, fast schon jugendlichen Charme. Seine eisgrauen Augen huschen immer wieder zwischen seinen Notizen und dem Professor hin und her, als würde er wirklich aufpassen wollen.

Seine typisch düstere und gefährliche Ausstrahlung, die andere abschreckt und einschüchtert, scheint für mich kaum mehr wahrnehmbar. Sie ist sicher noch genauso stark vorhanden wie immer, aber ich habe das Gefühl, dass er sie mit jedem Tag, den wir uns näherkommen, mehr durchbricht. Gestern Abend kam es mir sogar so vor, als hätte er sie zum ersten Mal freiwillig komplett fallen gelassen.

Ich kann mir ein Seufzen nicht verkneifen, was mir sofort einen fragenden Blick von ihm einbringt. Lächelnd schüttle ich den Kopf und sehe schnell auf meine leeren Notizen.

Auch wenn ich es wirklich genieße, ihn neben mir zu haben und gewissermaßen Zeit mit ihm zu verbringen, hoffe ich doch insgeheim, dass er nicht noch mehr Vorlesungen nur wegen mir besuchen wird. Es ist schwer, meine Konzentration auf den Vortrag aufrechtzuerhalten, wenn er so nah bei mir sitzt. Und ich kann nicht umhin, meinen Blick immer wieder über ihn gleiten zu lassen, besonders auf seine Tattoos, die sich unter dem Stoff seines Shirts entlang seines Halses und über seine Arme schlängeln. Jede

Linie, jedes Symbol brennt sich in mein Gedächtnis, und ich sehne mich danach, mehr über diesen Mann zu erfahren.

Als wir den Saal verlassen und Richtung Mensa gehen, stoppt er plötzlich und neigt sich zu einem Kuss herunter. »Hast du dich in den letzten Stunden genug an mir satt gesehen?«, flüstert er an meinen Lippen.

Ohne eine Reaktion abzuwarten, greift er nach meiner Hand und zieht mich weiter. Es ist schon fast surreal, diesen riesigen, tätowierten Mann, der mit seinem intensiven Blick, der manch einem Angst einflößt, auf dem Campus eher wie der Albtraum in Person wirkt, Hand in Hand mit mir durch die Flure schlendern zu sehen. Es erinnert mich ein wenig an die schöne Zeit in Schweden.

Kurz vor der Mensa treffen wir auf Logan und Isaac, als hätten sie bereits auf uns gewartet. Mein Blick sucht die Tische ab, doch ich kann meine Freunde nicht entdecken. Lediglich Leon sitzt an einem Tisch mit ein paar anderen Männern und mustert mich mit einem finsteren Blick. Es scheint, als wäre er nicht gerade erfreut über unsere Anwesenheit beziehungsweise die meiner Begleitungen.

Wo seid ihr denn?

Tippe ich in unsere Gruppe, als wir uns an einem freien Tisch niedergelassen haben.

Eve antwortet wie immer sofort.

Du musst alleine mit den Reslern fertig werden. Wir haben noch eine Diskussionsrunde nach der Vorlesung.

»Kleiner Fuchs, nun pack das Handy weg oder reichen wir dir als Unterhaltung nicht?« Ertappt tippe ich noch schnell zwei Erinnerungen ein: "Ich muss unbedingt mit Leon und Rasmus sprechen" und lege das Handy weg. Er hatte recht, es ist wirklich unhöflich von mir, ständig am Bildschirm zu hängen.

Und schon beginnt Isaac wieder, wie auch schon in den letzten Tagen, mit meinen Haaren zu spielen, und ich rutsche unbewusst näher an ihn heran. Es scheint sich langsam zu einem richtigen Tick von ihm zu entwickeln, vielleicht dient es ihm auch zur Konzentration. Fakt ist, dass es mir gefällt.

Seine Annäherungen betrachte ich plötzlich mit ganz anderen Augen. Ich genieße sie, wie die Tatsache, dass solche Gesten bereits fest in seinem Unterbewusstsein verankert sind. Durch die gemeinsame Nacht hat sich meine gesamte Haltung den Reslern gegenüber verändert. Es ist alles viel vertrauter geworden. Normalerweise hätte so eine Nacht unangenehme Spannungen hervorrufen sollen, aber bei uns ist das Gegenteil der Fall. Es ist, als hätten wir uns gegenseitig aufgelockert.

Oder als hätte sich eine mir bisher unbewusste sexuelle Spannung gelöst, zumindest was Logan und Isaac betrifft. Worüber ich wirklich glücklich bin. Logan hat sich zu einem guten Freund entwickelt, das hätte ich ungern aufs Spiel gesetzt.

Vincent entgeht diese mir mittlerweile vertraute Geste nicht, und er beobachtet mich mit einem mürrischen

Gesichtsausdruck. Die Vermutung keimt in mir auf, dass er keine Ahnung hat, dass sich in den letzten Tagen mehr als nur sexuelles Verlangen zwischen Logan, Isaac und mir entwickelt hat. Natürlich sind sie extrem sexy und dazu, wie ich nun weiß, absolut göttlich im Bett, aber langsam erkenne ich auch ihre Persönlichkeit, die sich unter ihrer lässigen und manchmal weniger reizenden Art verbirgt. Und diese Männer sind noch viel reizvoller. Es ist fast schon amüsant, wie sich meine Gefühle entwickeln. Wer hätte gedacht, dass eine gemeinsame Nacht so viel mehr emotionale Verwirrung hervorrufen könnte?

Nachdenklich trifft mein Blick den von Leon, der mich von weitem aus seinen sonst so freundlichen Augen durchgehend böse anfunkelt. Vielleicht sollte ich nicht nur versuchen, die Wogen zwischen ihm und Eve zu glätten, sondern auch zwischen uns! Er ist in den letzten Wochen ebenso zu einem wichtigen Freund und Bestandteil meines Lebens hier an der Uni geworden, und ich will diese Verbindung nicht einfach wegwerfen, nur weil er sich mit den Reslern nicht versteht. Vielleicht könnten wir ja alle zusammen ein Bier trinken und Freunde werden! Eve und Sofia scheinen sich ja bereits damit abgefunden zu haben, dass zwischen Vincent und mir trotz all der Warnungen mehr läuft. Aber würden sie es auch so locker nehmen, wenn sie von der gemeinsamen Nacht und den aufkeimenden Gefühlen für Isaac und Logan erfahren würden? Ich muss es ihnen definitiv erzählen, zumindest von der gemeinsamen Nacht. Auch wenn es normalerweise kein Thema ist, mit dem ich hausieren gehe, werden sie vermutlich von selbst darauf kommen und mir mein Geheimnis höchstwahrscheinlich sehr übel nehmen.

Freundlich lächle ich Leon, der gerade die Mensa verlässt, an und winke leicht, als ich plötzlich einen schmerzhaften Ruck an meiner Kopfhaut spüre. Vincent hatte seinen Arm um die Stuhllehne gelegt und meinen Kopf grob zu sich gezogen, um mir einen Kuss zu geben. Seine Lippen pressen sich ungestüm auf meine, und ich kann förmlich die Besitzergreifung in seiner Geste spüren. Isaac, der immer noch eine Haarsträhne in der Hand hält, reißt damit heftig an meinen Haaren, und der Schmerz an meiner Kopfhaut lässt mich unwillkürlich zusammenzucken.

»Autsch!«

»Aufmerksamkeit zu uns, Prinzessin!«, brummt er mir ins Ohr, und ich kann mir ein Schnauben nicht verkneifen. Oh ja, wie konnte ich nur eine Sekunde lang vergessen, wer hier die Oberhand hat? Nachdem wir gegessen haben, folge ich Isaac aus der Mensa und lasse die anderen beiden zurück. Die nächste Vorlesung besucht nicht nur Isaac, sondern auch Leon, was mir direkt die perfekte Gelegenheit gibt.

Letzterer sitzt bereits in der hintersten Reihe an seinem Platz. Kurzerhand lasse ich Isaac stehen, der sonst immer recht weit vorne sitzt, und gleite auf meinen Platz neben Leon. »Hey!« strahle ich ihn an, doch er hebt nur den Kopf.

»Ich hätte dich wirklich nicht so naiv eingeschätzt.« Sein Gesicht nimmt eine Härte an, die ich sonst nicht von ihm kenne. »Leon, was... Jetzt mach aber mal halblang!«

»Nein, du verstehst nicht, Freia. Die Resler sind gefährliche Arschlöcher. Wäre es Isaac oder Logan, wäre es irgendwie noch verkraftbar. Aber Vincent? Hast du vergessen, wie er dich behandelt hat? Du hast keine Ahnung, wer er ist und zu was er fähig ist!«

»Meinst du nicht, dass du etwas übertreibst?« So viel zum Thema sich versöhnen, es hat keine fünf Minuten gedauert, und ich bin bereits wütend. Er schnaubt nur.

Mein Blick huscht zu Isaac, der gerade mit niemand anderem als Helena im Gespräch ist. Sie scheint aufgeregt zu sein, ihre Augen leuchten und sie lacht als hätte er einen Witz erzählt, während sie immer wieder ihre Hand über seinen Arm gleiten lässt. Ein Stich der Eifersucht durchzuckt mich.

»Natürlich, sie sind ein Paar«, murmele ich vor mich hin, während ich meine eigene Dummheit verfluche. Seit ich auf den Campus gekommen bin, ist bekannt, dass sie zusammen sind. Aber was habe ich auch erwartet? Isaac hat mir nichts versprochen, genau wie Logan, selbst Vincent hat mir neben seinen kryptischen Andeutungen keine Versprechungen oder dergleichen gemacht. Ich spüre, wie sich ein Knoten in meinem Magen bildet, als ich mir eingestehe, wie sehr ich bereits von ihrer Gegenwart abhängig geworden bin. Einfach lächerlich. Doch ich kann mich nicht davon abhalten, den beiden hinterher zu blicken und das Geschehen weiter zu beobachten. Es ist wie ein Unfall, man möchte nicht hinsehen, muss aber. Ein Grund mehr, mich wieder mit Leon zu versöhnen, ich brauche meinen Freund zurück.

»Hör zu, können wir in Ruhe und alleine darüber sprechen? Ich möchte mich nicht mit dir streiten«, flehe ich ihn beinahe an und setze die unschuldigste Miene auf, zu der ich fähig bin. Ich weiß genau, dass ich gewonnen habe.

Sein Gesicht wird wieder freundlicher, seine Augen strahlen. »Können wir es bei einem schönen Abendessen besprechen?«

»Das klingt gut.«

»Ich habe gerade einen Haufen Stress, wegen den ganzen Abgaben. Wie wäre es, nach der großen Party! Hier gibt es ein sehr schönes Restaurant auf der anderen Seite des Waldes, das wird dir sicher gefallen.«

Das klingt aber beunruhigend stark nach einem Date. Bevor ich Einwände erheben kann, beginnt der Professor seinen Stoff vorzutragen. Leon strahlt die ganze Zeit über so glücklich, dass ich das Abendessen auch nach der Vorlesung nicht noch einmal ansprechen konnte. Daher packe ich schnell meine Sachen zusammen und flüchte förmlich aus dem Saal. Als ich das Gebäude verlasse, halte ich endlich an und atme tief durch, während mir mein ohnehin schon schmerzender Körper für diesen Sprint nicht gerade dankt. Ich lehne mich an die kühle Hauswand und zünde mir erst einmal eine Zigarette an. Schöne Scheiße in die ich da geraten bin. Ich kann Leon schlecht absagen, sonst würde unsere Freundschaft komplett zerbrechen, aber zu diesem "Date" gehen ist auch keine Option, sonst würde Vincent ihm etwas ganz anderes brechen.

»Füchslein, was war denn das gerade? Butcher hatte ein Grinsen drauf, als hättest du ihm unter dem Tisch einen geblasen«. Isaac taucht plötzlich vor mir auf. Ich schüttle nur den Kopf. »Falsches Thema!«

Und dann mache ich auf dem Absatz kehrt. Ich brauche dringend einen Kaffee, um meinen Kopf wieder klar zu bekommen.

Vor dem Café sitzen bereits Logan und Vincent und unterhalten sich mit ernster Miene. Vincent wirkt angespannt und raucht hastig, während Logan mit einem nachdenklichen Blick zuhört und sich gelegentlich etwas einwirft. »Ich hole uns mal einen Koffeinschub und dann erklärst du mir, was eben in dich gefahren ist«, sagt Isaac und wirft mir einen skeptischen Blick zu.

»Dieses Mal nimmst du ihn an, wenn ich schon extra einen hole, oder?«

»Sehen wir dann«, erwidere ich mürrisch und denke an ihn und Helena. Isaac geht vor sich hin grummelnd ins Gebäude, und ich beobachte weiter die beiden anderen, bis Vincent meinen Blick bemerkt und verstummt. Er lehnt sich zurück, und sein Gesicht wird freundlicher. Auch Logan folgt seinem Blick und winkt mich zu sich. Unsicher gehe ich auf die beiden zu, meine Gedanken immer noch bei der angespannten Stimmung.

»Ich will euer Gespräch nicht stören. Isaac holt mir einen Kaffee, dann gehe ich nach Hause«, sage ich, als ich näher komme, mein Blick zwischen Logan und Vincent hin- und hergleitend. Logan zieht mich jedoch mit einem kräftigen Ruck auf seinen Schoß und vergräbt kurz sein Gesicht an meinem Hals.

»Kleine, wenn es jemanden gibt, der nie stört, dann bist du das!« Seine Worte bringen mich zum Schmunzeln. Für einen Moment genieße ich seine Nähe und kuschele mich mehr an ihn heran, bis ich Vincents brennenden Blick auf mir spüre, der mich wachrüttelt.

Was mache ich da? Ich versuche, mich aus Logans Armen zu lösen, doch dabei spüre ich, wie sich etwas in seiner Hose regt und gegen meinen Hintern drückt. »Was soll das denn werden?«, entfährt es ihm mit einem erregten Unterton, während er mich immer noch fest auf seinem Schoß hält.

»Logan, hör auf und lass mich aufstehen!«, fordere ich laut.

Sofort löst er seine Arme, und ich springe auf. Er sieht mich verwirrt an, als ob er etwas falsch gemacht hätte. Seine Miene ist eindeutig unbeholfen.

Isaac tritt mit zwei Kaffeebechern heran und reicht mir einen.

»Danke.«

»Was war das denn eben?«, fragt er, während er sich auf einen freien Stuhl sinken lässt, und alle sehen zu mir hoch. Ich bleibe stehen, den warmen Kaffeebecher in beiden Händen haltend. Die Stille ist unangenehm, und dann platzt es aus mir heraus. »Das geht so nicht! Vincent und ich sind heute Morgen noch wie ein Pärchen über den Campus gelaufen, und jetzt sitze ich auf deinem Schoß? Wie sieht das denn aus?« sage ich, während ich Logan und Vincent direkt ansehe. Zum Glück sind die meisten Studenten noch in ihren Vorlesungen, daher gibt es wenig Zeugen.

Dieses Mal ist es Vincent, der reagiert und mich wie eine Puppe auf seinen Schoß zieht. Seine Arme legt er dabei fest um mich.

»Baby, ich will, dass der ganze Campus weiß, zu wem du gehörst!« Seine Worte klingen besitzergreifend, und der bekannte Unterton lässt mich unwillkürlich zusammenzucken. Diese Art von Besitzanspruch ist mir eigentlich so verhasst, aber bei ihm... Bei ihm löst sie eine seltsame Mischung aus Aufregung und Verlangen aus, die ich kaum beschreiben kann. Es ist fast so, als würden die längst totgeglaubten Schmetterlinge in meinem Bauch wieder zum Leben erwachen. Für einen Moment fühle ich mich glücklich, gewollt und begehrt.

Und ich will nichts anderes, als dass jeder weiß, dass ich zu ihm gehöre. Aber nur zu ihm! Mehr kann ich mir selbst einfach nicht erlauben, selbst wenn ich es so gerne möchte. Wer weiß, ob Logan nicht auch irgendwo noch eine Freundin versteckt hatte. Der Gedanke lässt die aufkommenden Schmetterlinge in meinem Bauch abrupt verstummen, als hätte man sie, wie bei Moorhuhn, alle einzeln abgeknallt.

»Übrigens interessiert das Ganze die Leute hier weniger, als du vielleicht denkst«, wirft Isaac nachdenklich ein und lehnt sich zurück in seinen Stuhl. Helena würde das gewiss nicht so unterschreiben.

Ich strecke meinen Rücken durch und setze mich so aufrecht hin, wie ich nur kann. Für einen Ort, an dem Klatsch und Tratsch sich schneller verbreiten als die Pest, nehmen sie die Sache doch recht gelassen.

»Dann sag mir bitte, wie ihr euch das vorstellt? Ich habe kein Problem damit, wenn die Leute wissen, dass zwischen uns etwas läuft, Vincent. Was auch immer dieses „etwas" auch sein soll?« Es folgt ein stiller Blickaustausch zwischen den Reslern, dem ich nicht ganz folgen konnte. Sie waren so verdammt gut aufeinander abgestimmt und verstehen sich ohne Worte, wie gestern beim Sex. Nach dieser Eingabe, breitet sich langsam Unbehagen in mir aus.

Und dann fällt der Groschen und alles ergibt plötzlich Sinn: Sofias merkwürdige Warnung, Eve und Leon!

»Moment!«, platzt es aus mir heraus, meine Worte klingen dümmlich und unsicher. »Das ist nicht das erste Mal, dass ihr so etwas gemacht habt, oder? Also, ihr drei.. gemeinsam mit einer.. Frau?« Isaac antwortet nach einer unangenehmen Stille. »Wir hatten vor deiner Ankunft hier auch ein Leben. Also ja, wir haben uns gerne Frauen "geteilt", falls das deine Frage ist.«

Während seiner Antwort versteift sich Vincent wie ein Brett und sein Arm um meine Taille wird mehr zu einem Schraubstock. Ich spüre, wie sich ein Knoten in meinem Magen bildet, während ich versuche zu begreifen, was hier vor sich geht. »Ich verstehe«, stammele ich, obwohl ich genau weiß, dass das nicht stimmt.

»Oder nein, eigentlich verstehe ich es nicht! Dass wir einen Vierer hatten, war schön und gut. Es spricht nichts gegen unverbindlichen Sex, auch zu viert. Aber was soll das Ganze drumherum? Ihr hattet doch euren Spaß! Oder wollt ihr mich damit bei Laune halten, falls wir so etwas je wiederholen?«

In Logan, der sich bisher zurückgehalten hatte, flackert Leben auf, als er mich etwas zornig anblickt und seine Tasse laut absetzt. Seine Reaktion überrascht mich, aber ich halte seinem Blick stand, versuche mich aus Vincents Griff zu befreien und stehe so würdevoll auf, wie es mir möglich ist.

»Was heißt hier je wiederholen? Kleines, du ...«, beginnt Logan, doch ich unterbreche ihn, meine Stimme bestimmt, aber dennoch ruhig. »Die Nacht war sehr ... schön und ereignisreich, und der Tag heute ... wirklich spannungsgeladen. Ihr gebt mir das Gefühl, etwas Besonderes zu sein. Als wäre ich euch wirklich wichtig, ohne dass euch mein Titel und alles dazugehörige interessiert. Aber nun sollten wir wieder zur Realität zurückkehren. Isaac, du hast Helena, wie ich vorhin deutlich gesehen habe.« Sein Gesicht scheint wie entgleist und seine lässige Art ist für den Moment nicht mehr vorzufinden. »Logan, wer weiß, ob du nicht auch irgendwo in Newport Beach eine Freundin versteckt hast und nur Abwechslung brauchst?«

Doch schlussendlich bleibt mein Blick bei Vincent hängen. Und er? Ich weiß, dass wir auf eine gruselige Art und Weise etwas füreinander empfinden. Ich spüre, wie eine Welle der Überforderung langsam über mich hereinbricht. Es fällt mir schwer, mit diesen Gefühlen umzugehen, zumindest solange sie um mich herum sind.

»Und jetzt gehe ich besser nach Hause, alleine«, beende ich meine Gedanken laut. »Ich war den ganzen Tag in eurer Gesellschaft und brauche eine Pause. Ich muss mir über einiges Gedanken machen.« Ich drehe mich abrupt um und gehe mit zügigen Schritten davon, ohne mich umzudrehen. Doch Logan folgt mir hartnäckig. »Komm, ich begleite dich.«

»War ich eben nicht deutlich genug? Ich möchte wirklich alleine sein«, erkläre ich genervt, obwohl ich innerlich verwirrt bin. Warum folgt mir Logan und nicht Vincent?

»Natürlich kannst du das, Kleines, aber in deinem Haus. Nicht hier«, entgegnet er und folgt mir dennoch bis zur Verbindung, ohne ein weiteres Wort zu sagen. Ich frage mich, ob Logan mich tatsächlich nur begleiten wollte, damit ich nicht alleine bin, oder ob es noch andere Gründe für sein Verhalten gibt. Immerhin gibt es hier genug Sicherheitspersonal, und meine persönlichen

Sicherheitsleute sollten ebenfalls in der Nähe sein, auch wenn ich seit einiger Zeit kein vertrautes Gesicht mehr gesehen habe.

Unterwegs tippe ich noch eine Nachricht in unsere Gruppe *'Die glorreichen Drei'*:

Morgen um 11 Uhr bei mir: Sommer, Sonne, Pool und Alkohol? Ich brauche einen männerfreien Tag!

Ich bemerke nach dem absenden eine weitere ungelesene Nachricht.

Ist das mein Lohn? Du lässt dich von jedem einzelnen ficken?
- Unterdrücke Nummer

Eine Gänsehaut überzieht meinen kompletten Körper; wer war dieses verdammte Arschloch? Logan bemerkt sofort, dass etwas nicht stimmt.

»Kleines...« murmelt Logan. Ich schüttle nur den Kopf und sage kein Wort, als ich ihm einfach die Tür vor der Nase zuschlage und mich auf die Stufen setze. Wenn das so weitergeht, muss ich früher oder später jemandem davon erzählen. Das war schon lange kein Spaß mehr, irgendein kranker Freak stalkt mich offensichtlich!

Mit zittrigen Fingern wähle ich Rasmus' Nummer. Ich muss unbedingt seine Stimme hören. Beim zweiten Klingeln ertönt Rasmus' alarmierte Stimme: »Teufelchen, ist alles in Ordnung?

KAPITEL 24
FREIA

Das gestrige Gespräch mit Rasmus war eine enttäuschende Angelegenheit. Ich wollte ihm von den Nachrichten erzählen, aber sein schnelles Abwimmeln, nachdem er sich vergewisserte, dass es mir gut geht, hielt mich davon ab. Es ist, als ob das Universum sich wie so oft gegen mich verschworen hätte, oder mich einfach bestrafen wolle. Genug Gründe dafür gibt es ja. Ich hatte mir gestern noch viel zu lange den Kopf darüber zerbrochen, wie sich die Dinge entwickelten.

Die Resler, sie sind eine ständige Quelle der Verwirrung und eine einzige Achterbahn der Gefühle. Jeder von ihnen trägt dazu bei, dass mein Kopf und mein Herz im Chaos versinken. Und dann ist da noch diese Verabredung, die ich mir ungewollt mit Leon eingebrockt habe. Soll ich Vincent davon erzählen? Er verbirgt so vieles vor mir, dass er eigentlich kein Recht darauf hat. Aber wenn er es herausfindet, werden definitiv Köpfe rollen, und das muss nun wirklich nicht sein.

Umso glücklicher bin ich, als wenigstens die Mädels Zeit für mich haben und mich auf andere Gedanken bringen. Die beiden stürmen herein wie eine Horde Elefanten im Porzellanladen, voller Energie und Lebensfreude. Sofia und Eve strahlen vor Vorfreude, als sie mich sehen, und ich kann nicht anders, als mich von ihrer Laune anstecken zu lassen. In ihrer Gegenwart fühle ich mich sofort besser, als ob ein schwerer Stein von meinen Schultern genommen wurde. Ja, vielleicht ist das Universum nicht ganz so sehr gegen mich, wie ich gedacht habe. Vielleicht gibt es doch noch Lichtblicke inmitten des Chaos, und diese beiden Frauen sind definitiv einer davon.

Wir betreten das Poolhaus und fahren direkt das Dach ein, um die warme Sonne hereinzulassen, die unsere Haut anschließend kitzelt und die noch mehr Stimmung aufhellt. Das Strandbett auf dem Podest ist ein echtes Highlight - groß genug für uns drei, um uns darauf niederzulassen und die entspannte Atmosphäre zu genießen.

Als Eve und Sofia beginnen, ihre Taschen auszupacken, kann ich mir ein Schmunzeln nicht verkneifen.

Die beiden haben wirklich an alles gedacht. Eve hat ihr vollständiges Beautypaket dabei, als ob sie ein ganzes Spa mit sich herumtragen würde. Und Sofia, die Essensliebhaberin, brachte nicht nur Snacks, sondern auch eine Auswahl an Champagnerflaschen und Gläsern mit.

»Hast du hier auch Sonnencreme? Die habe ich wohl vergessen, und für Sofia ist das ja ein Fremdwort«, fragt Eve nachdenklich, während sie neidisch Sofias perfekt gebräunte Haut begutachtet.

»Du stellst Fragen! Da ich so oder so einen Sonnenbrand bekommen werde, mache ich mir erst gar nicht die Mühe, mich einzucremen.« Ich stehe auf und begebe mich zu einem Schrank, der frische Handtücher und andere Utensilien enthält. Nachdem ich ein wenig gekramt habe, finde ich sogar eine Flasche Sonnencreme, die ich triumphierend in die Höhe halte, zusammen mit einem grünen BH, der daneben liegt.

»Sieht so aus, als hätte dieses Poolhaus schon so einige Abenteuer erlebt, die nicht nur mit Schwimmen zu tun haben«, bemerke ich mit einem bitteren Lächeln, bevor ich den BH in den Müll werfe und zu den anderen zurückkehre. Wie Isaac so schön sagte, hatten die Resler auch ein Leben, bevor ich auf den Campus kam. Aber nun bin ich hier, und wenn ich von nun an eine der Campus-Bitches auf diesem Anwesen sehe, wird ein Exempel statuiert!

Kopfschüttelnd kehre ich zu ihnen zurück und tausche die Creme gegen ein volles Sektglas von Eve, das ich in einem Zug leere.

»So, Freunde, da wir uns alle hier so zahlreich versammelt haben, lasst uns das Verhör beginnen, oder?«, schlägt Sofia schließlich vor, und ich kann nicht anders, als mich darüber zu freuen, langsam aber sicher kommt die alte Sofia wieder zum Vorschein. Mit gespielter Genervtheit rolle ich mit den Augen und lasse mich auf den Rücken fallen.

»Na dann, schießt los. Was wollt ihr jetzt wissen?«

»Alles«, erklingt es wie ein gleichmäßiger Chor.

»Oh ja, wir hatten ja viel zu wenig Zeit, seit immer einer von diesen Trotteln um dich herumschwirrt wie eine aufdringliche Wespe auf Beutezug«, bemerkt Eve mit einem Hauch von Vorwurf in ihrer Stimme, was mir ein Stich versetzt. Ja, sie hat recht. Ich habe sie vernachlässigt. Die beiden fühlen sich offensichtlich unwohl in der Gegenwart der Resler und gehen mir daher etwas aus dem Weg, sobald ich mit einem dieser Schatten unterwegs bin, was in letzter Zeit dank Isaac und Logan fast immer der Fall ist.

Ich bin so sehr mit meinen eigenen Gedanken und Gefühlen beschäftigt gewesen, dass ich das kaum bemerkt habe. »Also, ihr habt recht, es tut mir wirklich leid. Die Jungs sind irgendwie ziemlich... nun ja, besitzergreifend, auf eine merkwürdige Art und Weise.« Ein resigniertes Nicken kommt von Sofia.

»Ich habe versucht, dich zu warnen. Alle drei haben einen gewaltigen Schaden, auch wenn mir dieses Verhalten neu ist, bestätigt es nur wieder, dass man sich einfach von ihnen fernhalten sollte«, fügt sie hinzu und lässt sich mit aufgestützten Ellenbogen auf den Bauch fallen. Ein schwerer Seufzer entweicht ihr.

»Ich frage nur ungern, aber wie weit sind sie gegangen?«

»Zu weit, fürchte ich, so weit, dass es für mich kein Zurück mehr gibt«, murmele ich, während ich das nächste Glas leere. Eve sitzt zwischen uns und wendet den Blick verwirrt zwischen Sofia und mir hin und her. »Könntet ihr mir vielleicht erklären, um was es genau geht?«

»Ist das nicht offensichtlich?« Sofia sieht Eve an, und ich kann förmlich sehen, wie in ihrem unschuldigen Kopf die Räder beginnen zu drehen.

»Jetzt rechne doch eins und eins zusammen, Eve!« Sofia schnauft leicht genervt. »Isaac und Logan schwirren seit Tagen um sie herum, eine unschuldige Berührung hier, eine über normale Freundschaft hinausgehende Geste da. Gestern lief sie mit Vincent Hand in Hand über den Campus. Aber Isaac war dabei, um sie zu einer Vorlesung zu begleiten, und später sah ich Logan, wie er dich nach Hause brachte – oder eher verfolgte?« Ich hebe ironisch eine Augenbraue.

»Die Augen des Campus verfolgen dich bis aufs Klo, stimmt's? 'Big Brother is watching you'!« Eve kichert, als sie meine Gedanken laut ausspricht, doch dann weiten sich ihre Augen plötzlich, und sie keucht auf.

»Und da ist der Aha-Moment«, kommentiert Sofia trocken und beobachtet Eves Gesichtsausdruck. »Die große Frage ist nur, wie lange das schon zwischen euch so geht?« Eve sieht mittlerweile aus, als hätte sie einen Schlaganfall.

»Du bist doch mit Vincent zusammen, oder? Und du hast mit den anderen etwas am Laufen?« Sie schenkt sich ihr Glas nach und nimmt einen großen Schluck. »Wie?«

»Oh, wie wohl, Eve? Sei doch nicht so naiv. Du kennst doch die Reputation der Resler«, erwidert Sofia mit leicht genervtem Ausdruck. Ich schwieg bisher, aber eigentlich hatte ich vor, es ihnen ohnehin zu sagen. Dass Sofia die Zusammenhänge versteht, macht es einfacher.

»Also, um es klar zu sagen: Ja, ich hatte mit allen drei etwas, und ja, es war verdammt gut! Und jetzt habe ich keine Ahnung, wie es weiter gehen soll.« Ein bestätigendes Nicken von Sofia. »Sie mögen verdammte Arschlöcher sein, aber wenn es um Befriedigung geht, wissen sie, was sie tun. Aber da steckt sicher mehr dahinter, oder? Sie buhlen ja förmlich um deine Aufmerksamkeit und lesen dir jeden Wunsch von den Lippen ab, wie verknallte Teenager. Und da wir schon beim Thema sind, wo ist überhaupt Rasmus?« Sofia schiebt sich ihre runde Sonnenbrille auf die Nase.

»Eleganter Übergang! Keine Ahnung, wo er steckt. Es gab angeblich vor einigen Tagen eine kleine Sicherheitslücke in seinem System, und er muss persönlich eingreifen. Ich vermisse ihn wirklich. Seit ich auf dem Campus bin, fühlt es sich an, als würden wir uns immer weiter voneinander entfernen«, murmele ich, während ich einen

Schluck von meinem Getränk nehme. Es ist frustrierend, dass er in einem Moment so präsent und im nächsten so fern ist.

»Leute, können wir nochmal zu den Reslern zurück spulen?«, lenkt Eve das Gespräch zurück. »Freia, wir haben verstanden, dass du mit allen drei Sex hattest. Und nun hast du alle drei am Hals, was durchaus seine Vorzüge haben kann. Dass du voller Überraschungen steckst und sogar fähig bist, den Reslern Ketten anzulegen, wundert mich bei dir mittlerweile nur noch wenig. Aber Sofia, woher kannst du beurteilen, dass sie alle so gut im Bett sind?« Diese Frage habe ich mir auch gestellt, die Antwort war klar. Sie hatte etwas mit ihnen, aber war es auf die gleiche Art und Weise wie bei mir? Verstohlen sehe ich zu Sofia, die etwas abwesend ihre manikürten Nägel betrachtet. »Mit zwei von ihnen, ja. Und nein, Eve, es gibt keine Details, eine Lady genießt und schweigt«, antwortet sie schließlich, und ihre Augen funkeln kurz auf, bevor sie wieder in Gedanken versunken scheint.

»Warum weiß ich nichts davon?« fragt Eve vorwurfsvoll, während Sofia nur mit den Schultern zuckt.

»Ok, genug von den Reslern, reden wir lieber über dich«, versuche ich, das Thema zu wechseln. »Konntest du dich mit Leon aussprechen? Ich habe es versucht, aber er ist auch etwas angepisst auf mich. Das mit den Jungs stinkt ihm gewaltig. Wir wollen uns demnächst abends treffen, ähm, um die Wogen zu glätten.« Die Ablenkung funktioniert perfekt, aber ihr Blick wird traurig. »Ich glaube, es ist vorbei. Vielleicht ist es auch besser so. Seine ständig wechselnden Stimmungen waren wirklich unangenehm.«, erwidert Eve niedergeschlagen.

»Wie meinst du das denn?«, fordere ich sie auf.

»Meistens ist er so lieb, zuvorkommend und zärtlich. So wie man ihn eben kennt. Aber dann gibt es Tage, an denen er mir fast unheimlich ist. Er wirkt dann so mürrisch und ist extrem schlecht gelaunt. Als wäre er wie ausgewechselt.« Sofias Worte lassen mich innehalten. Es klingt überhaupt nicht nach dem Leon, der sonst so freundlich ist.

Die spanische Musik von Sofia wird abrupt von einem lauten Schrei aus den Boxen unterbrochen, der durch den Raum dröhnt. Wir zucken synchron zusammen und reißen die Köpfe hoch.

»Was zur Hölle!« Jemand hat sich in die Musikbox eingeloggt und einen Metal- oder Rock-Song angemacht, jedenfalls etwas mit viel Geschrei.

Und dann betreten die Übeltäter auch schon den Raum. Alle drei sind oben ohne, nur mit Badehosen bekleidet und unterhalten sich angeregt. Anfangs scheinen sie uns auf dem Podest gar nicht zu bemerken, bis ich mich schließlich aufrichte. Vincents Kopf fährt herum und trifft meinen Blick, und ich bin wie gefangen. Ich kann nicht anders, als sie von oben bis unten zu begutachten. Obwohl ich sie bereits nackt gesehen habe, überkommt mich ein leichter Schauer, den ich schnell niederkämpfe.

»Das kann doch nicht ihr Ernst sein. Noch nie habe ich einen von denen hier angetroffen, und ausgerechnet heute meinen sie schwimmen zu gehen?«

»Wie oft warst du denn bisher hier?« flüstert Eve.

Ich überlege einen Moment. Relativ selten. Meist bin ich im Fitnessraum, und das auch immer zu einer ähnlichen Uhrzeit. Vielleicht bilde ich mir auch einfach zu viel darauf ein.

»Ich kläre das!« Entschlossen stehe ich auf und gehe auf die Drei zu, während sie gerade ihre Sachen auf die ein paar Meter entfernt stehenden Liegen ablegen. Doch noch bevor ich sie erreiche, wird mir klar, dass es ein Fehler war, nicht wenigstens ein Handtuch um mich zu wickeln. Das aufleuchtende Verlangen in ihren Blicken sagt mehr, als Worte es ausdrücken könnten. Innerlich winde ich mich unter ihren Blicken. Verfluchte Männer mit ihren perfekten Körpern und gierigen Blicken!

Ich frage mich wirklich, wann sie die Zeit finden, um so in Form zu bleiben. Logan ist eindeutig am besten gebaut, was wohl auch an seiner grundsätzlichen Liebe zum Sport liegt, er ist auch der Einzige, den ich ab und an beim Joggen gesehen habe. Vincent dagegen ist zwar verdammt groß, aber dadurch auch automatisch schlaksiger – was aber perfekt mit seinem tätowierten Sixpack zusammenpasst. Und Isaac, der gerade mit einem etwas beleidigten Gesichtsausdruck in den Pool springt, ist einfach das perfekte Mittelmaß.

Ohne mich weiter von ihren Adonis-Körpern beirren zu lassen, stelle ich mich, nur im knappen Bikini, mit in die Hüften gestemmten Händen, vor sie.

»Das überlasse ich mal dir, Bro! Wenn ich eins gelernt habe, dann, dass du, wenn die Kleine so einen Blick drauf hat, besser vor ihr fliehst, falls dir etwas an deiner geraden Nase liegt!« Damit rennt Logan los und springt mit einer Arschbombe ins Wasser, sodass Eve hinter mir kurz aufkreischt.

Es dauert keine Minute, da höre ich auch schon, wie Isaac und Logan versuchen, um die Wette zu schwimmen und sich gegenseitig zu behindern. Es gibt Momente, in denen einfach jeder Mann zum Kind mutiert.

»Was gibt's, Prinzessin? Hast du dich genug beratschlagt, wie es weitergehen soll?« Er sieht kurz an mir vorbei zu meinen Freundinnen, bevor er seinen Blick wieder auf mich richtet.

Sein spöttischer Ton lässt mich meine Schultern instinktiv hochziehen, als würde ich mich vor einem Sturm schützen wollen, der sich bereits in der Ferne zusammenbraut. Ich spüre den intensiven Blick seiner Augen auf mir lasten, und mein Herz beginnt schneller zu schlagen, als würde es versuchen, aus diesem Moment zu entfliehen. Ich muss mich nicht beratschlagen, um zu wissen, was ich will. Aber nur weil ich es will, heißt es nicht, dass es das Richtige ist.

»Ich wollte eigentlich mit Rasmus darüber reden, aber er hatte keine Zeit und; ach vergiss es. Müsst ihr ausgerechnet heute hier rumlungern? Wir wollten einen Mädelstag machen und wenn euch nicht plötzlich Brüste gewachsen sind, beinhaltet das euch nicht.« Vincent verzieht provokant das Gesicht, voll und ganz in seinem Element, um mit jedem Moment eine weitere Nadel in mein Nervensystem zu stechen. »Ist dir mal in den Sinn gekommen, dass sich nicht alles um dich dreht?« Volltreffer! Seine Worte treffen mich, mit einem verächtlichen Blick, der vor Wut funkelt. Ich erwidere seinen Angriff. »Oh, das ist ja interessant. Solche Worte gerade von *dir* zu hören, ich werde mir als Erinnerung eine Notiz an meinen Kühlschrank pinnen, vielen Dank.« Meine Stimme gleicht mehr einem Fauchen, während ich versuche, meine wachsende Frustration zu kontrollieren. Gerade als ich mich darauf vorbereite, mich von ihm abzuwenden, kommt mir der Gedanke, denn ich laut ausspreche.

»Und genau deshalb, mein lieber Vincent, sollte ich wohl wirklich darüber nachdenken, über uns. Denn dein talentiertes Auftreten als Arschloch scheint definitiv besser zu dir zu passen als deine plötzliche Fürsorglichkeit.«

Ich drehe mich endgültig um, will zu den Mädels zurücklaufen und spüre nur, wie mich ein Ruck durchfährt. Bevor ich reagieren kann, finde ich mich im kühlen Nass des Pools wieder, Vincent bedrohlich über mir aufragend. »Vielleicht brauchst du einfach eine kleine Erfrischung, um deine Gedanken zu klären«, murmelt er mit einem ironischen Unterton.

Ich streiche mir die nassen Haare aus dem Gesicht und werde von einer plötzlichen Fontäne Wasser getroffen, als Vincent neben mir im Pool landet. Wie auf Kommando werde ich von allen Seiten belagert, wie von einer Horde wilder Raubtiere umzingelt, die langsam auf mich zukommen und mich einkreisen. Ein Schauder läuft mir über den Rücken, während ich mich in der Mitte ihres Kreises gefangen fühle. Ich werfe einen kurzen, verstohlenen Blick zu meinen Mädels hinüber. Sie wissen zwar nun grob, was zwischen uns vier war, aber es ist etwas anderes, es mit eigenen Augen zu sehen.

»Hat dir schon mal jemand gesagt, dass du viel zu viel nachdenkst? Manchmal solltest du deinen Kopf einfach ausschalten und das Leben genießen, das dir geboten wird. Andere Frauen würden für so eine Ablenkung töten, Kleines«, spottet Logan mit einem Anflug von sonst untypischer Arroganz. Er hat keine Ahnung, wie gern ich das tun würde, nur ist das leider leichter gesagt als getan!

»Dann solltet ihr euch vielleicht genauso eine Frau suchen und mir meinen Frieden lassen«, entgegne ich mit einem ironischen Unterton, der seine Bemerkung kontert.

»Vielleicht wäre es mir aber auch möglich, wenn ich nicht das Gefühl hätte, dass mich alle um mich herum belügen. Übrigens, Vincent, dich habe ich vergessen zu fragen: Wurden deine 'Familienangelegenheiten' inzwischen geklärt?« Meine Worte treffen ihn wie ein gezielter Schlag, und seine Augen blitzen vor Ärger auf. Es ist klar, dass ich einen wunden Punkt getroffen habe. Er öffnet denn Mund und dann landet aus dem nichts vor mir ein, eine... Blaue Schwimmnudel?

Aus dem Nichts prasseln von allen Seiten Gegenstände auf uns nieder – ein plötzlicher Angriff, gefolgt von Schimpftiraden von Eve. Isaac wird am Kopf getroffen, gefolgt von einem Treffer bei Logan. Ich blinzele überrascht und sehe, wie Eve alles, was sie greifen kann, auf die Jungs schleudert: Wasserbälle, Schwimmnudeln, Luftmatratzen – ein regelrechter Hagel von Wasserspielzeugen fliegt auf sie zu. Logan und Isaac lösen sich nach einem kleinen Blickaustausch schnell aus ihrer Formation und verlassen den Pool.

Kurzerhand schnappt sich Isaac die schimpfende Eve und wirft sie ins Wasser, gefolgt von einem beherzten Sprung hinterher. Logan nähert sich langsam Sofia, die immer noch am Poolrand steht und ihn mit einem warnenden Blick beobachtet. Sie tauschen nur wenige Worte aus, bevor er sie kurzerhand über die Schulter wirft und mit ihr in den Pool springt.

»Mädels, ich glaube, wir haben ein kleines Problem!«, ruft die atemlose Eve, während sie gemeinsam mit Sofia auf mich zukommt.

»Jetzt wird es Zeit, ihnen allen mal eine Lektion zu erteilen!«, verkündet Isaac grinsend. Vincent, der die ganze Zeit über schweigend und aufmerksam war, schließt sich den anderen mehr gezwungen als freiwillig an. Wir hingegen sammeln hektisch so schnell wie möglich alles an Material, das wir finden können, und versuchen eine improvisierte Schutzmauer zu errichten.

Und dann beginnt eine epische Wasserschlacht. Wir kämpfen um das nackte Überleben, drei Mädels gegen die Resler, und wer hätte es gedacht, es macht riesigen Spaß! Ich hatte nicht erwartet, dass in uns allen solche Spielkinder stecken, sogar Vincent verliert seine schlechte Laune und sein Lachen schließt sich unserem Gekreische an. Unsere Munition ist viel zu schnell aufgebraucht, mit Kitzeln und Nassspritzen kommen wir nicht weit und wir sind den Reslern ausgeliefert, die genau das ausnutzen. Sie jagen uns so lange durch den Pool, bis wir alle drei körperlich komplett fertig sind und fast kapitulieren wollen.

Isaac ist der erste, der untertaucht und Eve auf seine Schultern nimmt, Logan folgt seinem Beispiel. Dann bleiben nur noch Vincent und ich übrig. Mit einem Grinsen kommt er auf mich zu und schon befinde ich mich auf seinen Schultern. Ich bin wirklich froh, dass ich nicht an Höhenangst leide, sonst wäre der Spaß genau hier beendet. Und dann beginnen die Jungs den Spieß umzudrehen und jagen sich durch das Wasser mit uns auf den Schultern. Dabei entlockt uns der drohende Gleichgewichtsverlust immer wieder ein Quietschen. Als erstes fällt Sofia ins

Wasser, als Logan von uns gerammt wird, sie ziehen sich aus der Schusslinie zurück.

Isaac lacht triumphierend, als er mit Eve auf den Schultern auf uns zustürmt. Ich klammere mich an Vincents Haare, ohne Rücksicht darauf, ob es ihm Schmerzen bereitet. Ich werde standhaft bleiben, auch wenn es ihn jedes einzelne schwarze Haar kostet!

»Vorsicht, Prinzessin, an den Haaren zu reißen, ist eher etwas für das Bett, nicht für den Pool.«Vincent gibt mir einen kleinen Klaps auf den Hintern, der mich aufquieken lässt.

»Oder was meinst du, Eve? So heben wir uns für den heißen Sex später auf. Die vierer Konstellation hat wirklich seine Vorzüge«, ruft er. Diese ist von seiner Aussage so abgelenkt, dass sie sich nicht richtig festhält und fast alleine von Isaacs Schulter fällt.

»Hey! Das war nicht fair, Vinc. Wir hätten gewonnen!« Ich lache laut auf, natürlich!

»Tja, wie sagt man so schön? In der Liebe und im Kampf müssen alle Register gezogen werden? Sei ein braver Verlierer und fang nicht an zu weinen!«

Nach diesen Worten stürzt sich Isaac spielerisch auf Vincent, wodurch dieser sein Gleichgewicht verliert und wir beide rückwärts ins Wasser fallen. Kaum tauche ich auf, liege ich auch schon in Isaacs Armen, der anfängt, mich wie wild zu kitzeln, während seine Hände immer tiefer gleiten. »Dir werde ich zeigen, wie brav ich sein kann!«

»Ich brauche eine Pause! Der Lungenkollaps naht!« Während meines erstickenden Lachens hebe ich abwehrend die Hände und weiche rückwärts, Richtung

Beckenrand aus. Er folgt mir und hält mich an den Hüften hoch, um mich dann auf den Beckenrand zu setzen.

Keuchend stehe ich auf, stütze die Hände auf meine Oberschenkel und versuche, meine Atmung und aufkommende Erregung zu beruhigen. Fuck!

Als sich diese halbwegs normalisiert hat, gehe ich um etwas Abstand zu bekommen, zu dem Regal, in dem die Handtücher sorgfältig gestapelt sind und hole einen Schwung heraus. Ich reiche Eve und Sofia, die sich bereits auf die Liege zurückgezogen haben, ein Handtuch. Die restlichen Tücher lege ich den Jungs hin, die unermüdlich Bahnen im Pool schwimmen. Es ist verrückt, dass sie dafür noch Energie haben, während wir drei wie erschossene Robben auf der gemütlichen Liege die Sonne genießen.

»Unglaublich! Wir hatten gerade eine Wasserschlacht mit denen. Mit den Reslern?«, sagt Eve total euphorisch, während sie sich auf der Liege räkelt.

»Bis eben wusste ich nicht einmal, dass sie auch eine andere Form von Spaß kennen. Ich schätze, das liegt aber an unserer reizenden Prinzessin hier, oder? Die Vibes waren nicht zu übersehen«, gibt Sofia trocken als Antwort und schenkt uns allen Champagner nach. Da hat sie recht, dass sie zum Lachen nicht in den Keller gehen, war mir klar, jedenfalls bei zwei von ihnen. Aber dass sie sich trotz der eigentlich angespannten Situation so verhielten, hätte ich nicht erwartet.

Nach einem ausgiebigen Sonnenbad, das mir sicherlich noch auf der Haut brennen wird, meldet sich plötzlich meine Blase zu Wort. Ich quäle mich mühsam hoch und begebe mich in Richtung Toilette. Auf dem Rückweg schlendere ich über die Terrasse, als eine Bewegung aus den Augenwinkeln meine Aufmerksamkeit erregt und mich kurz innehalten lässt. Da war doch etwas?

Meine Haut prickelt mit dem Wissen, dass ich beobachtet werde, während ich mich langsam umschaue. Zögerlich gehe ich ein paar Schritte in die Richtung des Geräuschs. »Hallo?« Ich schlage mir reflexartig gegen die Stirn, was Dümmeres hätte meinen Lippen in diesem Moment wohl nicht entweichen können, falls sich dort jemand versteckte, würde er garantiert nicht aus dem Gebüsch kommen und mich als Antwort auf meine Frage freundlich begrüßen.

Ich halte inne und lausche gespannt. Habe ich mir das doch nur eingebildet?

Rasmus hat mich mit seinem Leibwächter-Theater schon so irre gemacht! Kopfschüttelnd über meine eigene Paranoia gehe ich zurück, Richtung Poolhaus. Es kann auch einfach ein Tier gewesen sein, schließlich grenzt an die Studentenunterkünfte auch ein Wald an.

Doch gerade als ich diese Gedanken beruhigend zu fassen beginne, packt mich eine Hand von hinten am Hals, und presst mich sanft gegen die Wand.

Isaac zieht mich an sich und küsst mich schnell und verzweifelt. »Ich bin nicht mit Helena zusammen, das habe ich ihr gestern versucht, klarzumachen! Seit unserem Kuss, habe ich keine andere Frau auch nur angerührt.« Aus seinem Gesicht verschwindet jeglicher Schalk, und Ernsthaftigkeit nimmt den Platz ein. Er wartet einen Moment, um sicherzugehen, dass die Nachricht bei mir ankam, gibt mir dann einen Kuss auf die Stirn und geht. Was für eine beschissene Achterbahn der Gefühle, es kommt mir langsam so vor, als würden sie regelrecht darum wetteifern, wer mich mehr durcheinanderbringen kann. Oder einfach in den Wahnsinn treibt.

Wie so oft in letzter Zeit versinke ich zu sehr in meinen Gedanken, als ich zurück zu den anderen gehe. Erst auf den zweiten Blick realisiere ich die Szene, die sich mir bietet. Während ich diese betrachte, kann ich mir ein Grinsen nicht verkneifen. Sofia und Eve haben sich Logan vorgeknöpft, und er scheint es einfach nur zu genießen. Sie haben ihm eine Maske auf das Gesicht verteilt, die irgendwie gruselig wirkt. Trotzdem scheint er vollkommen relaxt zu sein, als würde er solch eine Behandlung täglich bekommen und plaudert über die bevorstehende See Party.

Ich schließe mich den Dreien an und setze mich neben Sofia, die gerade dabei ist, eine weitere Schicht der seltsamen Masse auf Logans Gesicht zu verteilen.

»Was zum Teufel macht ihr hier? Logan, haben dich die zwei unter Drogen gesetzt?«, frage ich mit einem amüsierten Unterton.

Sofia lacht und reicht mir eine Schale mit der Maskenmischung. »Eine kleine Rache, die uns zugestanden wurde. Wir machen eine kleine Spa-Behandlung für Logan, Isaac konnte rechtzeitig flüchten und Vincent, nun ja, er hat uns nur angeknurrt.«

Eve nickt zustimmend und fährt mit dem Auftragen fort. »Und außerdem macht es auch Spaß, oder nicht, Logan?«

Logan öffnet kurz die Augen und grinst. »Natürlich, Mädels. Ich opfere mich, ganz der tapfere Held, der ich bin, für eure Rache an uns.« Seine Stimme erklingt durch die dicke Schicht der Maske gedämpft.

Ich schüttle lachend den Kopf.

»Nun, solange ihr ihn mir nicht in eine Mumie verwandelt.«

Du undankbares kleines Miststück!

Ich habe mir meinen Arsch für dich aufgerissen. Die letzten Tage habe ich alles in Bewegung gesetzt, die letzten Vorkehrungen getroffen, damit ich dich endlich zu mir holen kann.

Ich habe deinen Wikinger, der mir so dicht auf den Fersen ist, mit Mühe und Not abschütteln können. Es war knapp, so knapp. Meine Klinge hätte sein Herz treffen können.

Dann hätten wir ein Problem weniger, und es bleiben nur noch drei.

Doch was muss ich hier mit ansehen? Du spielst mit diesem abscheulichen Abschaum? Lässt dich erneut von ihnen anfassen, dich von diesem tätowierten Freak küssen?

Während ich keine drei Meter entfernt saß und dir ein weiteres Geschenk hinterlassen wollte? Und dann besäufst du dich auch noch wie eine Nutte, weißt du nicht, was sich gehört? Prinzessin, so viel musst du noch lernen, ich werde dein Lehrmeister sein.

Aber keine Sorge, meine Geduld zahlt sich bald aus.

KAPITEL 25
FREIA

Einige Stunden später löst sich unser nicht ganz so geplanter, aber dennoch unterhaltsamer Mädelstag auf, und ich beschließe, mir eine warme Dusche zu gönnen, um meine bereits schmerzenden Muskeln zu entspannen. Mit einem kuscheligen Hoodie und kurzen Shorts bekleidet, stampfe ich die Treppen hinunter, fest entschlossen, mir noch einen ordentlichen Gin zu gönnen, bevor ich mich für den Videoanruf mit meinem Onkel bereit mache. Er hat mir einen Termin angekündigt, um über den Verlauf des Semesters zu sprechen. Aber ich kann mir gut vorstellen, dass es dabei um mehr geht, als nur meine akademischen Leistungen. Ich befürchte, dass diese kleine Blase, die ich mir hier in Amerika aufgebaut habe, zu platzen droht.

Den Schwung der letzten Treppenstufen mitnehmend, biege ich um die Ecke und schlittere in den Salon hinein. Beinahe hätte es mich auf die Schnauze gelegt, wäre ich nicht gegen eine harte Brust mit dazugehörigen starken Armen gedonnert, die mich geschickt auffangen. Mein Blick gleitet an dem langen Körper entlang und endet in seinen eisigen Augen, die mich belustigt ansehen. »Kleines Déjà-vu gefällig?«

Ich zucke innerlich zusammen. Was soll das denn jetzt? »Wie seid ihr denn reingekommen? Ich habe doch sämtliche Türen abgeschlossen!« Unsicher blicke ich ihn an; ob er wohl immer noch sauer ist? Offiziell haben wir uns nicht versöhnt.

»Über den Balkon!«, erklärt Isaac beiläufig, als wäre es die logischste Sache der Welt, während er sich wie gewohnt lässig an die Wand lehnt und mich angrinst.

»Ihr seid über den Balkon reingekommen, während ich unter der Dusche war?« Ich fühle mich ehrlich verarscht, diese Rüpel finden auch wirklich immer einen Weg. Ihr ständiges unangekündigtes Auftreten gibt mir das Gefühl, als würden sie mich immer mehr kontrollieren wollen und mir keine freie Wahl lassen.

Vincent zündet eine Zigarette an und reicht sie mir.

»Und es hat mich alles gekostet, dir keinen Besuch abzustatten, Prinzessin!« Seine Worte schicken mit sofortiger Wirkung eine Gänsehaut über meinen Körper. Er kann so charmant sein, auch wenn er mich manchmal zur Weißglut treibt.

»Wo ist Logan?«, frage ich, bemüht, meine Verärgerung zu verbergen, während ich die Zigarette entgegennehme.

»Unser Beautystar bringt deine Freundinnen nach Hause.« Isaacs Stimme klingt beiläufig, aber ich spüre, dass da mehr ist, als er preisgibt. Er bewegt sich elegant zur Bar und ich verspüre den Drang, ihm zu folgen. Doch Vincent hält mich immer noch mit einer Hand fest. »Ist alles in Ordnung?« Sein Blick ruht ruhig auf mir, als suche er nach Antworten.

»Ich kürze das jetzt für uns alle ab. Warum seid ihr hier? Was wollt ihr von mir? Und wie stellt ihr euch das alles weiter vor?«, frage ich schließlich leise, erleichtert, dass ich das aussprechen kann, was mich schon den ganzen Tag beschäftigt hat. Es fühlt sich an, als ob eine große Last von meinen Schultern fällt, obwohl ich weiß, dass dies erst der Anfang sein wird. »Hatten wir das nicht schon? Wir wollen dich, alles von dir, Prinzessin. Wir wollen dich, mit all deinen Facetten und Eigenheiten. Wir wollen dir zeigen, dass es mehr gibt als Schwarz und Weiß.« Die viel zu ehrlichen Worte hallen in meinen Gedanken wieder, während ich versuche, ihre Bedeutung zu erfassen. Kann ich ihnen trauen? Oder sind sie nur Teil eines Spiels, das ich noch nicht ganz durchschaut habe?

Gläser klirren, und ich zucke zusammen, als Isaac drei Gin einschenkt.

»Kleine Füchsin, wir wollen dich am liebsten an unser Bett ketten, und dich vögeln bis du nicht mehr fähig bist selbst zu laufen.« Beginn Isaac, was Vincent knurren lässt. »Wir wollen einfach nur mit dir sein, so wie du bist, genauso wie in den letzten Stunden. Es war ein reines Vergnügen, dich so sorgenfrei zu sehen«, fährt Isaac eilig fort, und bekommt gerade noch die Kurve.

Ich kann seinen Blick förmlich auf meiner Haut spüren, was mir direkt ein angenehmes Pochen, in meiner Mitte verursacht. Er tritt mit dem Gin näher und reicht jedem von uns ein Glas. Sein Blick ist intensiv, fast durchdringend, als ob er in meine Seele blicken will.

Eine Mischung aus Verwirrung, Angst und Aufregung durchflutet mich. Diese Männer sind gekommen, um mich zu erobern, aber nicht auf die herkömmliche Art. Ihre Worte lassen mein Herz schneller schlagen, und ich kann spüren, wie sich etwas in mir regt.

»Ich frage jetzt mal höflichkeitshalber, was du möchtest. Denn eine Wahl wirst du kaum haben, der Zug ist abgefahren, als du dich auf uns eingelassen hast! Ich möchte es aber dennoch aus deinem Mund hören.«

»Ihr wisst genau, was ich will; was ich die ganze Zeit schon wollte!« Mein Blick schweift zwischen ihnen hin und her, bis er auf der Uhr hängen bleibt. Verdammt!

»Raus!« Die Entschlossenheit in meiner Stimme überrascht mich sogar selbst.

»Was?«

»In fünf Minuten wird mich mein Onkel, der König, per Videoanruf kontaktieren. Und da darf von euch kein bisschen zu hören oder sehen sein! Wenn ihm auch nur die geringste Kleinigkeit nicht gefällt, sitze ich morgen im nächsten Flieger!« Ich packe beide am Arm und ziehe sie zur Tür, ihre Gläser drohen dabei überzulaufen. »Ich hatte mir zwar vorgestellt, dieses Gespräch anders zu führen, aber wir holen es nach, versprochen. Morgen, oder die nächsten Tage, vielleicht am Wochenende, wenn die Klausuren vorbei sind! Und jetzt, bitte, raus!« Trotz der angespannten Situation muss ich über ihre verdutzten Gesichter beinahe lachen. Sie sehen aus, als hätte ich begonnen, nackt den Macarena zu tanzen. Doch mein verzweifelter Gesichtsausdruck scheint sie letztendlich zu überzeugen. Vincents überraschter Blick wird wieder zärtlich, und er streicht sanft über meine Wange. »Das wird niemals passieren, dafür werde ich sorgen! Niemand kann mich mehr von dir fernhalten oder wegnehmen, das verspreche ich dir.« Er gibt mir einen kurzen leidenschaftlichen Kuss. »Da Logan diesem Gespräch ohnehin beiwohnen sollte, verschieben wir es. Jedoch wird das dass letzte Mal sein, dass du mich aus diesem Haus wirfst, ansonsten wird es ungemütlich für dich.«, raunt er mir ins Ohr und dreht sich um. Isaac tritt an seine Stelle, ich beuge mich vor und gebe ihm ebenfalls einen kleinen Abschiedskuss.

»Du hast keine Ahnung, wie tief du in der Scheiße steckst. Mich wirst du vielleicht wieder los, aber meine zwei kaum zu kontrollierenden Psychos?«, nickt er zu Vincent, der gerade durch die Haustüre verschwindet. »Das ist unmöglich! Denk daran.« Dann folgt er ihm und zieht die Türe zu.

Total zerknittert, lasse ich mich auf einen viel zu großen Stuhl am Esstisch fallen und klappe meinen Laptop auf. Perfekt, noch eine Minute, dann geht der Trip los, und ich bin immer noch nüchtern! Genau pünktlich ploppt der Anruf meines Onkels auf dem Bildschirm auf, und ich stecke mir schnell die Kopfhörer in die Ohren. Mein Onkel erscheint mit seinen freundlichen blauen Augen auf dem Bildschirm. »Es ist schön, dich zu sehen, Liebes«, sagt er auf schwedisch, mit einem schwachen Lächeln. Er ist nicht gerade in Bestform, ganz anders als bei meiner Abreise.

»Hallo, Onkel Sverre, und hallo Gunnar, ich nehme an, du bist auch dabei?« Ein leises Räuspern ertönt im Hintergrund. Natürlich ist er da.

»Was verschafft mir denn die Ehre?«

»Immer direkt, wie immer, Freia. Aber du hast recht, die Zeit ist leider begrenzt. Lass uns gleich zur Sache kommen. Rasmus ist hier, und wir haben gleich eine finale Besprechung bezüglich deiner Sicherheit.« Mein Herzschlag beschleunigt sich sofort. Was hat er ihnen bloß erzählt?

Das erklärt wenigstens, sein merkwürdiges Verhalten, in der letzten Zeit.

»Er war die ganze Zeit bei euch am Hof?«

»Vor ein paar Tagen ist er eingetroffen, mit der Begründung, dass er dein Sicherheitsprotokoll auf dem Campus umstrukturieren möchte und dafür neues Personal einstellen muss.« Wohl eher braucht er Leute, die sich nicht von einem einfachen Studenten ausknocken lassen! »Er hat mir versichert, dass es keinen Grund zur Besorgnis gibt und dies nur aus rein praktischen Gründen geschieht. Da Rasmus einer unserer besten Leute ist, zweifle ich nicht an seinen Worten. Aber ich gehe davon aus, dass du, selbst wenn du in Amerika bleiben und unverständlicherweise dort studieren möchtest, trotzdem über genug Selbstschutz verfügen wirst und mir mitteilen würdest, wenn etwas vorgefallen wäre?« »Ja, ich meine, nein! Es ist nichts vorgefallen. Ich meine, diese Universität ist die am besten bewachte des Landes, vermutlich passt Rasmus sich nur an, und die Security ist hier ohnehin immer präsent.« Wenn Rasmus erst wieder zurück ist, wird er sich definitiv warm anziehen können! Was soll diese Heimlichtuerei? Und mich dann auch noch bei meinem Onkel ins offene Messer laufen lassen. Hätte er seine Frage nur anders formuliert, als wüsste er von etwas, dann wäre ich womöglich sogar darauf eingegangen und hätte mich verplappert! Sverre neigt seinen Kopf etwas zur Seite.

»Möchtest du mir deinen Freund denn nicht vorstellen?« Er wechselt ins amerikanische und schaut sichtlich an mir vorbei und sein Gesicht hellt sich auf.

»Meinen Freund?« Ich drehe mich um, um seinem Blick zu folgen, und sehe Logan, der hinter mir an der Theke steht und mich fragend beobachtet. Wie? Ich habe vergessen, hinter den Jungs abzuschließen, zum Teufel!

»Einen kleinen Moment, bitte!« Ich reiße mir die Stöpsel aus den Ohren und gehe auf ihn zu.

»Logan! Was soll der Scheiß? Ich habe doch den anderen beiden gesagt, dass ich einen wichtigen Anruf bekomme!« zische ich ihn an, darauf bedacht, dass ich mit dem Rücken zum Laptop stehe. »Ich habe mein Handy im Poolhaus vergessen!« Er zuckt entschuldigend mit den Schultern, und ich kann mir ein resigniertes Seufzen nicht verkneifen. »Schöne Scheiße!« Ich drehe mich zum Laptop, auf dessen Display mich mein Onkel bereits ungeduldig ansieht. Na, dann mal los. Da müssen wir jetzt wohl oder übel durch. »Bitte benimm dich, sonst habe ich ein Problem, das das Ausmaß einer Atombombe annimmt!« Mit einem tiefen Atemzug entferne ich die Kopfhörer. »Darf ich vorstellen? Das ist Logan McAllister. Logan, das ist mein Onkel Sverre Skovgaard, König von Schweden.« Ein leises Flüstern dringt aus dem Hintergrund, während Gunnar ihm in unserer Sprache erklärt, wer Logan ist. Seine Familie ist durch das Social-Media-Imperium auf mindestens drei Vierteln der Welt bekannt.

»Meine Güte, Gunnar, könntest du anstandshalber so sprechen, dass er es auch versteht? War das schließlich nicht eine Regelung von dir?« Ich lasse mich wieder auf den Stuhl sinken, und Logan stellt sich hinter mich. Er legt seine Hände auf meine Schultern und massiert mich leicht. Es ist offensichtlich, wie angespannt ich bin. »Freia!« Sverres Ton lässt mich leicht zusammenzucken.

»Sorry.«

»Ich bin mir nicht sicher, ob dir diese Universität guttut!« Ah, da ist er wieder, der kleine Vorwand, um mich zurück an den Hof zu holen. Logan räuspert sich leicht.

»Eure Hoheit, wenn ich etwas anmerken darf?« Sverre nickt gönnerhaft.

»Eure Nichte steckt momentan mitten in der Prüfungsvorbereitung. Morgen beginnen die Zwischenprüfungen, und das ist für jeden Studenten hier nervenaufreibend, besonders wenn man direkt im dritten Semester einsteigt und dafür auch jede Menge Schlaf opfern muss. Sie hat den ganzen Tag über gelernt. Deshalb bin ich auch unangekündigt hier reingeplatzt. Es tut mir wirklich leid, aber ich wollte sicherstellen, dass sie etwas gegessen hat und bald ins Bett geht, um für morgen ausgeruht zu sein. Daher bitte ich Euch, nehmt es ihr nicht übel, wenn sie etwas gereizt wirkt.«

Es ist fast beängstigend, wie mühelos diese Lüge über Logans Lippen kommt und wie überzeugend sie zudem noch ist. Nicht nur das, sondern auch die Tatsache, dass er meinen Onkel mit nur wenigen Worten um den Finger wickelt. Ich bin mir sicher, er hört bereits die Hochzeitsglocken läuten. Sverre lächelt leicht, und es ist klar, dass Logan die Situation nicht besser hätte meistern können, um mich vor weiteren Problemen zu schützen.

Ich spüre, wie er ermutigend meine Schultern drückt, und greife nach seiner Hand, um ihm stumm für seine Hilfe zu danken. »Das ist wirklich aufmerksam von dir! Dann möchte ich euch nicht weiter aufhalten, und ich hoffe, dass ich dich bei unserem nächsten Gespräch wieder an Freias Seite sehen werde?« Die unterschwellige Forderung entgeht auch Logan nicht, der wie der perfekte Schwiegersohn lächelt.

»Natürlich, Eure Hoheit. Es wäre mir ein Vergnügen!«

»Gunnar, grüße deinen Sohn von mir. Er wird hier schmerzlich vermisst!« Ich kann mir den drohenden Ton nicht ganz verkneifen.

Gerade als ich das Gespräch beenden will, hebt Sverre noch einmal die Hand.

»Ach, und Freia, ich bin wirklich zufrieden. Er ist eine gute Partie, viel besser als ich erwartet hatte. Ich dachte wirklich, dass du mir mit deinem trotzigem Verhalten etwas Inakzeptables präsentieren würdest. Ich bin froh, dass du dich pflichtbewusst an deinen Teil der Abmachung hältst. Ich lasse dir einen Folgetermin für unser nächstes Gespräch eintragen. Ich wünsche euch beiden viel Glück für die Prüfung.« Sein Gesicht verschwindet vom Bildschirm. Ich sacke innerlich zusammen und ziehe meine Beine auf den Stuhl. Das lief echt durchwachsen. Ich öffne meine Handynachrichten auf dem Laptop und schreibe als erstes an Rasmus.

RASMUS! Du elendiger Mistkerl! Ruf mich sofort an, wenn du aus der Besprechung raus bist!

»Das war also der König. Ich hatte ihn mir anders vorgestellt.« Logan holt sich eine Wasserflasche aus dem Kühlschrank und setzt sich neben mich.

»So, und nun erzähl mir, was für ein Deal dein Onkel meint, den du wohl nun mit mir zu erfüllen gedenkst?«

»Vergiss es einfach, es ist nichts! Ich werde es nach den Klausuren richtigstellen, und gut ist.«

»Nach 'nichts' hört es sich aber nicht an, Kleines.« Seine braunen Augen fixieren mich neugierig. Als ich schweige, steht er seufzend auf. »Na gut, dann frage ich einfach Vincent, er weiß sicherlich Bescheid, oder?«

Mistkerl! Vincent darf auf keinen Fall davon erfahren, allein der Gedanke daran jagt mir Angst ein. »Untersteh dich! Es geht weder Vincent, noch Isaac oder dich etwas an. Das ist eine Sache zwischen meiner Familie und mir!«

»Nur, dass dein Onkel mich als gute Partie und Teil eines Deals betrachtet! Also?«

Zornig funkele ich ihn an, während ich in den Salon stampfe, mir mein Gin-Glas von vorhin schnappe und mich auf einen Sessel fallen lasse. Logan nimmt mir gegenüber auf dem niedrigen Sofatisch Platz und legt seine Hände auf meinen Oberschenkeln ab.

»Ich musste mit meinem Onkel so etwas wie einen Vertrag abschließen, damit ich hier überhaupt studieren kann. Seit ich 18 bin, versucht er mir ständig, Männer im heiratsfähigen Alter vorzustellen. In Sachen Beziehung sind wir am Hofe wirklich altmodisch unterwegs, verstehst du? Wie du weißt, bin ich die Thronerbin, seit mein Vater vor vier Jahren ums Leben kam.« Ein Stich durchzieht mich, als die Erinnerung an seinen Tod wieder hochkommt, und ich nehme einen großzügigen Schluck.

»Seitdem sitzt mein Onkel auf dem Thron, und er macht seine Sache wirklich gut. Ich habe überhaupt kein Bedürfnis, seinen Platz einzunehmen. Aber da er keine Kinder bekommen kann, endet mit mir die Linie. Ich habe zwar eine Halbschwester, aber sie wurde nicht offiziell anerkannt. Also gibt es nur mich. Das bedeutet, dass von mir erwartet wird, früher oder später zu heiraten und Kinder zu bekommen. Am besten früher als später.« Noch ein Schluck, und ich stelle das leere Glas neben Logan ab, der mich immer noch regungslos ansieht. Er drückt sanft meine Beine, um mich zu ermutigen, weiterzusprechen.

»Ehrlich gesagt habe ich überhaupt keine Lust auf diesen ganzen Kram mit der Krone. Es wäre wohl das Beste,

wenn sie einfach abgeschafft wird! Jedenfalls wollte ich genau deshalb studieren, um diesem ganzen Mist zu entkommen, auch wenn es nur für kurze Zeit ist. Aber verstehe mich nicht falsch, ich liebe mein Land, ich liebe die Krone und meine Familie, die mir noch geblieben ist. Dennoch möchte ich weder eine Marionette sein noch mein restliches Leben umgeben von Heuchlern und Speichelleckern verbringen. Kurz gesagt, ich bin eine Vereinbarung eingegangen: Ich darf hier studieren, ohne dass sich jemand groß einmischt.
Das bedeutet auch, dass sich meine Leibwächter, außer natürlich Rasmus, unauffällig im Hintergrund halten müssen. Dafür muss ich Politik als Hauptfach belegen und bis zum Ende des vierten Semesters verlobt sein. Am besten stelle ich daher nach diesem Semester einen potenziellen Ehemann vor.«

»Also, um es nochmal zu wiederholen; du musst dich bis zum Ende des nächsten Semesters verloben?« Logans Blick ist intensiv, als ob er versucht, jede Nuance meiner Antwort zu erfassen.

»Ja, genau. Und durch dein Reinplatzen, hast du dich meinem Onkel direkt als perfektes Ziel angeboten«, antworte ich, während ich versuche, meine Gedanken zu ordnen. Die Last, die ich bisher allein mit mir herumgetragen hatte, scheint plötzlich ein wenig leichter zu werden. Es ist befreiend, endlich jemandem außer Rasmus davon zu erzählen, selbst wenn es Logan ist.

Doch gleichzeitig fühlt es sich auch verdammt real an. Verlobung bis zum Ende des nächsten Semesters! Wie zum Teufel soll das funktionieren? Die Resler sind meine ständigen Schatten, und außer Leon würde sich kein anderer Mann am Campus trauen, mir zu nahe zu kommen. Und was die Resler selbst betrifft? Ich konnte unmöglich alle drei nehmen. Am Ende müsste ich mich für einen entscheiden, und ich bin mir sehr sicher, dass das niemals gut ausgehen würde.

Mir wird jetzt erst wirklich bewusst, dass ich mir, als ich mich das erste Mal auf Vincent eingelassen habe, ein gigantisches Problem geschaffen habe. Logan nickt langsam, während er das verarbeitet.

»Es gibt Schlimmeres. Ist da noch mehr, was du mir sagen möchtest, Kleines?« Ich bin so in meinen Gedanken vertieft, dass mich seine Stimme zusammenfahren lässt. Logan hat sich keinen Zentimeter bewegt und beobachtet mich immer noch mit undurchsichtiger Miene.

»Ich weiß, es ist viel verlangt, aber könntest du das alles bitte erst einmal für dich behalten? Ich möchte es ihnen selbst erzählen, aber zuerst muss ich die Prüfungen überstehen. Und dann überlege ich mir eine Lösung für alles.«

Logan seufzt leise. »Oh, Kleines, im Gegensatz zu dir ist mein Selbsterhaltungstrieb hervorragend ausgeprägt. Was denkst du, was Vinc mit mir anstellt, wenn er davon erfährt, dass ich ab sofort dein Alibi-Verlobter bin? Wenn diese Woche vorbei ist, haben wir vier so einiges zu klären.« Er klopft mir aufmunternd auf die Oberschenkel und erhebt sich.

»Vielleicht sollten wir alle nach der großen Party für ein paar Tage zusammen verschwinden, um uns auf neutralem Boden unterhalten.«

KAPITEL 26
VINCENT

Die nächsten Tage waren noch abgefuckter, als ich erwartet hatte.

Die Zwischenprüfungen hatten den gesamten Campus im Würgegriff. Wenn er nicht gerade total verlassen war, wuselten gestresste Studenten zwischen den freien Stunden umher, um schnell in ihre Lernhöhlen zu flüchten.

Isaac mutierte mal wieder zum Musterknaben und versank im gleichen Lernstress wie üblich. Von ihm hörte und sah man nichts. Natürlich musste er als Sohn dieses Arschloch-Dekans auch noch der Beste sein.

Logan bleibt gelassen wie immer. Fuck, wer es schafft, ihn bei einer Prüfung aus der Ruhe zu bringen, bekommt von mir einen Orden verliehen! Nicht viele wissen, dass er in seinem kleinen Kifferhirn ein fotografisches Gedächtnis versteckt hat und daher jedes Stückchen Wissen sofort abspeichert. Damit ist er wohl der einzige Schüler an der gesamten Universität, der sich keinen Stress macht und die freie Zeit ruhig mit einem Joint nach dem anderen vernichtet, um, laut seiner Aussage, konzentriert genug in die nächste Prüfung zu gehen.

Und ich? Normalerweise würde ich diese Zeit, in der mir niemand auf den Sack geht, nutzen, um ein paar Familienangelegenheiten zu erledigen – immer ein absolutes Highlight. Wenn es in South Carolina ruhig ist, was momentan, dank meines brillanten Exempels vor einigen Wochen der Fall ist, fliege ich normalerweise zu einem meiner Familienhauptsitze. Dort verbringe ich Zeit mit meinen Brüdern, mache Party, lege ein paar Weiber flach und bespreche das weitere Vorgehen.

Doch nicht dieses Mal. Meine Brüder sind mehr als überrascht, als sie erfahren, dass mich eine gewisse Prinzessin hier mehr auf Trab hält, als ein aufmüpfiger Clan es je könnte. Sie zeigen zu viel Interesse an dir, verdammt nochmal, und das geht mir ziemlich gegen den Strich. Ihre dummen Fragen nach dir, nach uns, nach dem warum, lassen mich nur noch mehr daran zweifeln, ob ich hier wirklich richtig handle.

Doch für Zweifel ist es längst zu spät – der große schwarze Wolf hat sich bereits zu tief in dein Fleisch gegraben, als dass er dich wieder gehen lassen könnte. Ich frage mich immer noch: Was hast du mit mir gemacht, Prinzessin? Es ist, als hättest du mich verzaubert oder vielleicht sogar verflucht. Wenn ich an Übernatürliches glauben würde, wäre ich davon überzeugt, dass du meine Gedanken verhext hast und mich dazu bringst, alles für dich zu tun. Doch könntest du niemals erraten, wie sehr du mich durcheinander bringst. Sonst würde ich diese Woche hier niemals auf dem jämmerlichen Campus verbringen und wie ein dressierter Hund alles für dich tun, ohne auch nur eine Gegenleistung einzufordern.

Für dich bin ich in dieser Woche der perfekte Freund, der dich jeden Morgen mit einem Kaffee in der Hand abholt und dir einen hungrigen Kuss gibt. Nur für dich. Ich begleite dich zu jeder Prüfung, um dich zu beschützen, und nehme dich in den Arm, wenn du verunsichert aus dem Saal kommst, um dir damit deine Sorgen zu nehmen. Du bist ein verdammt cleveres Mädchen, Prinzessin.

Denn glaub mir, in deinem sturen rothaarigen Kopf steckt ein kleines Genie. Dieses Genie, das mich direkt am ersten Tag durchschaut und gefragt hat, warum ich denn bei dir sei, anstatt mit Logan und Isaac an den Prüfungen teilzunehmen. Ganz einfach, *weil ich hier gar nicht studiere!*

Doch das kann ich dir leider nicht so einfach sagen, noch nicht. Zum Glück bist du mit dir selbst so beschäftigt, dass du mich damit nicht weiter nervst. Ich frage mich wirklich, für wen diese Woche anstrengender ist, für dich oder mich?

Ich höre mir deine Prüfungsvorbereitung, die du in- und auswendig kennst, in jeder freien Minute an. Doch wann hast du dir die Zeit genommen, all dieses Wissen anzuhäufen? Wie hast du das zwischen all dem anderen Kram geschafft?

Wenn du dich in den wenigen freien Minuten zum Erholen mit deinen Freunden, zu denen wohl oder übel auch Butcher gehört, über die Prüfungen austauschst, stehe ich mit gewissem Abstand daneben und beobachte dich, nehme jede deiner Bewegungen wahr.

Ich weiche nur von deiner Seite, wenn du in deiner Verbindung bist oder Logan meinen Platz für eine kurze Zeit einnimmt – was ein wahrer Segen für mich wäre, wenn ich nicht wüsste, dass etwas zwischen euch vorgefallen ist. Die Blicke, die du ihm manchmal zuwirfst, gefallen mir nicht, als wäre da eine Sache zwischen euch, über die ich nicht Bescheid weiß. Das muss leider warten, bis wir unseren kleinen Ausflug antreten.

Denn ich halte mich zurück – Fucking fünf Tage! In denen ich dich kaum berühren kann! In denen ich dich nicht bestrafen kann, und glaub mir, du hast auf meiner Liste bereits viele Momente, die einer Bestrafung würdig sind, angehäuft! In denen wir nicht die Wahrheit aus dir herausbekommen können!

Für dich! Der Wolf wird mit jedem Tag ungehaltener und giert nach seiner Beute.

Und ich sehne mich mehr denn je nach dem Ende dieser verschissenen Woche. Denn das bin ich nicht! Denn du hast keine Ahnung, wer Vincent Slater wirklich ist, Prinzessin. Und wenn du es wüsstest, würdest du dann immer noch bei mir sein wollen? Bist du bereit, das herauszufinden? Herauszufinden, wer wir sind?

KAPITEL 27

FREIA

Ich stehe vor meinem Kleiderschrank, unschlüssig darüber, was ich zu einer gewöhnlichen Studentenparty anziehen soll, besonders wenn sie mitten im Wald in der Nähe eines Sees stattfindet.

Nach gründlichem Durchsuchen entscheide ich mich schließlich für meine erste Wahl: eine dunkelgrüne Lederhose, kombiniert mit Stiefeln mit Absätzen, die dennoch auch für unebenen Boden geeignet sind. Dazu wähle ich ein schwarzes Top, das perfekt zu meiner schwarzen Lederjacke passt. Ein wenig Make-up, um den Look zu vervollständigen, und schon bin ich bereit.

Kaum habe ich die letzte Hand an meiner Frisur angelegt, klingelt es auch schon an der Tür. Sofia, pünktlich wie immer, wartet bereits auf mich.

Als ich in ihren schwarzen Lexus einsteige, und mich auf den Beifahrersitz sinken lasse, sehe ich Eve bereits aufgeregt auf der Rückbank sitzen. Neben ihr ist Leon, der mich mit einem breiten Grinsen begrüßt. In den letzten Tagen scheint sich ihre Beziehung wieder zu festigen, und er legt lässig einen Arm um sie, während er mich ansieht. Es ist ein schöner Anblick, sie so glücklich zusammen zu sehen.

Automatisch überkommt mich eine Woge der Vorfreude. Die erste Studentenparty mit meinen Freunden, das kann nur gut werden!

Nach dieser anstrengenden Woche voller Klausuren und Vorlesungen ist ein kleines Besäufnis genau das, was wir alle brauchen. Ich bin auch gespannt darauf, wie die amerikanische Elite ihre Partys feiert. Ob es wirklich so ist wie in den Filmen?

Noch schöner wäre es gewesen, wenn mich zumindest Vincent oder einer der anderen Jungs direkt begleitet hätte. Doch heute Morgen hatte mir Vincent nur eine knappe, kryptische Nachricht geschickt, in der er schrieb, dass sie später eintreffen würden und er davon ausgeht, mich nicht völlig zerstört anzutreffen.

Ein Kontrollfreak, wie er im Bilderbuch steht! Offensichtlich sind sie auch nicht zuhause, da ihr Haus komplett im Dunkeln liegt, was mir ein alarmierendes Bauchgefühl beschert.

Keine Ahnung, um was für eine ach so geheime Sache sie sich wieder kümmern müssen. Liegt es einfach an mir, dass jeder Mann in meinem Umfeld Geheimnisse vor mir hat, oder ist das einfach ein typisches Verhalten des anderen Geschlechts? Vielleicht hat Vincent auch von der Sache mit Logan erfahren und vergräbt gerade seine Leiche im Wald? Ein kalter Schauer läuft mir über den Rücken, als ich diesen lächerlichen Gedanken fasse. Ich sollte wirklich weniger Horrorfilme sehen!

Wenn er sich nur die ganze Woche nicht so beängstigend freundlich verhalten hätte. Er spielte die Rolle des perfekten Bilderbuchfreunds, aber ich wusste, dass das nicht sein wahres *Ich* war.

Es ist offensichtlich, dass ihn diese Fassade sehr anwidert. Ich kann zwar immer noch nicht ganz beurteilen, wer wirklich hinter dieser Fassade steckt, aber das, was ich in den letzten Tagen sah, war bestimmt nicht der echte Vincent.

Diese ganze Woche fühlt sich im Nachhinein eher an, als hätte ich sie in einem Paralleluniversum verbracht.

Von Isaac keine Spur, als würde er versuchen, in Vincents Fußstapfen zu treten. Jeder andere Student scheint gestresst zu sein, aber ich hatte gehofft, zumindest ihn gelegentlich zu sehen. Seine Abwesenheit macht sich deutlich bemerkbar, und ich vermisse seine Nähe, mehr wie ich zugeben möchte.

Logan hingegen scheint viel zu entspannt zu sein, als hätte er das höchste Level der Gelassenheit erreicht. Er lernt kaum und scheint sich nur dann mit dem Stoff zu befassen, wenn er ihn mit mir durchgeht. Und Vincent? Nun, er nimmt anscheinend an keiner einzigen Klausur teil. Das ist alles so verrückt, wie so eigentlich alles, was mit den Reslern zu tun hat.

Als Logan ankündigt, für ein paar Tage wegzufahren, um alles in Ruhe zu klären, ohne Ablenkungen, dachte ich zunächst, es sei ein schlechter Scherz. Doch jetzt erscheint es mir als die einzig logische Lösung. Vorausgesetzt, Rasmus spielt mit.

»Diese Party ist die erste im Campusjahr, eine Tradition hier bei uns! Sie feiert das Ende der Zwischenprüfungen und läutet die offizielle Partyzeit ein. Vorher darf niemand eine Studentenparty oder dergleichen machen. Frag nicht warum, es ist einfach ein ungeschriebenes Gesetz. Danach kannst du dich darauf gefasst machen, dass jeden Tag irgendwo etwas los sein wird.« Eve klatscht euphorisch in die Hände, sodass Leon neben ihr zusammen zuckt.

»Eve, übertreib nicht gleich wieder«, wirft Sofia einen Blick in den Rückspiegel, während sie spricht. »Es wird wie an jeder gesitteten Universität nur Partys am Wochenende geben.«

Die restliche Fahrt wird von alten Geschichten über vergangene Feiern auf dem Campus geschwärmt, gelacht und gerätselt. Ich höre still zu, während die anderen sich amüsieren und in Erinnerungen schwelgen.

Die Vorfreude in der Luft ist förmlich spürbar, und ich kann kaum erwarten, Teil dieses Ereignisses zu sein. Nach einer Weile kommen wir tief im Wald auf einem Weg an, an dem bereits viele Autos geparkt sind.

»Wir müssen ein paar Meter laufen, direkt am alten Verbindungshaus können wir nicht parken, der Weg ist zu uneben«, erklärt Sofia, während sie ihren Lexus geschickt zwischen zwei anderen Autos einparkt. Die Musik dröhnt bereits aus der Ferne, und ich spüre die Aufregung steigen.

Warum wir nicht mit meinem Geländewagen gefahren sind, verstehe ich immer noch nicht. Das hätte einiges einfacher gemacht!

»Geht ihr ruhig schon mal vor, ich muss noch kurz Rasmus anrufen«, sage ich zu ihnen, ich weiß, wie aufgeregt Eve ist und dass sie es kaum erwarten kann, doch niemand rührt sich vom Fleck.

»Was ist?«, frage ich, als ich von meinem Handy aufblicke.

»Ehrlich gesagt, lassen wir dich nicht alleine im dunklen Wald, ohne Sicherheit«, antwortet Leon, während er sich lässig gegen den Lexus lehnt. Ich verdrehe genervt die

Augen. Sie wissen genau, wie sehr mich diese Überwachung nervt.

»Ich werde bei ihr bleiben, ihr zwei könnt schon mal losgehen«, erklärt er schließlich, und damit schließen sich die beiden anderen ohne zu zögern kichernd einer Gruppe von Mädchen an, die offensichtlich zu ihrer Verbindung gehören. Ich lächle ihm dankbar zu und wähle Rasmus' Nummer, doch er nimmt nicht ab.

Mit einem resignierten Seufzen schreibe ich ihm eine Nachricht.

Ich gehe jetzt auf meine erste Studentenparty und musste direkt an dich denken. Ich vermisse unsere gemeinsame Zeit, die durchzechten Nächte! Die Leichtigkeit, die ich langsam wieder fühle. Ich wünschte, du wärst jetzt hier!

Ich kann es kaum erwarten, dich morgen zu sehen!

Daraufhin eine kurze Nachricht an Vincent, ich fühle mich irgendwie verpflichtet, ihm zu schreiben.

Ich bin jetzt auf der Party, bis später!

Keiner von ihnen ist online. Mit einem letzten seufzenden Blick auf mein Handy stecke ich es in die Jackentasche. Toll.

Heute Morgen kam endlich der langersehnte Anruf von Rasmus, dass er morgen früh wieder am Campus sein würde. Ich freue mich wie ein kleines Kind, ihn endlich wieder zu sehen, doch weiß gleichzeitig auch, dass es einiges zu besprechen geben wird. Klärungsbedarf gibt es in meinem Leben mehr als genug. Die Liste scheint sich täglich zu verlängern: Rasmus, Vincent mit Isaac und Logan – und dann ist da immer noch diese unsichtbare Barriere zwischen Leon und mir.

Und dieser Spaßvogel, der mir immer wieder unterdrückte gruselige Nachrichten schickt. Aber wenigstens hat sich Leon wieder mit Eve versöhnt. Eine Sorge weniger, ich kann mir ein müdes Grinsen nicht verkneifen. Wenn ich an früher denke, bevor die schlimmste Zeit meines Lebens folgte, war ich für jede Gelegenheit zum Feiern zu haben.

Der Adrenalinkick, wenn wir uns heimlich davonschlichen, war unbezahlbar. Manchmal hatten wir Glück und waren noch so fit, dass wir uns unbemerkt wieder einschleichen konnten. Aber wenn es wirklich doof lief, waren wir so am Arsch, dass uns die Wachen beim Reinschleichen im Garten erwischt haben, meistens kotzend. Die anschließende Standpauke von Sverre und Gunnar war unser ständiger Begleiter, aber trotzdem konnten sie uns nicht bremsen. Wir fanden immer einen Weg, um abzuhauen. *Wir drei.*

Schnell verdränge ich diese Gedanken wieder, nicht heute! Heute ist nicht der Tag für solche Erinnerungen. Heute ist Zeit zum Feiern, um das Hier und Jetzt zu genießen.

»Na dann mal los!«, ich hake mich bei Leon ein und versuche, mich ernsthaft auf die Party zu freuen.

»Kannst du in diesen Schuhen überhaupt bis zum Haus laufen?« Leon wirft einen skeptischen Blick auf meine

Füße. »Ich könnte damit Berge besteigen!«, antworte ich mit einem Hauch von Ironie.

Kaum habe ich das gesagt, stolpere ich auch schon über einen Ast, den ich im Dunkeln übersehen hatte, und wäre beinahe hingefallen, wäre da nicht Leons Arm gewesen, der mich aufrecht hält. »Jedenfalls tagsüber!«, füge ich mit einem amüsierten Lächeln hinzu.

Leon bleibt stehen und sieht mich kurz an. »Aber es ist Nacht! Komm, ich trage dich, bevor du dir noch das Genick brichst!« Ich protestiere lautstark, doch er hebt mich bereits auf seine Arme und setzt seinen Weg unbeirrt fort, während hinter uns bereits Sprüche und Pfeifen von ein paar angetrunkenen Typen erklingen. Als er mich enger an seine Brust drückt, die wesentlich muskulöser ist, als ich erwartet hatte, versuche ich krampfhaft, nicht zu erröten. »Hör doch auf, ich kann laufen, und außerdem kannst du mich doch nicht den ganzen Weg tragen!«

»Beruhige dich, es ist nicht weit, hör doch mal die laute Musik. Und du bist ja wirklich nur ein Fliegengewicht, es wird Zeit, dass wir endlich zusammen Essen gehen, einer muss ja ein Auge darauf haben, dass du etwas zu dir nimmst.« Leons Worte lassen mich leicht schmunzeln, obwohl mich augenblicklich ein Stich der Reue durchzuckt. Das vermeintliche Abendessen habe ich ganz vergessen. Vielleicht könnte ich ihm ja vorschlagen, dass wir bei mir essen, doch insgeheim wusste ich, dass Vincent das sicher genauso wenig gutheißen würde. Ein kurzer Gedankengang, den ich sofort verwerfe, indem ich den Kopf schüttle. Ich schlinge die Arme um Leons Nacken, um mehr Halt zu haben.

»Ich vergesse das Essen gerne, wenn Rasmus mich nicht daran erinnert. Er war die letzten Tage nicht da«, gestehe ich leise, während ich spüre, wie Leon zu mir heruntersieht und lächelt.

»Das werden wir noch ändern, keine Sorge.« Die Musik wird lauter, und ich entspanne mich mit jedem Schritt ein wenig mehr in seinen Armen. Es ist beinahe befreiend, diesen unschuldigen Körperkontakt zu spüren, ohne dass dahinter versteckte Absichten lauern. Seit der Sache mit Rasmus ist mir das völlig fremd geworden.

Ich weiß, dass ich an diesem Abend eine Grenze überschritten habe, und schäme mich fast schon dafür.

»Süße, entspann dich doch mal etwas, ich höre förmlich deine Zahnräder knirschen. Genieße die Party, betrinke dich ruhig, wir werden alle ein Auge auf dich haben, und morgen kann dein Kopf wieder rauchen, ja?« Seine Worte haben einen spielerischen Unterton, aber irgendwie steckt auch ein Funke Wahrheit darin.

Ja, ja, ja! Er hat sowas von recht. Heute werde ich einfach mal abschalten, keine Gedanken an mein Gefühlschaos oder meine vermeintlichen Verpflichtungen verschwenden und einfach feiern, wie früher. Ein breites Grinsen breitet sich auf meinem Gesicht aus, während ich alle meine Sorgen sorgfältig in einer geistigen Schublade verschließe.

Wir biegen um eine Kurve, und wie versprochen, erstreckt sich das alte Verbindungshaus vor uns. Es wirkt alt und eindrucksvoll, seine steinernen Mauern werden vom Schein der Lichter in ein mystisches Licht getaucht; wenn da nicht die ganzen saufenden Studenten wären.

»Wirst du mich auch wieder runterlassen, oder trägst du mich durch den ganzen Abend?«, necke ich ihn, während er mich weiter über den gepflasterten Weg trägt.

»Ach, soll ich dich nicht über die Türschwelle tragen?« Seine Antwort bringt mich zum Kichern. »Untersteh dich!«, entgegne ich scherzhaft. Es wäre ja noch schöner. Vorsichtig setzt er mich auf meine Füße und legt eine Hand auf meinen Rücken, um mich zu stabilisieren.

»Danke, mein Retter in glänzender Rüstung.« Ich mache einen geübten Knicks.

»Zu Diensten, mein Edelfräulein«, erwidert er mit einem Hauch von Dramatik und führt eine kleine Verbeugung aus. Ich strahle ihn an, er ist wieder ganz er selbst, ich hoffe, das bleibt auch zukünftig so zwischen uns. Kaum sind wir im Inneren, kommen gut gelaunte Jungs aus Leons Freundeskreis auf uns zu. Mir werden sofort zwei volle Becher in die Hand gedrückt, deren Inhalt ich nach einem kurzen Geruchstest als Vodka-Mischung identifiziere. Nicht gerade mein Favorit, aber erfüllt seinen Zweck. Ich kippe den ersten Becher sofort hinunter. Nachdem ein paar Worte ausgetauscht werden, schiebt er mich auch schon weiter, um Eve und Sofia zu finden.

Obwohl ich ihn bisher nur als lustigen und viel zu freundlichen Kerl kennengelernt habe, spüre ich, dass er seine neue Rolle als Aufpasser für uns drei heute Abend sehr ernst nimmt.

»Woher hast du die Drinks, Freia? Sag mir nicht, dass du die von jemand angenommen hast!« Sofia betrachtete skeptisch die Becher in meinen Händen. Vielleicht sollte sie besser mit Leon die Rolle tauschen? Achselzuckend exe ich das zweite Getränk vor ihren Augen und stelle beide Becher auf einem freien Tisch ab.

»Gott, hat man dir in Schweden nicht beigebracht, keine offenen Getränke anzunehmen?« tadelt sie mich und sieht vorwurfsvoll zu Leon, der unschuldig dreinblickt.

»Oha, ich bezweifle, dass mir jemand aus Leons Verbindung etwas in die Becher gemischt hat!«

Eve kommt genau zum richtigen Zeitpunkt mit vier Bierflaschen im Arm durch die Menge und reicht jedem von uns eine. »Lasst uns tanzen!«, entscheide ich spontan und ziehe Leon, der mir am nächsten ist, mit in die Menge. Meine Mädels folgen uns, und gemeinsam finden wir uns inmitten der brodelnden Menge wieder.

Die Melodie eines aktuellen Chart-Hits füllt das alte Verbindungshaus mit elektrisierender Energie, während wir zwischen anderen angetrunkenen und betrunkenen Studenten tanzen.

Die Musik dröhnt durch den Raum, und wir lassen uns von ihr mitreißen. Unsere Körper verschmelzen förmlich mit dem mitreißenden Beat. Sofia, mit ihrem wilden, dunklen Haar und ihrer feurigen Ausstrahlung, wirbelt mit leidenschaftlichen Bewegungen umher. Ihr Tanzstil ist durchdrungen von südländischem Temperament und sinnlicher Eleganz. Neben ihr tanzt Eve, ihr strahlendes Lächeln und ihre elfengleiche Anmut fügen sich nahtlos in das bunte Treiben ein. Ihre braunen Haare tanzen im Takt der Musik, ihre Bewegungen wirken leicht und verspielt, während ihre Augen vor Freude und Lebenslust funkeln.

Inmitten des Geschehens steht Leon mit seinem Bier, so ruhig und gelassen wie immer. Sein Blick ruht auf uns mit einem warmen Lächeln, während er sich sanft und kontrolliert zur Musik bewegt.

Sein Körper scheint eins zu sein mit dem rhythmischen Schlag, der den Raum erfüllt. Es wäre perfekt, wenn da nicht dieser Blick wäre. Er sieht mich mit einem zärtlichen und doch verlangenden Blick an, der mir zunehmend unangenehmer wird.

Daher löse ich mich langsam aus der tanzenden Menge und mache mich auf den Weg zur Bar, um mir ein neues und dringend nötiges Bier zu holen. Warum starrt er mich an wie ein verliebter Junge, während er sich gerade erst wieder mit einer so fantastischen Frau wie Eve versöhnt hat?

Der Raum pulsiert weiterhin mit der Energie der Musik und dem Rhythmus der tanzenden Studenten, doch ich genieße für einen Moment die Ruhe und Stille, die ich in der Nähe der Bar finde. Die kalte Flasche in meiner Hand fühlt sich erfrischend an. Ich lehne mich leicht gegen eine Wand und lasse meinen Blick durch das bodentiefe Fenster hinaus auf die übergroße Terrasse schweifen, auf der einige Tische aufgebaut sind, von dort aus erstreckt sich ein kleiner Grasweg hin zum See. Plötzlich kommt mir die ultimative Idee.

Die anderen kommen schwer atmend vom Tanzen zu mir herüber, und als ich mich mit einem vielsagenden Blick zu ihnen umdrehe, spüre ich bereits ihre neugierigen Blicke auf mir ruhen. »Oh, oh, dieses Gesicht verspricht nichts Gutes!«, bemerkt Eve mit einem amüsierten Unterton in ihrer Stimme.

»Bierpong?«, platzt es aus mir heraus, nur ein Wort, und doch genug, um meine Freunde in eine niedliche

Verwirrung zu stürzen. Leon hingegen leuchtet förmlich vor Begeisterung.

»Was für eine geile Idee!«, ruft er enthusiastisch aus, und sein breites Grinsen spiegelt sich auf meinem Gesicht wider. Die Aufgaben werden zügig verteilt, während Leon die benötigten Bälle beschafft und wir draußen einen Tisch freiräumen, um das Schlachtfeld aufzubauen. Währenddessen erkläre ich meinen Freundinnen die Regeln des Bierpong-Spiels, und ich kann nicht umhin, mich über ihre Unkenntnis zu wundern. Ich weiß nicht, was schockierender ist, dass sie das Spiel nicht kannten, oder dass es an dieser Universität anscheinend nicht gespielt wurde? Offensichtlich war ist nicht das typische Bonzen-Trinkspiel, aber wir haben schnell ein paar neugierige Zuschauer um uns versammelt, die interessiert zusehen.

Kurz nachdem alles aufgebaut war und die Becher gefüllt sind, tritt Leon triumphierend mit einem Beutel Bälle in der Hand auf. Er hat auch noch zwei seiner Freunde im Schlepptau, die sich sofort bereit erklären, mitzumachen. Sehr gut, er hat mitgedacht! Die Teams werden schnell verteilt: Eve, Leon, sein Kumpel, dessen Namen mir nicht bekannt war, bilden ein Team. Während Sofia, Leons Freund Spike und ich das andere bilden.

Die Vorfreude liegt förmlich in der Luft, als wir uns um den Tisch versammeln, die roten Becher in perfekter Anordnung aufgestellt. Die Bälle liegen bereit, und das Publikum hat sich bereits um uns versammelt, um das Spektakel zu verfolgen.

»Lasst die Spiele beginnen!«, ruft Leon mit einem breiten Grinsen. Er nimmt den ersten Ball und wirft ihn mit einer geschmeidigen Bewegung über den Tisch. Ein knackendes Geräusch ertönt, als der Ball gegen einen der Becher prallt.

»Das war wohl nichts!«, kommentiere ich mit einem Augenzwinkern und einem breiten Grinsen.

»Vielleicht solltest du das nächste Mal die Augen offenhalten, Leon!«, neckt ihn Spike, und ich kann mir ein amüsiertes Lachen nicht verkneifen; wir werden uns blendend verstehen. Die Bierpong-Schlacht entbrennt, unsere Bälle fliegen geschickt über den Tisch, manche treffen ihr Ziel, andere verfehlen knapp ihre Bestimmung. Zwischendurch tauschen wir bissige Kommentare aus und geben uns gegenseitig kleine, aber lustige Strategieberatungen. Dabei unterhalten wir die kleine Menge, die sich um uns geschart hat.

»So und jetzt gib ihnen den Gnadenstoß!«, ruft Sofia, als ich den letzten Becher unseres Gegners ins Visier nehme. Locker aus dem Handgelenk, werfe ich den Ball. Er fliegt durch die Luft, trifft sein Ziel und landet mit einem zufriedenstellenden Platschen im Becher. Ein Gefühl der Genugtuung durchströmt meinen Körper, und ich vollführe einen kleinen Siegestanz, während Spike mir einen Arm um die Schulter legt.

»Einwandfrei!«, ruft er lachend. »Die geborene Bierpong-Königin! Wusste ich doch, dass ich bei dir im Team besser aufgehoben bin!«

»Revanche! Ich fordere eine Revanche und eine neue Teamkonstellation!«, ruft Leon über den Tisch, während sein Team die verbleibenden Becher nacheinander leert. Fast tut er mir leid, da er der Einzige ist, der annähernd einen Treffer erzielt. Bei Eve ist wie immer Hopfen und

Malz verloren. Die Menge um uns herum lacht und jubelt mit uns.

»Prost. Ich würde sagen, wir bleiben genau in dieser Konstellation und versohlen ihnen einfach nochmal den Arsch!«, rufe ich lachend und stoße mit meinem Team an. Doch dann wird es immer ruhiger um uns, die Gespräche verebben zu einem leisen Murmeln, und Spikes Arm rutscht schnell von meiner Schulter. Ich spüre ihre Anwesenheit, bevor ich sie überhaupt sehe, und mein Herz macht einen kleinen Freudensprung, als ich die Reslers erblicke. Mein schiefes Lächeln wird von einem Moment der Erwartung begleitet, doch schnell dämmert mir, dass sie meine Begeisterung nicht teilen würden.

Logan zieht entspannt an seinem Joint und grinst verstohlen, während Isaac mich weniger begeistert ansieht. Doch Vincent toppt alles - *sein Blick* ist von einer bedrohlichen Intensität, die die Luft um uns herum zu verdicken scheint. Spike nutzt die Situation, um sich lautlos aus dem Staub zu machen. Langsam nähern sich die Reslers unserem selbst erstellten Schlachtfeld.

»So, so, wer möchte denn hier wem den Arsch versohlen?« fragt Isaac mit einem gefährlichen Lächeln. Sein Blick fordert mich förmlich heraus, und mir ist klar, dass der spaßige Teil des Abends vorbei ist. Als ich mich Vincent nähere, versuche ich mit einem unschuldigen Kuss auf seine Lippen die Spannung zwischen uns zu lösen, doch sein Körper bleibt steif und sein Blick unverändert. »Was ist das hier?«

»Ein Versuch, Spaß zu haben, solltest du auch mal versuchen.« Ein Schatten huscht über sein Gesicht, und ich frage mich, was in seinem Kopf vorgeht. Was stört ihn denn dieses Mal? War es die Geste von Spike, die ihn so verärgert hat, oder die Tatsache, dass ich einfach mal Spaß habe? Ich unterdrücke ein Seufzen, während ich über seine lächerliche Eifersucht nachdenke. Noch nie habe ich jemanden getroffen, der so besitzergreifend ist. Selbst *er* war damals nicht so extrem.

Während ich auf eine Reaktion warte, bemerke ich, dass sich auch Leon und sein Kumpel etwas zurückgezogen haben. Eve und Sofia hingegen scheinen bereit zu sein, mir beizustehen, und bilden eine Art Rückendeckung.

Ich lasse meinen Blick durch die Menge schweifen, die sich um uns herum versammelt hat. Die Musik dröhnt weiter, und das laute Gelächter der feiernden Studenten im Haus erfüllt die Luft.

Braves Mädchen, du hast deine Prüfungen hinter dich gebracht. Und doch meine nicht bestanden.

Trotzdem wagst du es, mich zu ignorieren? Pass auf! Sonst wird das das Letzte gewesen sein, was deine Augen jemals gelesen haben!

Spürst du dieses Verlangen nicht? Ich kann es dir ansehen. Warum, warum tust du mir weh, wenn ich dir so guttue? Blinde spüren meistens mehr als Sehende.

Wäre das eine Option für dich?

KAPITEL 28
FREIA

Erneut steige ich in die Achterbahn der Resler ein, wer hätte das gedacht!
Das Schleudertrauma ist vorprogrammiert!

Ich werde wütend, richtig wütend! Naiv, wie ich bin, denke ich tatsächlich, dass mir an diesem Abend endlich etwas emotionaler Frieden vergönnt sein könnte. Einfach nur das Ende der Zwischenprüfungen mit meinen Freunden genießen, feiern und dann am Morgen das lang ersehnte Wiedersehen mit Rasmus, um endlich alle Fronten zu klären. Zu planen, wie es mit unserem Quartett weitergehen soll, wie diese verrückte Beziehung aussehen und nach außen hin präsentiert werden soll. Einfach etwas Normalität, soweit das für jemanden wie mich möglich ist!

Aber da liege ich komplett falsch, so etwas gibt es mit den Reslern scheinbar nicht. Sie verhalten sich wie psychisch Kranke, von einem Moment auf den anderen ändern sie ihre Persönlichkeit. Nein, diesmal kann ich nicht einfach alle über einen Kamm scheren. *Logan* ist anders, der Einzige, der ein bisschen normal ist, in diesem Haufen von Verrückten. Und Vincent, der König, der Joker!

Isaac, immer irgendwie dazwischen? Nein, nicht in dieser Sache, ich kann deutlich sehen, dass er die Stimmung aufgeschnappt hat, Vincent färbt viel zu sehr auf ihn ab. Was glauben *sie* eigentlich, wer *sie* sind? Egal, ob ich mit einem von ihnen schlafe, zusammen bin oder sie alle auf eine besondere Art und Weise liebe, gehöre ich niemandem, auch wenn sie das durch ihr ständiges Gehabe wohl jedem beweisen wollen!

Gott, langsam, ganz langsam, beginnt sich alles wie in Zeitlupe abzuspielen.

Bevor ich noch weiter in meinen vernebelten Gedanken versinken kann, versagt plötzlich die Kommunikation zwischen meinem Gehirn und meinem Mund. Worte, die laut genug für die Zuschauer sind, entfleuchen mir wie von selbst. Entschlossen erhebe ich meine Stimme und rufe in einer Lautstärke, die kaum zu überhören ist: »Wisst ihr, diese lächerliche Platzhirsch-Nummer macht doch deutlich mehr Spaß, wenn wir sie beim Bierpong austragen, oder? Diesen Scheiß' kann doch niemand nüchtern ertragen.«

»Du hast schon genug getrunken, Kleines. Wir sollten dich lieber nach Hause bringen, bevor das hier noch ausartet«, flüstert Logan leise, aber bestimmend. Irgendwo in einem vernünftigen Teil meines Gehirns weiß ich, dass er recht hat. Das hier wird definitiv ausarten. Logans braune Augen fangen meinen Blick ein und haben sofort eine beruhigende Wirkung auf mich. Fast würde ich ihm friedlich folgen, aber nur fast.

Wenn Vincent nicht auf seine grobe und besitzergreifende Art nach meinem Oberarm greifen würde. Trotz meiner verzögerten Reaktion weiche ich ihm aus und trete ein paar Schritte zurück, zwischen Eve und Sofia.

»Ach, wisst ihr was? Ich glaube, ich bleibe noch eine Weile. Ich verspüre den Drang, noch etwas zu spielen, vielleicht dieses Mal mit einem kleinen Wetteinsatz?«, wende ich mich an Leon.

»Was meinst du? Gegnerische Teams?« Ein kurzes Aufblitzen in Leons Augen entgeht mir nicht. Zum Glück verstehen weder Eve noch Sofia die Zwischentöne, aber die Jungs schon. Ich bin ein unausstehlicher, schlechter Mensch, dass ich ihn da mit reinziehe, so wie ich jeden in mein eigenes Drama seit neuestem mit hineinziehe!

Ein leichtes Lächeln spielt um meine Lippen, während ich ihre Reaktion erwarte. Es ist unmöglich für sie, meine Herausforderung abzulehnen. Isaac ist der Erste, der reagiert und auf mich zukommt. »Was ist dein Wetteinsatz, kleiner Fuchs?«, flüstert er mir ins Ohr und streicht über meinen Hals. Jetzt gibt es kein Zurück mehr.

»Mich die ganze Nacht euch völlig ausgeliefert, wenn ich verliere. Wenn ihr verliert, Antworten, und keine Geheimnisse mehr. Ich möchte wissen, wer du wirklich bist«, flüstere ich so leise, dass nur sie es hören können, den letzten Satz an Vincent gerichtet. Sein Blick trifft mich wie ein Schlag, ein Ausdruck, der jeden normalen Menschen in die Flucht schlagen würde, aber ich bin nicht normal. Ich bin eine verdammte Prinzessin, die den großen, bösen Wolf gerade zum Spiel herausgefordert hat. Vincent geht kommentarlos zum anderen Ende des Tisches und stützt seine muskulösen Arme darauf ab. Sein Blick verspricht mir die Hölle für diese Nacht.

»Na los, Prinzessin, worauf wartest du?«, sagt er und steigt in das Schauspiel mit ein, doch seine Augen strahlen die Wahrheit aus. Isaac folgt ihm mit seiner lässig-provokanten Miene. Logan bemerkt trocken, dass die Größenverhältnisse überhaupt nicht fair verteilt sind und tauscht mit Eve den Platz. Sie ist offensichtlich nicht begeistert von der Idee, aber sie fügt sich, was angesichts der

Stimmung wohl das Vernünftigste ist, und schlurft zu meinen Gegnern rüber. Ein deutlich warnender Blick von mir zeigt ihnen, dass sie besser nett zu ihr sein sollten!

Isaac kommentiert dies nur mit einem Achselzucken und legt ihr einen Arm um die Schulter. Später werde ich mich bei beiden entschuldigen müssen, dass ich sie in diesen Machtkampf hineingezogen habe.

Dann beginnt auch schon das Endgame, diesmal mit deutlich weniger Spaß und Kommentaren als in der Vorrunde. Wir spielen so konzentriert, als hinge unser Leben davon ab. Wäre der Wetteinsatz nicht so ernst für mich, käme es mir fast kindisch vor. Aber das scheint unser Publikum nicht sonderlich zu stören. Inzwischen haben ein paar andere Studenten ebenfalls ein Spiel an den freien Tischen begonnen, somit liegt wenigstens nicht die komplette Aufmerksamkeit auf uns.

Bevor ich mich versehe, ist das Spiel auch schon vorbei. *Ich kam, spielte und verlor!*

Die Götter waren mir nicht gnädig.

Ich starre stumm dem Ball hinterher, der sein Ziel verfehlt, und weiß, dass der gegnerische Wurf treffen wird. Wegen eines verfluchten Bechers entging uns der Sieg! Einige unprinzessinnenhafte schwedische Schimpfwörter entweichen meinem Mund. Ich spüre, wie sich Logans Arm um meine Hüfte legt und mich sanft an sich zieht. »Man kann eben nicht immer gewinnen, Kleines«, flüstert er mir zärtlich ins Ohr, während er mich zu den anderen führt, die bereits ungeduldig warten.

»Da dieses lächerliche Schauspiel nun geklärt ist, gehen wir!«, verkündet Vincent mit einer Stimme, die keinen Raum für Kompromisse lässt. Isaac und er drehen sich um und gehen in Richtung Terrassentür voran, während Logan mich bestimmend weiterzieht. Unter anderen Umständen hätte ich seinen Arm vielleicht abgeschüttelt und ihn zur Ordnung gerufen, schließlich ist der halbe Campus anwesend, aber gerade fehlt mir die Kraft dazu. Die Strapazen der Woche, meine emotionale Achterbahnfahrt und der verfluchte Alkohol setzen mir mit jedem Schritt mehr zu.

Vor allem der Alkohol – mein Gott, wie viel habe ich mit meinen Mädels heute eigentlich getrunken? Ich war definitiv mal trinkfester in der Vergangenheit.

Das habe ich fast vergessen, ich sollte mich wenigstens von ihnen verabschieden! Ich stemme meine Stiefel in den Boden, sodass wir beide für einen Moment ins Taumeln geraten. »Warte, ich möchte mich noch verabschieden!«, entfährt es mir.

Logan nickt und gibt einen Pfiff in Richtung seiner Freunde ab, doch diese verschwinden bereits im Inneren des Hauses. »Geh, ich komme gleich wieder«, sagt er und folgt ihnen.

Ich lasse meinen prüfenden Blick über die Menge der Feiernden schweifen, bis sich zwei Köpfe vor mich in meine Sicht drängen – blond und schwarz. Die beiden haben mir gerade noch gefehlt. »Es wurde auch mal Zeit, dass wir die Resler-Schlampe alleine erwischen, oder Beverly?«, sagt Helena in einem Ton, der im Umkreis von fünf Metern zu hören ist. Höhnisch zieht sie ihre perfekt geschminkten roten Lippen zu einem Grinsen hoch. »Ich bin gerade beschäftigt. Kann ich euch zwei Querschläger der Evolution wann anders ignorieren?«, versuche ich mich an ihnen vorbeizudrängeln, doch sie versperren mir den Weg. Das Publikum, das mich eben noch beim Bier Pong angefeuert hat, beobachtet nun gespannt die nächste Show, die sich ihnen bietet.

»Hör mir ganz genau zu, Schlampe«, beginnt Helena mit einem theatralischen Ton, der das Murmeln im Raum verstummen lässt. »Ich war so großzügig, dich zu warnen. Doch du warst dumm genug, um das zu ignorieren. Jetzt kommt die Abrechnung, Prinzessin. Denn das bist du doch, nicht wahr? Die Thronerbin von Schweden?« Ein aufgeregtes Gemurmel durchzieht die Menge. »Ups, war das etwa ein Geheimnis? Was macht denn eine europäische Prinzessin an einer Eliteuniversität in den USA? Wollte dein Onkel, der König, dich nicht mehr?« Ich balle meine Hände zu Fäusten. Nur nicht durchdrehen, Freia, das wird dir nur zum Verhängnis!

»Vermutlich galt sie als unvermittelbar an einen passenden Prinzen!«, höhnt Beverly. Ich hole ein paar Mal tief Luft und wechsle meinen Blick zwischen den beiden hin und her.

»Meine Lieben, ich habe weder die Zeit noch die Buntstifte, um euch das genau zu erklären. Aber nur als kleine Randnotiz für euch, für euch alle«, beginne ich so laut, dass es alle hören können. »Scheinbar läuft bei diesen zwei Launen der Natur nicht nur Fahrstuhlmusik.« Ich klatsche kurz anerkennend in die Hände. »Ja, sie haben recht, und ja, es war KEIN Geheimnis. Jeder, der mich gefragt hat, weiß Bescheid darüber. Ich sehe nur keinen Grund, mit Rang und Titel hausieren zu gehen. Warum auch? Ändert das etwas an meinem Studium? Nein! Also sehe ich keinen Grund, mich unnötig aufzuplustern wie manch andere Gestalten hier.« Ich beende meine Umdrehung um die eigene Achse, um jeden, der zuhört, einmal ansehen zu können. Und sehe, was ich erwartet hatte. Als der kleine Schreck der Menge abgeklungen ist, macht sich Respekt und Bewunderung breit, aber nicht für mich, sondern für meinen Namen. Genau das, was ich vermeiden wollte.

»Und wenn ihr beide mich jetzt entschuldigt, Prinzessin hin oder her, meine Zeit seid ihr nicht wert.« Ich setze erneut an, an ihnen vorbeizulaufen, und sie lassen mich passieren. Für einen kurzen Moment atme ich erleichtert aus, dass diese Situation vorbei ist, bis ein heftiger Schmerz meinen Kopf durchzuckt. Meine Haare werden gespannt und ich spüre, wie einzelne Haare reißen. Helena hat nach meinem Zopf gegriffen und zieht mich mit Schwung zurück, sodass ich stolpere und schmerzhaft auf meinem Hintern lande. Sie baut sich bedrohlich über mir auf. »Ich hoffe für dein Land, dass dein Onkel nicht so schnell abkratzt wie deine restliche Familie, sonst wars das wohl mit der Monarchie in Schweden!«

Und damit sah ich Rot. Ich springe auf die Füße, und meine Faust krachte ohne Vorwarnung in ihre geschminkte Fresse. Beverly schreit geschockt auf, während Helena zu Boden fällt und sich ihre blutende Nase hält – perfekter Treffer!

Ich springe ihr hinterher, nagel ihren Oberkörper mit meinem Gewicht fest und hole erneut aus, doch bevor ich ihr Gesicht treffen kann, heben mich zwei starke Arme nach oben und werfen mich über die Schulter.

»Sag mal, brennt dir der Helm? Lass mich runter, verdammt, ich bringe die Schlampe um!« Vincent ignoriert meine Schimpftirade, was mich nur noch wütender macht.

Ich kämpfe, strampele, kratze und trommele mit den Fäusten auf seinen Rücken. Doch er trägt mich, als wäre nichts passiert durch die versammelten Leute.

»LASS. MICH. RUNTER.«

Heftig beiße ich ihm ins Schulterblatt, sodass er laut flucht. »Wenn du dich nicht sofort ruhig verhältst, schwöre ich dir, dass ich dich vor versammelter Mannschaft übers Knie lege!« Er knurrt die Worte so wutentbrannt, dass ich augenblicklich aufhöre und meine Körperspannung aufgebe. Wie ein nasser Sack hänge ich über seiner Schulter und hebe verzweifelt den Kopf.

Hinter uns sehe ich Logan und Isaac laufen, beide mit einem bösen Lächeln auf den Lippen. Isaac hebt sogar leicht den Daumen nach oben. Hinter ihnen hilft Beverly gerade der blutenden Helena auf die Beine. »Fick dich, Bitch!« Schreie ich ihr noch hinterher und hebe beide Mittelfinger in die Höhe, was mir einen gut gezielten Schlag auf den Hintern einbringt und mich aufquieken lässt.

Vincent trägt mich ohne ein weiteres Wort zu sagen, den kompletten Weg bis zu Isaacs rotem Ferrari und lässt mich wie ein Sack Zement auf die Rückbank plumpsen. Ohne mich eines weiteren Blickes zu würdigen, wirft er die Tür vor mir ins Schloss; ich sehe durch die Scheibe, wie er kurz mit den anderen spricht und dann auf seine Harley aufsteigt. Wie ein trotziges Kind sitze ich mit verschränkten Armen da und warte, bis die anderen beiden einsteigen. Während Logan neben mir auf die Rückbank rutscht, kommt mir für einen kleinen Moment der Gedanke, einfach die Autotür aufzureißen und wegzurennen. Doch Vincents Motorrad heult bereits auf und wir setzen uns ebenfalls in Bewegung. Logan rutscht näher an mich heran und streichelt mir über meinen zitternden Oberschenkel.

»Ich hätte dich nicht alleine lassen dürfen. Das war mein Fehler.« Entgeistert sehe ich ihn an.

»Spinnst du? Wenn jemand etwas dafür kann, dann diese blöde Sau von Helena. Ich bin kein Kleinkind, das man nicht ohne Aufsicht lassen kann!«

»Ich verspreche dir, das wird Konsequenzen für sie haben!« sagt Isaac und sein Blick trifft mich durch den Rückspiegel. In diesem Moment wird mir klar, dass er das als Sohn des Dekans sagte; er wird seinen Vater über die Geschehnisse des Abends informieren. Hinter uns heult die Harley auf und Vincent rast in einem Affenzahn dicht an uns vorbei. Isaac flucht laut, und ich drücke automatisch Logans Hand, die immer noch auf meinem Bein liegt.

»Will sich der Kerl umbringen?« schimpfe ich laut. Es ist dunkel, in einem verdammten Wald, der Weg ist nicht für Motorräder gemacht!

»Lass ihn sich etwas abreagieren, und wenn wir zuhause sind...«

»Macht er an mir einfach weiter?«, schnaube ich. Am Ende habe ich mir das alles selbst eingebrockt, vom ersten Tag an! Hätte ich mich doch einfach von den Irren ferngehalten, aber nein, *Freia*, unvernünftig vom Anfang bis zum bitteren Ende! Anstatt zu antworten, löst Logan meinen Gurt und zieht mich kurzerhand rittlings auf seinen Schoß und seine Lippen suchen verlangend die meinen.

Augenblicklich schließe ich die Augen, kein zurück mehr! Ein Stöhnen entweicht meinen Lippen, als seine Hände über meinen Körper wandern, eine verfängt sich in meinen Haaren an denen er meinen Kopf in den Nacken zieht, während die andere fest meinen Hintern knetet.

»Bevor du dich nicht mehr zurückhalten kannst, solltest du aufhören. Wir sind zu Hause!«, dringt Isaacs Stimme zu uns durch. Mit einem unzufriedenen brummen löst sich Logan von mir und drückt mich für einen Moment an seine Brust, als wolle er mich vor allem Leid der Welt beschützen.

»Wir haben einen viel zu großen Berg an Klärungsbedarf, das ist alles so toxisch, ich weiß gar nicht mehr, was ich davon halten soll«, lalle ich an seinem Hals.

Das ist einer der Nachteile. Der Alkohol kommt schleichend. Dabei habe ich mich nicht einmal so hemmungslos betrunken, wie es geplant war.

»Logan?«

»Ja, Kleines?«

»Ich will ihm nicht die Wahrheit sagen«, flüstere ich unnötigerweise. Isaac kann jedes Wort hören, seit er den Motor abgestellt hat. Logan streichelt mir über den Kopf. »Ich weiß, aber du musst.« Die Autotür öffnet sich, und ein immer noch verärgerter Vincent steht mit verschränkten Armen vor uns. Unbeholfen klettere ich von Logans Schoß und werde von Vincent deutlich weniger grob als erwartet am Arm gepackt, um aus dem Wagen zu kommen. Ich sehe ihm in die Augen, auf der Suche nach einer Reaktion, doch da ist nichts außer der typischen Mauer, die er wie immer um sich errichtet hat. Mit einem leisen

Seufzer gehe ich in Richtung der Tür meiner Verbindung an ihm vorbei.

»Prinzessin!«, sein Ton lässt mich zusammenzucken und stehen bleiben.

»Was denkst du, wohin du gehst?« Ich drehe mich zu ihm um und alle drei sehen mich an. Sie müssten mich mittlerweile gut genug kennen, um zu wissen, dass ich zu meinem Wort stehe.

»Da ich gerne darauf verzichte, dass erneut in meiner Unterwäsche gewühlt wird, packe ich ein paar Kleidungsstücke und Hygieneprodukte zusammen, wenn die Herren nichts dagegen haben.« Ohne eine Antwort abzuwarten, öffne ich die Tür, die mein Haus mit der Tiefgarage verbindet.

»Du hast exakt drei Minuten.«

Generyt von dem Vibrieren meines Handys ziehe ich es aus meiner Tasche und sehe auf das Display.

Na, hast du Spaß gehabt? Glaub mir, mit mir kann man deutlich mehr Spaß haben.
- Unterdrückte Nummer

Jetzt ist Schluss!

Das Warten hat ein Ende, Baby.

Wie lange habe ich diesen Tag herbeigesehnt? Heute Nacht werde ich kommen, um dich zu holen.

Dein Geruch erfüllt das ganze Haus, beinahe kann ich deinen warmen Körper schon unter mir spüren. Komm, Liebste, es wird Zeit.

Dein Leiden wird ein Ende haben, und wir werden endlich zusammen sein. Für immer. Ich kann es kaum erwarten, dich wieder in meinen Armen zu halten und dich zum Weinen zu bringen.

Dieses Mal werden wir so viel mehr Spaß zusammen haben. Ich habe genug Spielzeug besorgt, um dich für die nächsten Monate zu beschäftigen.

Oh, Baby, du wirst es lieben! Unsere Zeit zusammen wird unvergesslich sein!

KAPITEL 29
ISAAC

Unsere betrunkene, niedergeschlagene Füchsin überrascht mich jeden Tag aufs Neue.

Kämpfst du an einem Tag verbissen gegen deine inneren Dämonen, zu denen wir uns nun auch eingereiht haben, so brichst du am anderen deiner Peinigerin wie eine Streetfighterin die Nase. Du bist psychisch und physisch so stark, dass ich nur stolz auf dich sein kann.

Vincent hat uns erzählt, dass dir etwas Schreckliches am Hof widerfahren ist, und auch wenn du es nicht ausgesprochen hast, liegt die Vermutung nahe, was es war. Und doch bist du sofort für die kleine Latina zur Stelle, lässt dich von uns an deine Grenzen bringen. Was andere bis in die Verdammnis getriggert hätte, wischst du mit einem Wimpernschlag weg.

Dein Mut, deine Stärke, dein verfluchter Dickkopf und dein Lächeln, alles macht dich so einzigartig. Wie kann ich mich da nicht in deine feurige Schönheit verlieben? Doch darf ich diese Gefühle zulassen, so wie Vincent und *sogar* Logan?

Auch wenn Vincents Verhalten etwas übertrieben war, spürte ich diesen kleinen, aber fest sitzenden Stachel der Eifersucht genau wie er, als dieser schmierige Typ während des Spiels immer wieder auf dich zukam und es dann wagte, seinen Arm um unser Mädchen zu legen. Das Drama war nicht mehr zu stoppen!

Es hat mich alles gekostet, Vincent davon abzuhalten, ihn nicht an Ort und Stelle zu erschießen - für *Dich*!

Umso mehr hat es mich gewundert, dass ich nicht direkt doppelt die Hände voll zu tun hatte und auch Logan bremsen musste. Zu meinem Glück hatte er sich bereits den zweiten Joint reingezogen, sonst wäre alles verloren gewesen. Stattdessen benahm er sich wie der perfekte Freund und war erneut dein sicherer Hafen, der dich vor allem beschützen würde. Nur nicht vor uns, sondern auch vor sich selbst.

Wettschulden sind Ehrenschulden, die Nacht gehört uns!

Doch du kennst so viele unserer Geheimnisse nicht. Denn, meine Süße, wenn du bereits einen Anflug von Angst bei Vincent spürst, der seinen kranken Joker offen zur Schau stellt, warte ab, bis Logan dir sein wahres *Ich* präsentiert.

Was ist gefährlicher? Ein Mann, der der ganzen Welt seine Dämonen zeigt und zu was sie fähig sind, oder ein Mann, der sie mit jedem Atemzug bekämpft, um die Welt nicht in Schutt und Asche zu legen? Dein Surferboy ist nicht der, für den du ihn hältst.

Mein Blick wandert ungeduldig durch die düstere Tiefgarage und bleibt schließlich an ihrem Geländewagen hängen. Doch etwas stimmt nicht. Ich gehe ein paar schnelle Schritte auf den Wagen zu und die Bewegungsmelder aktivieren das Licht. »Verdammt, wie ist er in die Tiefgarage gekommen?« Panik durchflutet mich, als ich die zerschlissenen Reifen erblicke; auf der Heckscheibe prangt die kreuzförmige Rune "Nauthis". Das gleiche verfluchte Symbol, das ihr Wikinger bereits heimlich eines Morgens von ihrer Haustür gewischt hatte. Ein Schauer jagt über meinen Rücken. Wir haben ihn unterschätzt. Wie konnten wir glauben, sie wäre in Sicherheit?

»Freia!«, stößt es panisch aus mir heraus. Er war hier, verdammt nochmal im Haus! Was, wenn er immer noch da ist? Ich drehe mich zur Tür, die in ihre Wohnung führt. Fuck! Was ist, wenn er dort auf sie lauert? Doch bevor ich noch weiterdenken kann, durchbricht ein lauter, wütender Schrei die Stille, gefolgt von einem dumpfen Aufprall, der durch die halb geöffnete Tür dringt.

Vincent ist der Erste, der geistesgegenwärtig reagiert.

Er rennt sofort auf die Tür zu, die Waffe, die er normalerweise in der Innentasche seiner Jacke trägt, bereits im Anschlag. Logan und ich folgen dicht hinter ihm. In diesen wertvollen Sekunden sende ich das erste Gebet seit Jahren gen Himmel. Er wird sie nicht bekommen, dieses kranke Schwein.

Dir darf nichts zustoßen, das würde keiner von uns überleben!

Wir haben versprochen, dich vor diesem kranken Psychopathen zu beschützen.

Wir haben uns geschworen, dass er dich nie wieder berühren wird.

Wir werden ihn eigenhändig umbringen!

EPILOG

Und sie lebten glücklich bis an ihr Lebensende…
- Ja klar, in welcher Realität denn?

Mir schießt nur eine Frage durch den Kopf: Wann begann ich die Kontrolle über alles zu verlieren?
Über mein Leben, mein Herz und meinen Verstand?

Rasmus, Vincent, Isaac, Logan… Ihr vier, denen ich blind vertraue, habt mich am meisten verraten! Was habt ihr euch nur dabei gedacht, so etwas vor mir zu verheimlichen? Wir alle haben unsere Geheimnisse, einige davon größer als andere, aber das? Dachtet ihr wirklich, dass diese Unwissenheit mich schützt?

Nicht einmal zu erahnen, wie nah er mir die ganze Zeit ist? Es ist mein gutes Recht zu erfahren, dass ein Psychopath hinter mir her ist. Mir Drohungen schickt, mich beobachtet, sogar meine Freundin vergewaltigt und versucht hat, mich zu entführen. Zur Hölle, wenn wir das alles unbeschadet überleben, werde ich euch eigenhändig umbringen!

Was er von mir will? Das möchte ich mir nicht ausmalen. Was ich nun weiß, ist, dass er mich in seine Gewalt bringen will. Er will mich zu seinem Eigentum machen. Doch ich werde nicht wegrennen, nicht schon wieder, wohin auch? Ich habe zu hart dafür gekämpft, meinen Traum erfüllen zu dürfen, mein Einsatz ist schlichtweg zu hoch dafür, um einfach aufzugeben.

Ich hoffe, ihr habt euch köstlich über meine Vorgeschichte amüsiert, denn nun habt ihr zumindest einen kleinen Einblick, wie ich es geschafft habe, mich in einen riesigen Haufen Scheiße zu manövrieren, bei dem ich keine Ahnung habe, wie ich wieder aus ihm herauskomme.

Fortsetzung folgt...

DANKSAGUNG

Ich hoffe, dass dir die (Vor-)Geschichte von Freia und unseren liebenswerten "Reslern" gefallen hat. Du darfst dich schon auf Band 2 freuen!

Ein herzliches Dankeschön geht an dich, lieber Leser, dass du dich für mein Buch interessiert hast und auch bis zum Ende durchgehalten hast.

Zudem möchte ich mich bei einigen weiteren Leuten bedanken, insbesondere bei der Autorin C. S. Vatra und meiner Lektorin, Lotte Schuppler, die mir zu jeder Tages- und Nachtzeit geholfen und mich auf meinem Weg begleitet haben.

Ein weiteres Dankeschön gebührt meinen fleißigen Bloggermädels, die sehr spontan bereit waren, mir auf Social Media tatkräftig unter die Arme zu greifen. Ihr seid wirklich klasse!